음악의 신 6

이창연 장편소설

초판 1쇄 찍은 날 | 2017년 3월 22일
초판 1쇄 펴낸 날 | 2017년 3월 29일

지은이 | 이창연
펴낸이 | 예경원

기획 | 위시북스
편집책임 | 박우진
편집 | 이즈플러스

펴낸곳 | 예원북스
등록번호 | 제396-2012-000132호
등록일자 | 2012. 7. 25
KFN | 제1-085호

주소 | 경기도 고양시 일산동구 호수로 646-24 위너스21 II 빌딩 206A호 (우)10401
전화 | 031-819-9431 팩스 | 031-817-9432
E-mail | yewonbooks@naver.com

ISBN 979-11-6098-125-4 04810
      979-11-5845-408-1 (set)

음악의 신

이창연 장편소설

WISHBOOKS MODERN FANTASY STORY

6

Wish Books

CONTENTS

1화

Hot Spring 下

LA 한인 타운의 한 클럽.

6명의 여인이 무대 위에서 색색의 조명을 받았다. 다양한 목소리는 기본, 화려한 퍼포먼스로 관객들은 때 아닌 눈 호강을 하고 있었다.

"와아아아~"

"알유에디, 에디오스!"

에디오스의 정식 응원 문구를 신나게 외치며 관객들은 6명의 여인을 향해 소리쳤다. 그들의 노래가 주는 쉬운 멜로디와 신나는 댄스는 모두에게 활력을 불어넣었다.

그렇게 소리치고, 웃고 즐기다 보니 무대는 금방 끝이 났다.

"감사합니다."

에디오스, 그녀들은 한국말로 인사를 마치고 무대를 내려왔다. 서둘러 클럽을 나와 대기하고 있던 밴에 올랐다. 운전대를 잡은 매니저는 수고했다는 말과 함께 차에 시동을 걸었다.

차가 한적한 변두리로 나갈 즈음 앞에 앉은 여인, 한주연이 투덜거렸다.

"언제까지 한인 타운에서만 다녀야 하는 거야?"

그녀는 휴대전화로 눈가의 다크서클을 보며 걱정 어린 목소리로 한숨을 쉬었다. 처음 미국에 왔을 때의 포부였던 타임스퀘어나 미국 최대의 음악채널 MMTV 출연 등은 지금 꿈에도 생각나지 않았다. 아니, 현실의 벽을 체험했다는 표현이 옳았다.

한주연의 말에 공감하는지 옆에 있던 큰 키의 여인이 끼어들었다.

"몇 달 전까지만 해도 뉴욕도 가곤 했는데……. 이젠 한인 타운 고정 같네요. 기사도 잘 안 나오고……."

"한유야, 네 생각도 그래? 나도…… 그렇게 생각해."

서한유의 생각에 동감하는지 한주연은 어깨를 추욱 늘어뜨렸다. 힘 빠진 표정이 어려움을 절절히 느끼게 했다.

한인 타운만을 돌아봐야 한국을 도는 것과 큰 차이가 없다. 세계 최대의 음악격전지, 빌보드에서 이렇게 편향된 무대만을 돈다는 게 그녀들은 힘들었다. 모두가 빌보드차트라는 최고의 무대에 뛰어들고 싶었다. 하지만 현실의 벽은 두꺼웠다.

승용차 안의 분위기는 어두웠다. 여인들 모두가 어두운 표정이었다. 그때, 가장 뒤에 있던 머리를 묶은 여인, 정민아가 말했다.

　　"스케줄이 있다는 게 어디야. 그래도 우리를 좋아해 주는 사람들이 있잖아. 한국인이든 미국인이든 그게 중요하겠어?"

　　"……."

　　정민아의 말에 모두가 공감했는지 입을 꾸욱 다물었다. 그녀는 계속 말을 이었다.

　　"한인 타운이든, 타임스퀘어든 무대가 있다는 것에 감사하자. 에이, 사실 나도 힘들지만 그래도 우리 다 함께 견디고 있잖아! 자자, 12월까지만 버티자!"

　　"에이. 그래, 12월이야, 12월!"

　　정민아의 무릎을 베고 있던 여인, 크리스티 안이 그녀의 말에 외쳤다. 여인들 모두가 동감했는지 손을 번쩍 들었다. 12월에 뭔가가 있는지, 모두가 12월에 환호했다.

　　승용차 안은 삽시간에 12월에 대한 말로 분분해졌다. 매니저들 역시 민감하게 반응하며 밴 안이 후끈 달아올랐다.

　　그렇게 밴은 다음 스케줄 장소로 이동해 갔다.

♪ ♩♪♩♩♪♬♪ ♪

　　"I can't believe you let me down～"

김재훈의 낮은 목소리가 광장에 퍼져 나갔다. 놀이동산에서 김재훈을 볼 줄은 몰랐던 방문객들은 난데없이 그의 노래를 라이브로 듣게 되자 반가움에 너나 할 것 없이 공연장으로 달려오는 광경을 연출했다.

강윤은 무대 옆에서 이런 진풍경을 지켜보았다.

'확실히 감을 찾아가고 있군.'

김재훈에게서 나오는 음표들을 보며 강윤은 그의 노래에 만족했다. 사람들이 모이면 모일수록 김재훈의 노래는 농익는 것 같았다. 앞좌석에 앉은 여성팬은 그의 목소리에 완전히 빠져들었는지 눈이 몽롱해져 있었다. 아니, 그녀뿐 아니라 많은 관객이 비슷한 상태였다.

김재훈이 마음껏 실력을 발휘하니 강윤도 기분이 좋았다. 그런데 그때, 휴대전화가 한번 진동했다.

-리버스 유민성 사장이 1시간에 한 번 꼴로 전화를 하네요. 차단해 버리기도 뭐하고, 어떻게 할까요?

이현지에게서 온 문자였다. 함부로 차단해 버린다면 혹여 강윤의 계획에 차질이 생길지 몰라 직접 물어온 것이다.

'그 유민성이라는 사람, 여기저기 민폐군.'

강윤은 바로 문자를 넣어 주었다. 차단하라고 말이다. 이현지가 지금까지 그를 상대하느라 고생을 많이 했다. 분명 험한 말도 들었을 테고 속도 많이 끓었을 거다. 강윤은 앞으로는 회사나 개인 번호로도 절대 연락하지 말라는 말도 추가했다. 문자를 보내니 곧 답변이 왔다.

－회사로 찾아오면 어떻게 하죠?

－경찰에 바로 신고해야죠.

－그러다 사달 나는 거 아닐까요?

이현지가 걱정하자 강윤은 절대 소속사로 찾아오는 일은 없을 거라며 못을 박았다. 말이 많은 사람일수록 겁이 많은 법이다. 이현지도 강윤의 분석과 비슷했는지 알았다며 문자를 마쳤다.

김재훈의 노래는 절정을 향해 올라가고 있었다. 강윤은 마이크를 올리며 핏대를 세우는 김재훈을 보며 생각했다.

'과거 유민성은 원정 도박으로 유명했지. 유명 개그맨이나 배우까지 얽혀 들어가는 도박 스캔들의 중심에 있었다. 연예인 도박에 대해 알고 싶으면 유민성에게 가라고 말할 정도였으니.'

강윤은 또렷하게 기억하고 있었다. 과거 세상을 떠들썩하게 만든 대사건이었다. 유명 배우 3명과 개그맨 2명이 얽혀 들어간 큰 사건이었다.

"Cause you~ dont think~"

김재훈의 노래가 계속 흘렀다. 이제 곡이 지는 단계였다. 강윤은 천천히 마지막을 장식하는 김재훈의 모습을 보며 유민성 사장을 어떻게 상대해야 할지를 떠올렸다.

'지금은 내가 알던 과거와 같이 유민성이란 사람과 함께 도박했던 사람들이 어떤 상황인지 나는 잘 알지 못한다. 그걸 알아보는 게 우선이야. 이미 내가 알던 때와 달라진 게 많아. 철저하게 조사를 해야 해. 민감한 사항이니 나도 철저히 준비해야 한다.'

팬들의 환호를 받으며 노래하는 김재훈은 행복해 보였다. 노래에 빠진 그의 모습은 무엇과도 비교할 수 없을 만큼 빛나고 있었다. 낮으면서도 쭉쭉 올라가는 그만의 특색 있는 목소리는 관객들을 어딘가로 이끌고 있었다.

하지만 전 소속사 사장이 태클을 걸어온다는 걸 김재훈이 안다면 저렇게 마음껏 노래할 수 있을까? 분명 유민성 사장도 강윤이 그런 부담을 느낄 걸 생각하고 인터뷰와 연락을 했을 것이다.

"상대의 의도에 끌려가는 건 바보나 하는 짓이지."

"뭐가요?"

강윤이 생각을 정리했을 때, 노래를 끝낸 김재훈이 무대에서 내려왔다. 강윤은 담담하게 그를 맞아주었다.

"아무것도 아냐. 수고했어. 컨디션은 괜찮아?"

"전혀 안 괜찮죠. 지금까지 이동한 것만 해도 전국일주 3번은 한 것 같은데요."

"많이 힘들면 말해. 스케줄 조절해 줄 테니까."

강윤이 물을 내밀자 그는 벌컥벌컥 단번에 들이켰다. 지친 몸에 물은 최고였다.

강윤은 그의 어깨를 툭 두드려 주고는 승용차로 향했다. 말은 그렇게 했어도 김재훈의 웃는 모습엔 여유가 묻어나고 있었다. 빡빡한 스케줄을 소화하고 있었지만, 돈이 된다고 공연 스케줄만 연달아 수행하는 일은 없었다. 덕분에 힘든 스케줄 속에서도 김재훈의 컨디션은 괜찮았다.

공연장을 떠나 두 사람이 승용차에 오르려 할 때 여성팬 몇 명이 다가와 사인을 요청했다. 강윤이 김재훈에게 의사를 물으니 그는 친절하게 사인을 해주었다. 게다가 기념촬영까지 해주는 센스를 발휘했다. 엄청난 스케줄을 수행하고 있음에도 팬들을 놓치지 않는 그 모습에 강윤은 흐뭇하게 웃었다.

"역시, 베테랑은 다르네."

"아직 멀었죠. 형이야말로 매니저를 7년 동안 하셨다더니, 확실히 연륜이 느껴져요. 형은 진짜 최고네요. 특히 공연할 때는 신경 쓸 게 거의 없을 정도예요."

김재훈은 강윤의 관리에 칭찬을 아끼지 않았다. 김재훈은 평소에 둥글둥글한 사람이었지만 공연에 들어가면 완벽을 추구하는 탓에 매우 예민해졌다. 그런 면을 강윤은 무엇 하나 빠트리지 않고 세심하게 모두 보완해 주고 있었다. 그것도 혼자서.

"비행기 태우긴."

강윤은 당연하다는 듯, 피식 웃어버리곤 놀이공원을 빠져

나왔다.

　퇴근시간대, 혼잡한 도심 도로를 달리는 건 바보짓이었다. 강윤은 좁은 골목길을 달렸다. 차가 이리저리 길 같지도 않은 곳을 누비니 김재훈은 옆 손잡이를 꽉 잡았다. 거친 운전은 아니었지만, 골목길을 누비려니 머리가 어질어질했다.

　"우욱……!"

　"거의 다 왔어. 참아."

　아무리 케어를 잘해도 골목길까지 커버하는 건 쉽지 않았다.

　"쉬운 음악, 보는 음악이 대세로 떠오르고 있어요. 보는 음악의 특징은 쉽지만 집중하기 좋은 멜로디를 무기로 눈이 즐거워야 한다는 겁니다. 그 분야에 맞춰……."

　박소영은 단상 앞에서 열을 올리는 교수의 설명을 열심히 필기했다. 이미 그녀의 열정에 노트는 형형색색의 볼펜으로 빼곡했다. 갓 40대가 넘은 듯한 남자 교수의 강의는 쉽고 재미있었다.

　"……오늘은 여기까지 하죠."

　수업이 끝났다. 학생들이 힘든 수업을 이겨내고 활기를 띠었다.

박소영도 찌뿌듯한 몸을 일으키며 기지개를 켰다. 짧은 티셔츠와 바지 사이로 늘씬한 복부가 드러났다.

"소영이. 오늘 한잔 콜?"

"죄송해요. 오늘 리포트 때문에 힘들 것 같아요."

"이런. 그럼 다음에 한잔해."

박소영은 남자 선배들의 권유를 물리치고 도서관으로 향했다. 작지만 당찬 이미지로 박소영은 남자들 사이에서 인기 만점이었다. 게다가 잘난 척도 하지 않으니 여자들도 그녀를 딱히 싫어하지 않았다.

간단하게 빵으로 저녁을 때운 박소영은 바로 도서관으로 직행했다. 열람실에 자리를 맡아두고 잠시 도서관에 올라가 참고서적을 빌려온 후, 다시 돌아와 리포트를 작성하기 시작했다. 고지식한 교수 탓에 손으로 리포트를 작성해야 했다.

'바로큰지 로코콘지…….'

손이 아프도록 수기로 리포트를 작성하다 보니 음악 양식과 건축 양식이 헷갈리는 지경에 이르렀다. 집중력이 좋은 박소영이었지만 결국 손가락이 저려오자 자리에서 일어났다.

'쉬었다 해야지……. 으.'

박소영은 열람실을 나와 도서관 바로 앞의 자판기로 향했다. 달달한 커피가 생각나 동전을 넣으려는데 실수로 손이 미끄러지고 말았다.

"아씨!"

저도 모르게 짜증을 낸 박소영 탓에 근처에서 깨소금을 쏟아내던 캠퍼스 커플이 움찔하며 슬금슬금 사라져 갔다. 그걸 아는지 모르는지 박소영은 동전을 주워 커피를 뽑았다.

'오늘 밤새워야 하나……'

리포트 기한도 얼마 남지 않아서 걱정하고 있는데 휴대전화가 요란하게 울려댔다. 해외전화였다. 1로 시작하는 213번호, 미국에서 걸려온 전화였다. 미국에서 올 번호라고는 한 곳밖에 없었다.

"희윤이니?"

―어? 이제 바로 아네?

"후훗. 당연하지! 잘 살았나, 친구?!"

친구 희윤의 전화였다. 모처럼 걸려온 반가운 전화에 박소영의 목소리가 공처럼 통통 튀었다.

국제전화비가 비싸다며 박소영이 걱정하자 희윤은 그 정도 돈은 있다며 친구를 안심시켰다.

―졸업 이후가 문제는 문제구나. 요새 취업하기 어렵지?

"희윤인 좋겠다. 오빠가 뒤에서 든든하게 받쳐 주잖아. 노래도 마음껏 만들 수 있고……"

부러움이 은연중 표출되었다. 박소영이 보기에 강윤이 동생의 곡이라 좀 더 잘 봐줄 거란 생각이 들었다. 그러나 들려온 답은 그녀의 생각과는 전혀 달랐다.

−처음에 곡 줬을 때 얼마나 구박받은 줄 알아? 처음에는 반주부터 이상하다며 뺐지 먹었다? 1절도 다 안 들어보고 다시 만들어보라고 했을 땐 울 뻔했다니까.

"하긴, 강윤 오빠라면 그럴 만했겠네. 그런 경력자라면 접한 노래도 많을 테니까."

−소영이 너도 오빠한테 곡 한번 줘봐. 평가도 받을 겸. 어차피 작곡 쪽으로 나갈 거잖아.

"에엑? 내 노래를? 에이. 내가 어떻게?"

−혹시 알아? 우연히 명곡이 탄생할지. 우리 오빠 유명이든 무명이든 상관 안 해.

희윤의 말에 박소영은 괜히 얼굴을 붉혔다. 처음 강윤을 만났을 때 입시용 곡을 보여주었던 느낌과는 판이하게 달랐다. 무엇보다 스스로 자신이 없었다. 과연, 자신이 작곡가로서 곡을 보여줄 만한 수준이 되는지.

희윤은 그걸 아는지 모르는지 시간이 되었다며 통화를 마무리했다.

−더 하면 통화료 많이 나오겠다. 그럼 나중에 또 연락할게.

"그래. 잘 있다 와. 올해 한국 들어와?"

−잘 모르겠어. 그래도 한번은 가지 않을까? 회사 사람들 얼굴도 봐야 하니까?

"오면 그때 봐."

박소영은 친구와의 통화를 끝냈다.

반가운 전화였지만 통화가 끝나면 항상 뒷맛이 씁쓸했다.

'난 앞으로 어떻게 살아야 하지?'

희윤과 자신이 계속 비교되면서 미래에 대한 고민이 깊어져 갔다.

"사장님, 나오셨습니까?"

윤상호 실장은 오후 늦게 출근한 유민성 사장에게 90도로 공손히 인사를 했다. 그러나 유민성 사장은 그를 본체만체하며 자신의 방으로 들어가 버렸다. 유민성 사장이 방으로 들어가자 윤상호 실장은 깊은 한숨을 내쉬었다.

"……저 인간 또 웬일이지?"

"돈 떨어졌나 보죠. 돈 떨어지면 한 번씩 오잖아요."

윤상호 실장 옆자리의 여직원이 그의 말에 첨언을 달았다. 그녀도 마음에 안 들었는지 사장을 보는 눈초리가 곱지 않았다.

"아. 또 불려가겠……."

윤상호 실장의 말이 끝나기가 무섭게 사장실 안에서 큰 소리가 들려왔다.

"윤 실장! 윤 실장!"

투덜대던 윤상호 실장은 눈을 질끈 감고 자리에서 일어

났다. 분명 사장의 꼬장에 시달릴 게 뻔했다. 그걸 알았는지 여직원이 그를 측은하게 바라보았다.

윤상호 실장이 사장실로 들어가자 유민성 사장이 그를 거친 눈초리로 노려보았다.

"넌 일을 어떻게 처리하는 거야?"

"네? 그게 무슨……."

다짜고짜 유민성 사장은 윤상호 실장에게 종이뭉치를 집어 던졌다. 사장이 올 때마다 일어나는 일이었지만 당할 때마다 윤상호 실장의 자존심은 바닥을 쳤다. 그는 그저 고개를 숙일 뿐이었다. 가장의 비애였다.

"야, 이 XX야. 왜 김재훈이는 아무런 반응이 없는 거야? 네가 저번에 김재훈이 기사 내서 언플하면 입질이 올 거라며? 그런데 왜 지금까지 조용한데? 주둥아리 달렸으면 말을 해봐."

'네놈이 하자 그랬거든요?'

윤상호 실장은 기가 찼다. 김재훈 건은 계약이 끝나 더 말해봐야 소용없을 거라고 이야기했다. 게다가 월드엔터테인먼트는 전 MG엔터테인먼트 사장인 이현지가 이사로 있었고 이강윤이라는 사람도 MG엔터테인먼트에서 잔뼈가 굵은 기획자 출신이니 가능하면 적으로 엮이지 말자고 건의했었다. 그런데 부득불 우겨대며 인터뷰까지 진행한 사람은 유민성 사장이었다.

"에이, 뭐하나 마음에 드는 게 없네. 밖에 있는 년이나 안에 있는 놈이나."

"……."

윤상호 실장이 한창 샌드백이 되어 화풀이를 당하고 있을 때, 노크 소리가 들려왔다.

"뭐야. 지금 이야기 중인 거 안 보여?"

방해받는 걸 가장 싫어하는 유민성 사장이 눈을 부라리자 여직원은 손을 부르르 떨면서 무언가를 내밀었다. 편지봉투였다.

"죄, 죄송합니다. 그…… 그래도 정말 주, 중요한 거라……."

"마음에 안 들어. 꺼져."

여직원은 고개를 깊숙이 숙이며 인사를 하곤 밖으로 나갔다.

그녀가 나가고 유민성 사장은 거친 손길로 편지봉투를 뜯어냈다.

"조사할 것이 있으니……. 강남경찰서로 출석? 하?! 뭐어?!"

그가 받아 든 것은 출석요구서였다. 유민성 사장은 눈을 부릅떴다. 분명히 월드엔터테인먼트의 사장이라는 그 작자의 소행이 분명했다.

"허, 그래?! 저작권이고 나발이고 다 상관없다 이거지?! 허, 하!"

생각지도 못한 출석요구서에 유민성 사장의 분노는 하늘을 찔렀다.

'누구야? 저 미친개를 건드리다니? 미쳤나?'

물건들을 집어 던지며 발광하는 유민성 사장을 말리는 건 쉬운 일은 아니었다. 오늘따라 회의를 느낀 윤상호 실장은 깊은 생각에 빠져들었다.

사무실에서 이현지는 워드를 치며 통화 중이었다.

"네. 알겠어요. 그 사람, 거기서도 횡포였군요."

이현지는 한 번에 여러 가지 일을 처리하는 신기를 발휘했다. 그 모습이 신기했는지 정혜진이 그녀를 눈을 동그랗게 뜨고 바라봤다.

"……시간이야 얼마나 걸려도 상관없어요. 합의요? 거기서 하겠다면 생각은 해보겠는데 수사관님에게 들어보니까 합의점은 없는 것 같군요. 알겠습니다. 그럼 수고하세요."

통화를 마치고, 이현지는 휴대전화를 내려놓았다. 전화 내용이 궁금했는지 정혜진이 쪼르르 그녀에게 다가왔다.

"저, 이사님, 경찰서인가요?"

"네. 피의자가 와서 소리만 고래고래 지르고 갔다더군요."

"에에? 지금 그럴 상황이 아닐 텐데……."

"아뇨. 그 반대예요."

이현지의 말에 정혜진이 의문을 표했다.

"네? 그러면 그 사람이 무죄란 말인가요?"

"진짜 목적은 그게 아닙니다. 유민성에게 심리적으로 압박을 주는 게 진짜 목적이죠."

"심리적 압박? 진짜 목적?"

정혜진은 고개를 갸웃했다. 그녀로서는 무슨 말인지 알 수가 없었다. 고소가 전부가 아니라니. 하지만 이현지가 더 설명해 주지 않으니 알 길이 없었다.

"자자. 내일은 나도 자리에 없으니까 일이 많을 거예요. 내일 야근하기 싫으면 오늘 일 다 끝내놓고 갈 것."

"에엑? 지금 제가 하는 사장님 일도 엄청나게 많은데…….."

"걱정 마요. 수당은 다 챙겨줄 테니까. 혹시 애인 있나요?"

"……회사에 뼈를 묻겠습니다. 아픈 데 찌르지 말아 주세요."

정혜진은 입술을 삐죽거렸다. 한창때인 그녀였지만 옆구리는 아직 텅 비어 있었다.

보통 매니저는 전담하는 연예인이 있게 마련이었다. 그러나 매니저가 부족해지면 다른 연예인의 매니지먼트를 지원하기도 했다.

지금, 김대현 매니저의 경우가 그랬다.

"오늘은 사장님 대신 재훈이 형을 맡으면 되나요?"

"네. 하얀달빛처럼 장비를 만질 일은 없을 테니 너무 걱정하지 않아도 될 겁니다."

사무실에서 강윤은 김대현 매니저에게 지시를 내리고 있었다. 이른 시간부터 출근해 김대현 매니저의 눈가에는 피곤한 기색이 보였다. 어제 하얀달빛의 공연이 늦게 끝났고 아침 일찍 출근하는 게 피곤했다.

"재훈이가 평상시에는 민감하지 않으니 괜찮아요. 하지만 공연에 들어가면 날이 단단히 설 겁니다. 특히……."

강윤은 김대현 매니저에게 주의사항을 여러 가지 일러주었다. 그는 메모장을 들어 강윤의 말을 하나라도 놓칠세라 기록하고 소리 내어 읽었다. 그만의 노하우였다.

"그럼 다녀오겠습니다."

김대현 매니저가 나가고, 강윤은 일을 시작했다. 모처럼 사무실 근무였다. 이현지와 정혜진이 강윤의 업무를 대신 처리해 주고 있었지만, 오늘은 대신 처리할 수 없는 일이 있어 김재훈을 김대현에게 맡기고 회사에 남았다.

강윤은 빈 노트에 간단하게 필기를 하며 점심시간에 있을 약속을 위한 정리를 했다.

'현민우. 배우다. 과거 해외 원정도박 사건이 터졌을 때 얽혀 들었고, 시간이 지나고도 복귀를 못 한 유일한 사람이지.

액수가 워낙 크기도 했지만 다른 사람들과는 달리 그는 백이 없었어. 하긴, 조연 배우에게 백이 있다는 것도 웃기는 이야기지.'

조연 배우가 백이 있다면 주연을 꿰차지 조연에 만족하겠는가? 강윤은 괜한 생각에 피식 웃었다. 그는 현민우를 어떻게 설득해서 유민성 사장을 겨누는 무기로 활용할지 고민했다.

'사진이라도 있었으면 좋았을 텐데. 할 수 없지.'

증거 사진이라도 있었으면 확실히 쥐고 흔들 수 있었을 텐데, 강윤은 그게 아쉬웠다. 그러나 없으면 없는 대로 방법이 있었다.

'현민우라는 사람은 겁이 많은 게 분명하다. 그리고 정황상 의심도 가. 그런 허접한 문자 하나에 쪼르르 약속을 잡을 정도면 확실해.'

강윤은 현민우에게 메일을 보냈었다.

도박이라는 말은 쓰지 않았다. 다만 유민성과 무언가를 했다는 뉘앙스로 메일을 보냈다. 그랬더니 바로 답장이 왔다. 만나자는 연락이었다. 찔리는 게 없다면 그런 연락이 올 리가 없었다. 거기서 강윤은 확신할 수 있었다.

점심시간이 되어 강윤은 약속 장소인 강남의 한 한식집으로 향했다. 현민우 이름을 이야기하니 직원이 바로 예약된 방으로 안내해 주었다.

"안녕하십니까. 현민우입니다."

"이강윤입니다."

현민우는 약속 장소에 혼자 나왔다. 강윤도 혼자 온 걸 확인한 후에야 그는 안심했는지 긴 한숨을 내쉬었다.

음식들이 나오고 어느 정도 시간이 흐른 후에야 그는 무겁게 입을 열었다.

"후우. 메일은 잘 받았습니다."

"……."

"결론부터 말씀드리면, 유민성 사장과 저는 아무런 상관이 없습니다."

강윤은 여기서부터가 본격적인 시작이라고 느꼈다.

"그렇군요."

"네. 지인들 소개로 술자리에서 몇 번 만난 사이입니다. 그 정도군요."

"알겠습니다. 그런데 굳이 오늘 처음 만나는 저에게 그런 설명까지 하실 필요는……."

강윤이 조심스럽게 말하자 순간 현민우는 움찔했다. 그러나 이내 차분하게 말을 늘어놓았다.

"하하, 그쪽이 준 메일에 대한 답변을 한 겁니다."

"그냥 메일로 답변을 주셔도 되는 일을 이렇게 식사자리까지. 감사할 뿐입니다."

"허허."

현민우는 얼굴이 시뻘겋게 달아올랐다. 분명 강윤은 놀리거나 약 올리는 어조가 아니었다. 그의 생각을 전혀 알 수가 없었다. 그냥 자기 혼자 유민성이라는 말에 쫓겨 약속을 잡고 나온 것 같았다. 게다가 표정 연기도 실패였다. 연기자라는 말이 무색할 정도였다.

강윤은 편안하게 음식을 들었다. 그러나 산해진미 앞에서도 현민우는 쉽게 젓가락을 들지 못했다.

"드시죠."

"아, 아닙니다. 제가 속이 안 좋아서……."

강윤은 어깨를 으쓱이곤 젓가락을 여기저기 가져갔다. 그의 젓가락이 여기저기를 집고 다니니 음식이 빠르게 사라져 갔다. 평소에 음식을 적당히 먹는 편이지만 오늘은 평상시보다 더 많이 먹었다.

'으으…….'

현민우는 주먹을 부르르 떨었다. 자신은 입도 대지 못하고 있는데 강윤이 혼자 저 비싼 한정식을 먹어 치우고 있으니 그럴 만도 했다. 그 심정을 아는지 모르는지 강윤은 양념게장을 와자작 씹으며 맛있게 밥을 비워갔다.

식사가 끝나고 후식이 나왔지만, 강윤은 용건을 꺼내지 않았다. 그렇다고 현민우가 강윤에게 용건을 물을 수도 없었다.

'크오, 무슨 생각이야?'

요즘 들어 찔리는 것들이 많았다. 특히 유민성이라는 글자에 매우 민감한 그였다. 그런데 유민성을 아는 건지, 모르는 건지, 아니면 너무 깊이 알아서 놀려보는 건지 감을 잡을 수가 없었다.

"하하하하. 그래서, 민진서가 그랬단 말입니까?"

"네. 얼마나 평소엔 얌전하던 애가 얼마나 무서운지…….
그 눈빛은 한 번 보셔야 압니다."

그러나 그런 불안한 마음과는 달리 분위기는 화기애애했다. 강윤은 민진서 이야기로 그의 경계를 풀었다. 민진서라면 이미 같은 배우인 현민우에겐 친숙한 존재였다. 아역이후 배우로서 반석에 올라선 데다 중화권 진출도 성공적으로 이루었다는 평가를 받는 민진서는 배우들에겐 꿈과 같은존재였다.

그렇게 후식 타임까지 끝나고, 강윤은 시간이 다 되었다며자리에서 일어나려 했다.

'결국 실패인가?'

강윤은 겉으론 아무렇지도 않은 척했지만 속으로는 애가타고 있었다. 이번에 실패한다면 유민성과 연관 있는 다른연예인에게 또 접근해야 한다. 김재훈과 함께 스케줄도 수행해야 하는 그였기에 이런 시간 낭비는 가능하면 피하고 싶었다.

강윤이 미닫이문을 잡았을 때였다.

"잠깐."

뒤에서 그를 부르는 소리가 들려왔다.

"무슨 일 있으십니까?"

"죄송한데, 10분만 더 내주실 수 있으십니까?"

강윤은 쾌재를 불렀다. 이 10분을 위해 2시간을 기다렸다. 당연히 OK였다. 그가 자리에 앉자 현민우가 조심스럽게 이야기를 꺼냈다.

"유민성…… 을 말했었나요?"

"그렇습니다만."

"후우. 담배 한 대만 태워도 되겠습니까?"

강윤이 승낙하자 현민우는 담배에 불을 붙였다. 그는 굳은 얼굴로 심각하게 말을 꺼내기 시작했다.

"이야기하기에 앞서, 목적을 듣고 싶습니다. 저에게 유민성에 대해 듣고자 하는 이유, 아니 그 이전에 메일을 보낸 이유 말입니다."

강윤은 지금이 가장 중요한 시점이라 느꼈다. 자세를 바로하고 그는 현민우와 눈을 마주했다. 이제는 솔직해져야 할 때였다.

"전 재훈이를 그에게서 풀어주고 싶습니다."

"재훈이라면……. 아, 김재훈. 그거라면 이유가 되는군요. 유민성 그자에게 가장 큰 피해를 입은 피해자니까요. 그렇다면 혹시 그쪽이 김재훈의 소속사 사장님?"

"맞습니다."

그제야 강윤도 제대로 자신을 소개했다. 그는 이제야 모든 게 이해가 됐는지 고개를 끄덕였다.

"이제 알겠군요. 하긴, 김재훈의 소속사 사장님이라면 김재훈을 사사건건 괴롭히는 유민성이 용납이 안 되겠지요. 그 자라면 지금까지도 이상한 조항을 들먹이며 김재훈을 협박했을 게 빤하니까요."

"회사 직원에게까지 전화를 걸어 협박하는 모양새가 좋지 않더군요. 돈에 미친놈 같았습니다."

현민우는 담배를 비벼 껐다. 그의 손이 사뭇 거칠었다.

"맞습니다. 그놈은 돈에 환장한 놈입니다. 하지만 눈치가 빠르고 교활해서 법망을 요리조리 잘 빠져나가는 미꾸라지 같은 놈이기도 합니다. 원정도박을 워낙 좋아해서 빚까지 져가며 슬롯을 돌려대는 미친놈이죠."

드디어 도박이라는 말이 나왔다. 강윤은 머리를 확확 돌렸다. 여기서도 그의 행태는 크게 다르지 않은 듯했다.

"도박에 중독되면 결국 패가망신합니다. 저도 그놈과 어울리다 꽤 많은 돈을 날렸죠. 간신히 정신을 차려서 원래 생활로 돌아오려 했지만, 이제는 그놈이 절 놓아주지 않습니다. 종종 협박하며 도박할 돈까지 뜯어가는데……. 꼴에 연예인이라고 참고 견딜 수밖에 없었습니다."

"하아……."

강윤은 기나긴 한숨을 내쉬었다. 온몸을 부르르 떠는 현민우에게서 진한 아픔이 느껴졌다.

"그쪽은 유민성 그놈을 이 바닥에서 발도 못 붙이게 할 생각, 맞습니까?"

"네."

강윤은 단언했다. 그러자 현민우가 크게 웃었다.

"하하하하하! 좋습니다! 기꺼이 도와드리지요! 제가 어떤 걸 하면 됩니까?"

"자수하시면 됩니다."

크게 웃던 현민우의 표정이 단번에 흙빛이 되어버렸다. 그러나 강윤의 말은 그것이 끝이 아니었다.

"이미지 추락은 어쩔 수 없습니다. 당분간 자중하면서 방송 활동을 포기해야 할 겁니다. 하지만 다행히 지금 현민우 씨의 휴식기입니다. 2~3개월의 자중기간을 고려해 보면 휴식기와 거의 겹치게 됩니다. 게다가 자수입니다. 반성한다는 의미를 더 강하게 가져갈 수 있죠. 마케팅만 잘하면 이전보다 더 좋게 포장할 수도 있습니다.

"크흠……."

강윤의 말에 현민우는 심각하게 고민했다. 자수라니, 연예인의 해외원정도박 건이다. 이미지 타격을 생각하지 않을 수 없었다. 그러나 생각해 보면 자숙기간도 짧을 테고 스스로 반성했다는 점에서 후에 마케팅의 힘으로 더 올라갈 수도 있다. 강윤의 말이 헛소리는 결코 아니었다.

하지만 여전히 고민되는지 그는 다시 강윤에게 물었다.

"제가 자수를 한다 치죠. 그렇다면 그쪽이 얻는 건 무엇입니까?"

어려운 질문이었지만 강윤은 바로 답해주었다.

"원래 우리 것이었던 것들을 찾아갑니다."

그가 고개를 갸웃했지만, 강윤은 웃을 뿐이었다. 한참 동안 생각하던 현민우는 결국 강윤의 제안을 받아들였다.

다음 날 오전 10시, 현민우는 경찰서로 향했다.

♪ ♩ ♪ ♩ ♪ ♫ ♪ ♩ ♪

쾅!

엄청난 소음이 사장실을 가득 울렸다. 힘이 얼마나 강했는지 단단한 책상이 움푹 들어갔다.

"뭐라?! 현민우, 현민우가 자수!?"

아무도 없는 사장실에서, 유민성 사장은 소리쳤다. 인터넷을 보니 검색어 1위가 현민우, 2위는 해외원정이었다.

"저 새끼가 미쳤나?! 이 바닥 뜰 거야? 출세 안 해?! 너 제정신이야?!"

있는 대로 화를 내고 있었지만, 유민성 사장의 가슴은 마구 졸아들고 있었다. 그는 기어코 책상 위의 물건들을 모두 바닥에 쓸어버린 후에야 씩씩대는 몸을 소파 위에 뉘였다.

"미쳤어, 모두……. 제정신이 아냐, 제정신이!"

이미 회사는 사장이 고래고래 소리 지르는 통에 무엇 하나 제대로 할 수가 없었다. 사장실 바로 밖에서 근무하는 직원들은 계속 울상이었다.

그때, 유민성 사장의 휴대전화가 요란하게 울렸다. 모르는 번호였다.

"여보세요?"

─유민성 사장님 휴대전화입니까?

"누구시오?"

─이강윤이라 합니다. 뵙고 싶어 연락 드렸습니다.

전화기에서 들려온 그 말에 유민성 사장의 눈가가 파르르 떨려왔다.

"우리가 서로 만날 이유가 있는지 모르겠군요."

유민성 사장은 타는 속을 감추며 태연히 답했다.

나쁜 일은 한 번에 몰려온다더니 타이밍이 예사롭지 않았다. 현민우의 자수로 혹여나 자신의 도박 사실이 알려질까 예민해져 있는데 고소까지 한 상대의 전화가 걸려오다니.

느낌이 좋지 않았다. 그걸 아는지 모르는지 상대방에게선 태연한 목소리가 흘러나왔다.

─서로 불편한 일이 있었으니 그럴지도 모릅니다. 하지만 약간만 생각을 바꿔보면 필요한 게 생길지도 모르죠.

"난 그쪽에 필요한 게 없……."

─현민우. 그리고 돈.

난데없는 저격에 유민성 사장은 말문이 막혀 버렸다.

그가 침묵하자 강윤은 계속 말을 이어갔다.

─2시간 뒤에 찾아가겠습니다. 필요 없다면…….

"뭐…… 내가 나갈 수도 있는데, 기다려도 상관없다면 그렇게 하시죠."

유민성 사장은 돈이라는 말에 눈이 빛났다. 그러나 아쉬운 기색을 비치면 곤란했다, 상대방이 온다니 그쪽도 뭔가 요구하는 게 있는 듯했다.

─그럼 잠시 뒤에 뵙죠.

통화가 끝났다.

유민성 사장은 전화기에 대고 코웃음을 쳤다.

"흥. 마음이 달았나 보군. 직접 오겠다니. 어디, 무슨 소릴 지껄이나 들어볼까?"

코웃음을 치며 유민성 사장은 느긋하게 자리를 정돈해 갔다.

그로부터 2시간 뒤, 강윤은 리버스 엔터테인먼트에 도착했다. 그는 여직원의 안내를 받아 사장실로 들어갔다.

사장실 안에는 유민성 사장이 느긋하게 그를 기다리고 있었다.

"어서 오시오."

유민성 사장은 손을 내저으며 강윤에게 아무 곳에나 앉으라는 제스처를 취했다. 무례한 행동이었지만 강윤의 표정엔 변화가 없었다.

오히려 여직원이 사장의 행태에 민망해하며 강윤에게 커피를 내주었다.

"고마워요."

유민성 사장의 무례에도 여유 있는 강윤의 모습에 여직원은 의아했다. 아쉬운 구석이 있어서 저러는지 생각도 해봤지만, 손님치고는 너무도 당당한 모습에 그런 것 같진 않았다. 그녀는 궁금했는지 사무실을 나가서도 문가에 귀를 댔다. 그녀 옆의 남자 직원도 마찬가지였다.

그러거나 말거나, 사장실에서는 본격적인 이야기가 오가며 큰 소리가 나왔다.

"그쪽에서 워낙 콧대 높게 나와서 직접 보게 될 줄은 몰랐습니다."

"서로 불편한 관계니 용건만 단도직입적으로 이야기하겠습니다. 전 사장님이 원하는 걸 가지고 있고, 사장님은 제가 원하는 걸 가지고 있습니다. 그걸 서로 교환해 윈윈 했으면 합니다."

"호오? 원하는 거라? 그쪽에서 내가 원하는 걸 가지고 있다?"

"아까 말씀드렸지만 제가 해드릴 수 있는 건 돈이죠."

강윤은 들고 온 음료수 상자를 꺼내놓았다. 작은 병 10개가 들어가는 상자였다. 유민성 사장은 작은 상자를 보며 코웃음을 쳤다.

"이게 대체 뭐기에?"

유민성 사장이 자리에서 일어나려 할 때, 강윤은 말없이 상자를 열었다. 상자 안에는 드링크 대신 5만 원 지폐가 가득 차있었다.

"헉……!"

"5천만 원이 조금 넘는 돈입니다. 드리죠."

유민성 사장은 강윤의 말에 눈이 번쩍 뜨였다. 무려 5천만 원이었다. 그런 거금을 덜커덕 쥐어줄 리가 없었다. 하지만 눈앞의 돈을 보며 유민성 사장은 침을 꿀꺽 삼켰다.

'조금씩 끓는군.'

강윤은 탐욕으로 번들거리는 유민성 사장의 눈빛을 보며 몰래 웃음 지었다.

유민성 사장은 한참 동안 고민하는 시늉을 하며 돈을 만져댔다. 그는 기어이 돈을 모두 세고는 강윤에게 물었다.

"이 돈을 공짜로 줄 이유는 없고, 나한테 원하는 게 뭔가?"

"단도직입적으로 말하겠습니다. 김재훈의 저작권을 사고 싶습니다."

그 말에 유민성 사장은 펄쩍 뛰었다.

"뭐…… 뭐라? 저작권?! 그, 그렇다면 겨우 이 돈으로 저작……. 나가, 당장!"

유민성 사장의 목소리가 쩌렁쩌렁 울렸다. 그러나 강윤은 차분히 대응했다.

"저작권이란 놈은 한 번에 목돈이 들어오지 않습니다. 김재훈의 경우 다른 가수들보다 저작권료가 제법 되는 편이지만 소송과 공백 기간이 길어지면서 노래를 찾는 사람이 적어졌죠. 모르긴 몰라도 저작권으로 인해 벌어들이는 수입도 줄어들었을 거라 생각합니다. 제 말 맞지 않습니까?"

"그건……. 흠……."

강윤의 말에 틀린 건 없었다. 유민성 사장은 화를 내리눌렀다. 무언가가 찜찜했는지 그는 고개를 절레절레 흔들었다.

"후. 저작권이라. 하지만……. 김재훈의 저작권의 가치는 그 정도가 아니지."

유민성 사장은 눈을 빛냈다. '돈 더 없냐?' 그런 의미였다. 강윤은 대번에 그 뜻을 알아차렸다.

본격적인 딜이 시작되었다.

"7천만 원 어떻습니까?"

"아쉽기는 하지만……. 뭐, 좋습니다."

유민성 사장은 심드렁하게 답했다. 그러나 그는 속으로 쾌재를 부르고 있었다. 공짜나 다름없게 얻은 저작권이라는 것으로 7천이라는 돈까지 챙기게 되었다. 인생 최고의 장사였다.

들떠 있는 그에게 강윤이 말했다.

"쇠뿔도 단김에 빼라고, 바로 계약을 했으면 싶군요."

"이야기가 빨라서 좋군요! 알겠습니다!"

"저희 사원에게 이야기해서 고소에 대한 건들은 모두 없던 일로 하겠습니다. 앞으로 좋은 일로만 뵈었으면 합니다."

"하하하! 이거, 제가 실례했군요. 이렇게 말이 잘 통하시는 분일 거라곤 생각도 하지 못했습니다."

유민성 사장은 강윤에게 손을 내밀었다. 강윤은 피식 웃으며 그의 손을 잡았다.

"앞으로 잘 부탁합니다. 크하하!"

"저 역시. 그리고 김재훈에겐 아무 말도…….."

"당연한 거 아닙니까? 선수들끼리?"

유민성 사장은 다 안다는 듯 비열한 표정으로 미소 지었다. 강윤도 마주 웃었다. 그러나 속으로는 그를 경멸했다. 행태를 보니 이 기업, 분명히 얼마 가지 않을 것이라는 확신이 들었다.

이후 강윤은 저작권 이전을 위한 계약서에 서명하고 돈을 넘겨주었다. 그렇게 가수 김재훈의 저작권은 온전히 월드엔터테인먼트에 귀속되었다.

계절의 여왕, 그중 절정인 5월에 김재훈은 누구보다도 뜨거운 봄을 보내고 있었다. 새벽부터 일어나 미장원에 가는 건 기본이요, 밀려드는 행사와 방송 출연의 홍수를 열심히 견뎌내고 있었다.

"……형, 정말 괜찮아요?"

"익숙해지면 견딜 만해."

"……사람 맞아요?"

강윤을 대신해 며칠 동안 김재훈과 함께 다녔던 김대현 매니저는 양 볼이 홀쭉해지는 진기한 경험을 했다. 별과 함께 출근해서 별과 함께 퇴근하는 일이 이젠 아무렇지도 않았다.

하지만 김재훈은 이런 바쁜 생활이 아주 행복했다. 몸은 힘들었지만, 무대에 다시 선다는 것 자체가 좋았다.

"나란히 길을 걷다가~ 들판에~"

"와아아아아~!"

지방의 한 예술회관 야외무대에서 있던 행사에서 김재훈은 정해진 4곡 외에 4곡을 서비스로 더 부르는 기염을 토해내며 행사의 새로운 제왕으로 떠오르고 있었다.

그렇게 바쁘게 5월을 보내는 도중, 김재훈은 모처럼 회사로부터 호출을 받았다.

오랜만에 만나는 정혜진과 손까지 맞잡으며 인사를 한 김재훈은 강윤과 함께 마주 앉았다. 그가 보니 강윤의 눈이 이상하게 퀭해져 있었다.

"사장님, 어디 아프세요?"

"어제 네 곡 작업하느라 밤새웠잖아."

"아, 그랬지."

"참 내. 아무튼, 할 말이 있어서 회사로 오라고 한 거야."

강윤은 그에게 몇 장의 서류를 내밀었다. 김재훈은 서류를 받아 들더니 얼굴에 활짝 웃음꽃을 피웠다.

"이, 이건! 저작권 찾아오신 거예요?!"

"찾아왔다기보단 사 왔지. 시간을 들이면 돈을 절약할 수 있었을지 모르지만, 마음고생도 심했겠지. 그냥 몇 푼 쥐여 주고 속 편하게 얽히지 않는 게 낫다 생각했어."

"사장님……."

김재훈은 진심으로 감동했다. 그의 목소리엔 물기마저 묻어났다. 강윤은 괜찮다며 손을 내저었다.

"이제 재훈이는 진짜 월드 사람이 됐네."

"그러게요. 저한테 투자한 거 절대 후회하지 않게 하겠습니다."

"꼭 그렇게 해줘."

강윤은 김재훈의 어깨를 툭툭 두드려 주었다. 고개를 끄덕이는 김재훈의 눈빛은 강하게 빛나고 있었다.

박소영은 오랜만에 기타를 들었다. 그동안 학과 공부다, 뭐다 하며 기타를 든 적이 손에 꼽을 정도였다. 하지만 오늘따라 갑작스레 카랑카랑한 기타 소리가 듣고 싶었다.

"별빛이 내리는 밤~ 아아아~"

기타를 들고 두꺼운 악보 중 아무 곳이나 펴서 그녀는 무작위로 연주했다. 꽉 닫힌 방 안에 그녀의 연주가 울려 퍼졌다. 낭랑한 목소리와 기타 소리가 방 안을 메우며 귓가를 즐겁게 해주었다.

하지만 즐거움은 잠시였다. 팅 하는 소리와 함께 가장 얇은 1번 줄이 끊어져 버렸다.

"아씨……."

가는 날이 장날이라더니, 박소영은 얼굴을 잔뜩 구겼다. 게다가 예비 스트링도 없었다. 결국 그녀는 기타를 침대 위에 던지곤 바닥에 누워버렸다.

"되는 일 더럽게 없네."

박소영은 긴 한숨을 내쉬었다. 졸업과 진로는 그녀의 머리를 복잡하게 만들었다. 차라리 입시라는 한 가지 생각만 하면 되었던 고등학교 시절이 좋았다는, 그런 말도 안 되는 생각마저 들었다.

"소영이 너도 오빠한테 곡 한번 줘봐."

그때, 희윤의 이야기가 떠올랐다. 곡이라…….

'그러고 보니 입학할 때도 강윤 오빠 도움이 컸지.'

그동안 강윤을 잊고 있었다. 입시 시험을 칠 때도 강윤의 도움이 아니었으면 이런 명문 음대에 진학한다는 건 꿈도 꾸지 못했을 텐데 말이다.

박소영은 자리에서 벌떡 일어났다.

'한번 해볼까?'

그녀는 자리에서 일어나 책꽂이에서 오선지가 그려진 공책을 꺼내 들었다. 그리고 침대에 내팽개쳐진 기타를 들었다.

"아, 스트링……."

하지만 끊어진 기타 줄을 보며 고개를 절레절레 흔들곤 방을 나섰다. 스트링을 사기 위해서였다.

[탤런트 현민우, 해외원정 도박혐의로 불구속 기소]

배우 현민우(38)가 불법도박 혐의로 불구속 기소되었다. 현 씨는 작년 1월부터 1년이 넘는 기간 동안 필리핀, 마카오, 미국까지 발을 넓히며 수억에서 수십억까지의 돈을 탕진한 것으로 알려졌다.

……경찰은 현 씨 외에 함께한 공범이 더 있을 것으로 보고 수사를 확대하고 있다.

빠른 뉴스, 날아오르는 주작.

-이창연 기자

"작게 끝날 것 같지는 않군요."

이현지는 인터넷 뉴스를 보며 한숨지었다. 현민우는 조연 배우이지만 꽤 잘나가는 배우였다. 그런 사람이 해외원정 도박사건을 일으켰으니 며칠 동안 꽤나 시끄러우리라.

"그래도 저 사람은 충분히 복귀할 수 있을 겁니다."

"자수했으니까요. 물론 처음엔 욕을 먹겠지만, 나중에는 다르겠죠. 사장님도 그런 면을 들어 설득한 것이고 말이죠."

"맞습니다. 그 덕분에 유민성 사장도 압박할 수 있었죠. 여러모로 고마운 사람입니다."

"서로 도움이 됐네요. 우리는 유민성 그 사람에게서 저작권을 찾아올 계기를 마련했고, 현민우는 유민성의 협박에서 해방되었고. 역시 사람은 착하게 살아야 하는군요."

"현민우가 판을 잘 깔아줬죠. 생각해 보면 유민성에게 그만큼 원한을 가졌다는 이야기가 되는군요. 아무튼, 현민우는 유민성에게 받은 압박이 상당했을 겁니다. 거기에 도박중독에서 오는 판단력 저하가 우리에게 운을 실어 주었죠. 김재훈 정도 되는 저작권을 그런 헐값에 팔게 만들다니."

강윤은 어이없다며 한숨을 내쉬었다. 그는 이런 술수는 앞으로 두 번 다시 쓰고 싶지 않다며 쓰게 웃었다.

이현지는 강윤의 편을 들었다.

"자업자득이죠. 사장님이 판을 잘 세팅했어요. 그 덕에 유민성, 그 사람을 잘 요리한 거죠. 안 그랬으면 저작권을 찾는데 몇 년 동안 법정에서 공방전을 벌여야 했을 겁니다. 우린지금도 부족해서 변호사 사기도 힘들었을 텐데 잘된 일입니다."

"잘 풀렸으니 다행입니다."

드디어 큰일 하나를 끝낸 강윤은 개운한 마음으로 자리에서 일어났다. 이제 법적인 공방이나 노래가 아닌 다른 외부적 요인에 신경 쓰지 않아도 되었다. 그것만으로도 강윤은마음이 놓였다.

그렇게 강윤이 일에 몰두하고 있을 때, 정혜진이 강윤에게말을 걸어왔다.

"사장님, 제이 한이라는 분입니다. 혹시 계시느냐고 물어보는데요."

"제이 한? 아."

'코리아 ONE STAR'에서 만난 교포, 제이 한의 전화였다.강윤은 의아했다.

"무슨 일인가요?"

"이번에 최종 3인에 선발됐데요. 그래서 감사인사도 그릴겸 방문한다고 하네요."

"그래요?"

강윤은 알겠다며 바로 수락했다. 언제 오느냐고 물었더니 1시간 안에 온다는 연락을 받았다. 그 말에 강윤은 알겠다고 답하고는 정혜진에게 사무실 청소를 부탁했다.

얼마 지나지 않아 제이 한이 월드엔터테인먼트에 들어섰다. 제이 한은 정혜진의 안내를 받아 사장실에 들어섰다.

"어서 와요. 오랜만이네요."

"작곡가님, 안녕하세요?"

오랜만에 보는 제이 한의 얼굴은 무척 밝았다. 탈락 위기에서 승승장구하더니 이젠 신수까지 환해진 듯했다. 강윤도 그런 모습을 보니 기분이 좋았다.

제이 한은 가장 먼저 '코리아 ONE STAR'의 방청권을 내밀었다. 원래 지정석이 없었지만, 그가 내민 방청권의 경우 맨 앞자리의 귀빈들만이 앉는 좌석이었다.

"이건……."

"넉넉히 준비했습니다. 소속사 식구들하고 같이 놀러 오세요."

강윤은 혀를 내둘렀다. 이 표, 인터넷에서 암표로 팔릴 정도로 구하기 힘든 표였다. 강윤은 미안함에 표를 다시 돌려주려 했지만 제이 한은 정색을 하며 고개를 저었다.

"작곡가님이 해주신 게 얼마인데요. 사실 이번에도 작곡가님하고 작업하고 싶었는데, 마지막은 멘토랑 작업하는 게 룰이라서 어쩔 수가 없었어요."

"다음에 좋은 기회가 있겠죠. 그런데 이런 걸 받아도 될지……."

"작곡가님 아니었으면 제가 결승 무대에 오르는 일도 없었을 겁니다. 편하게 받아주세요."

강윤은 잠시 망설이다 결국 표를 받아 들었다. 날짜를 보니 김재훈만 어떻게 조절하면 소속사 식구 모두 함께 갈 수도 있을 것 같았다.

제이 한은 기분이 좋았는지 목소리가 들떠 있었다. 강윤은 신나서 무대와 노래에 열을 올리는 그의 이야기를 열심히 들었다. 어찌 보면 아직은 평범한 청년의 보잘것없는 이야기였지만 강윤은 허투루 흘리지 않았다. 그게 마음에 들었는지 제이 한도 강윤에게 깍듯했다.

한참의 시간이 흘러 제이 한은 자리에서 일어났다.

"그럼 작곡가님, 가보겠습니다."

"그래요, 조심해서 가요."

강윤은 문밖까지 제이 한을 배웅해 주었다. 제이 한은 손을 흔들며 말했다.

"제가 정식으로 음원을 낼 때 꼭 하나 부탁드려요."

"하하하. 알겠어요."

"꼭, 꼭이요, 꼭!"

제이 한은 몇 번이나 신신당부하고는 회사를 떠나갔다.

"그럼 스케줄을 맞춰볼까?"

강윤은 느긋한 발걸음으로 천천히 회사로 들어갔다.

회사 사람 모두에게 방송 현장을 보여 줄 좋은 기회였다.

필요한 것들을 생각하며 강윤은 안으로 들어갔다.

2화
무대 위에서…….

사무실에 들어간 강윤은 정혜진에게 연습실에 있는 모두를 스튜디오로 모이게 해달라고 부탁했다. 강윤 자신도 이현지와 함께 스튜디오로 향했다.

10분 뒤.

행사에 나간 김재훈과 김대현 매니저를 제외한 모두가 스튜디오에 모였다. 거기에 김지민의 보컬 트레이닝을 봐주던 최찬양 교수까지 있었다.

"교수님, 그냥 계셔도 괜찮습니다."

강윤은 자리를 비켜주려던 최찬양 교수에게 이야기했다. 그는 멋쩍은 웃음과 함께 김지민 옆에 섰다. 사실 그도 궁금했다. 어떻게 엔터테인먼트가 돌아가는지 말이다. 수업에 도움이 될까 싶어 그는 자연스럽게 회의에 참석했다.

"우리 왜 다 모인 거야?"

"내가 아리, 네가 아리?"

"재미없다."

이차희의 물음에 김진대가 장난을 쳤지만, 곧 외면당했다.

전 사원이 모인 건 김재훈이 들어온 이래 처음이었다. 혹여나 무거운 이야기가 나오는 건 아닌지 긴장한 가운데 강윤은 제이 한이 주고 간 티켓을 보여주며 이야기를 시작했다.

"이거 때문에 모두 모이라 했어."

이현아가 강윤에게서 그걸 받아 들었다.

"코리아 원 스타? 특석?! 거기에 특석도 있었어요?!"

그녀뿐만 아니라 하얀달빛 전원의 눈이 휘둥그레졌다. 초대권에 좌석까지 지정되어 있었다. 누구에게나 열린 공연을 모토로 하는 코리아 ONE STAR 결승 무대였기에 이런 티켓의 존재는 그들을 놀라게 하기에 충분했다.

이현지가 추가로 설명해 주었다.

"제이 한이 사장님께 감사하다며 우리 모두를 초대했어요. 큰 무대를 보면 모두에게 도움도 될 테고, 휴식도 되겠죠. 그래서 스케줄을 조정하려고 모두를 부른 겁니다."

"아아."

그 말에 모두가 수긍했다. 스케줄이라고 해봐야 하얀달빛 외에는 조정할 게 없었다.

강윤은 하얀달빛의 스케줄을 보며 말했다.

"이번 주 금요일 공연은 빼자. 위약금을 조금 물어야겠지만 이런 공연을 놓치는 것보단 낫지."

강윤의 말에 이현아가 나섰다.

"우리가 다른 밴드를 대신 채워주면 위약금 안 물어도 괜찮아요. 제가 알아볼까요?"

"아, 맞다. 그렇지? 아는 밴드 있으면 부탁해도 될까?"

"맡겨주세요. 8시 공연 자리에 채우면 되죠?"

"응. 너희가 공연하고 거기 가기엔 시간이 모자랄 거야. 그냥 하루 쉰다고 생각하자."

"네."

무리하면 공연도 진행할 수 있을지 몰랐지만, 강윤은 그렇게 하지 않았다. 김재훈의 경우와는 또 달랐다.

김지민이 뭔가가 생각났는지 강윤에게 물었다.

"선생님, 재훈 오빠는 어떻게 해요?"

"스케줄 보니까 근처더라고. 그냥 오라고 하면 될 것 같아."

김지민이 더 말을 하려는데 이현아가 손을 올려 그녀의 머리를 부볐다.

"오올. 우리 예쁜이, 이젠 오빠도 챙기는데?"

"아, 언니이."

자매 같은 그들의 모습에 사람들 모두가 웃음을 터뜨렸다.

지금 연예계는 한창 시끌시끌했다.

배우 현민우의 해외원정 도박 파문이 퍼지고 있는 가운데 유민성 사장은 매일매일 불안 속에 살고 있었다.

"이런 Sea Food!"

사장실 안의 집기는 매일 날아다녀 남아나질 않았다.

사무실에서는 직원들이 가슴을 졸이며 입술을 깨물고 있었다.

"차장님, 저 이러다 심장마비 걸리겠어요."

"이한 씨, 그 마음은 이해하겠는데……."

"죄송해요. 저 오늘까지만 일할게요."

사장의 광기를 이기지 못한 여직원은 결국 사표를 던지고 사무실을 뛰쳐나오고 말았다. 그녀는 나가면서 악담을 퍼부었다.

그걸 아는지 모르는지 사장실 안은 여전히 굉음투성이였다.

"어휴. 나도 빨리 관……."

여직원이 나간 그때, 문이 열리며 두 명의 남자가 사무실로 들어섰다. 그들은 다짜고짜 신분증을 꺼내 보이며 물었다.

"강남경찰서에서 나왔습니다. 유민성 씨 계십니까?"

그는 침을 꿀꺽 삼켰다. 그러고는 물건 깨지는 소리가 난무하는 사장실 쪽을 가리켰다. 두 남자는 별말 없이 안으로 들어갔다.

"뭐야, 당신들? 뭐? 어? 어?!"

남자 직원은 다른 말없이 조용히 짐을 챙겼다. 더 이상 이곳에 미련 따위를 둘 필요는 없을 것 같았다. 그녀가 옳았다. 월급이고 뭐고 이런 콩가루 같은 회사에 남아 있는 건 바보 같은 짓이었다.

"야! 어디 있어! 이것들 치워봐! 야!"

유민성 사장이 끌려가며 마구 소리쳤지만 이미 그의 말을 들어줄 직원은 한 명도 없었다.

코리아 ONE STAR 결승무대로 가기 위해 월드엔터테인먼트 사람들 모두가 밴에 올랐다. 강윤이 자연스럽게 운전석에 오르니 김진대가 말했다.

"사장님, 제가 운전할게요."

"괜찮아. 소속 연예인에게 운전시키는 사장이 어디 있어."

"그래도 사장님한테 어떻게……."

"괜찮으니까 타."

강윤은 괜찮다며 차에 시동을 걸었다. 앞좌석에는 이현지가, 뒤에는 소속 연예인들과 정혜진, 최찬양 교수가 올랐다. 빈자리가 거의 없었다.

"아직은 아담하네요."

백미러로 뒤를 보며 이현지가 말했다. 아직 그녀는 회사 규모가 아쉬웠다. 하지만 강윤은 괜찮다며 그녀를 달랬다.

"규모는 금방 커질 겁니다. 중요한 건 내실이죠."

"그렇네요."

모두가 들뜬 가운데, 차가 출발했다. 모두가 한자리에 모인 게 오랜만이라 수다가 끊이질 않았다. 특히 이현아와 김지민은 죽이 잘 맞았다. 김지민은 그녀에게 음악적인 이야기를 많이 물었고 이현아는 김지민에게 자신이 아는 여러 가지를 말해주었다.

앞에서는 강윤과 이현지가 앞으로의 일정을 의논하고 있었다. 이현지는 휴대전화로 일정을 보며 말했다.

"재훈이가 일을 잘해주고 있어서 공연장이 생각보다 빨리 갖춰질 것 같네요."

"2개월이면 될 것 같죠?"

"잘하면 더 빨리 될 수도 있을 것 같아요. 마침 좋은 자리가 나왔어요. 계약금을 걸까 말까 고민 중인데 한번 봐주셨으면 좋겠네요."

"알겠습니다."

결승 무대가 있는 공연장은 차로 30분 거리에 있었다. 초대권을 받은 터라 주차도 그리 어렵지 않았다. 연예인들의 밴이 늘어선 곳에 주차한 강윤 일행은 사람들이 줄을 서서 기다리는 곳이 아닌, 연예인들이 들락거리는 뒷문을 통해 공연장으로 들어갔다.

"우와……."

엄청난 규모의 무대에 김지민은 입을 쩌억 벌렸다. 못해도 1만 명 이상은 수용할 수 있을 정도의 공연장이었다. 그녀뿐만 아니라 하얀달빛 멤버들도 놀라긴 마찬가지였다.

강윤은 모두를 이끌고 앞쪽에 마련된 특석에 자리를 잡았다.

얼마 지나지 않아 김재훈과 김대현 매니저도 도착했다. 그때쯤 공연장의 좌석도 하나둘씩 채워지고 있었다.

그렇게 시간이 흘러, 관객석을 비추는 조명이 꺼지고 무대의 조명이 환하게 빛났다.

"안녕하십니까? 코리아 ONE STAR 결승무대에 오신 여러분들을 환영합니다!"

"와아아아아아~!"

1만 명이 넘는 관객들이 내지르는 함성은 엄청났다.

'우와…….'

김지민은 자신이 주인공이 아님에도 온몸이 쩌릿쩌릿해지는 걸 느꼈다.

결승무대답게 볼거리들이 많았다. TOP10에서 떨어진 참

가자들의 무대와 초대가수의 무대, 심사위원의 노래까지. 결승무대였지만 다채로운 볼거리로 공연장에 온 모두의 눈을 사로잡았다.

'멋있다.'

그 풍성한 볼거리에 김지민은 즐거웠다. 옆에 앉은 이현아와 속닥거리며 공연을 보는 재미가 쏠쏠했다.

그렇게 볼거리들이 끝이 나고 드디어 결승무대의 막이 올랐다.

"……이제 만나볼 시간입니다. TOP10 탈락 1순위에서 결승까지 모두 1위로 올라온 최강자, 이제는 모두가 예상하는 강력한 우승후보! 미국에서 온 마성의 목소리! 제이 한입니다!"

"와아아아아아아아~!"

한 사람에게 보내는 엄청난 환호 소리. 이전 공연에선 전혀 들을 수 없었던 엄청난 소리였다.

김지민은 심장이 두근거렸다. 당연히 자신을 향한 소리가 아니라는 걸 알았다. 그런데도 심장이 마구 쿵쾅거렸다.

'내가 저기 있었으면…….'

안타까웠다. 자신이 탈락하지 않고 선발되었다면 저 무대의 주인공이 될 수 있었을 텐데. 김지민은 자기도 모르게 주먹을 꽉 쥐었다.

감미로운 목소리가 귀를 간질였지만 잘 들려오지 않았다.

"사랑했지만~ 넌 날~"

"사랑했지마아안~"

그녀의 마음을 아는지 모르는지, 감미로운 제이 한의 노래를 관객들이 따라 부르며 하나가 되어가고 있었다. 이미 관객의 소리에 월드엔터테인먼트 사람들은 모두 붕 뜬 기분이었다.

"잘하네요."

"그러게 말입니다."

이현지와 강윤도 좋은 노래라며 칭찬을 아끼지 않았다. 김재훈도 좋은 노래라며 칭찬했다. 그들은 관객들처럼 소리를 지르진 않았다. 소리치며 즐기지 못하는 게 직업병 증세일지도 몰랐다. 하얀달빛 밴드원들은 사인 받아야 한다며 호들갑이었다. 그러다 감상에 방해된다며 이차희에게 모두 혼쭐이 났지만…….

노래가 끝나고 칭찬으로 도배한 심사평이 이어졌다. 점수도 말할 것이 없었다. 결승무대다운 최고 점수들이 쏟아졌다.

이어지는 무대도 마찬가지였다. 아마추어답지 않은 최고의 노래들이었다.

'내가 저기 주인공이었으면…….'

저들을 보는 김지민의 눈은 화르륵 불타오르고 있었다.

"우승자는! 제이 한! 제이 한입니다!"

무대를 울리는 팡파르와 함께, 제이 한은 자신을 안아주는 출연진들과 함께 축하를 나누었다. 그의 큰 눈에는 이미 눈물이 그렁그렁했다. 사람들의 환호가 이어지는 가운데 가슴이 울컥해서 그는 마이크를 쉽게 잡지 못했다.

"아……. 가, 감사합니다……."

그 말 이후, 제이 한은 쉽게 말을 잇지 못했다. 우승, 우승!

최종 목적을 이루어내니 다리에 힘이 풀리는 기분이었다. 사회자가 등을 다독여 주고 심사위원들마저 나와 그를 달래 주니 간신히 진정이 되었다. 그제야 그는 마이크를 잡을 수 있었다.

"머…… 먼저 저를 이 자리까지 이끌어 주신……."

그 과정에서 만난 이들, 부모님에 대한 고마움을 이야기하며 제이 한은 흐르는 눈물을 닦았다. 아직도 가슴이 두근거렸는지 말을 쉽게 잇지 못했다. 시간이 너무 길어지자 결국 사회자가 말을 자르려고 다가왔다. 그때, 제이 한이 서둘러 이야기했다.

"아, 맞다! Very Important Person! 저를 우승이라는 자리에 오를 수 있게 곡을 주신 작곡가님! 이강윤 작곡가님! 최고예요! 호우! 사랑해요! 감사합니다! Thanks! Wow!"

그 말과 함께 월드엔터테인먼트 식구들의 시선이 강윤에게 집중되었다. 강윤은 순간 민망해져 눈을 껌뻑였다.

"어라?"

"호오?"

가장 먼저 호기심을 보이는 이는 이현아였다.

"오빠 곡이 좋은 건 알았지만…… 남에게 들으니 또 새롭네. 후후."

뒤에 있던 김재훈도 이현아와 크게 다르지 않은 반응이었다. 강윤과 작업을 하며 곡 느낌이 좋다는 건 알았지만 다른 사람도 그렇게 느끼고 있었다니, 눈빛이 달라졌다.

"역시. 내 감은 틀리지 않았군."

가수들의 곡 욕심은 상상을 초월한다. 그들의 눈빛이 화르륵 불타올랐다.

강윤은 어색하게 웃으며 볼을 긁적였다.

'공짜로 홍보했네.'

무료로 홍보해 준 제이 한이 고마웠다.

무대가 끝나고, 강윤은 김지민과 함께 제이 한의 대기실로 향했다. 김지민이 제이 한을 만나고 싶다고 강윤에게 부탁했기 때문이었다.

"작곡가님!"

강윤이 대기실에 들어서자마자 제이 한은 바로 강윤을 끌어안았다. 강윤은 그의 등을 두드려 주었다.

"수고했어요."

"다 작곡가님 덕이에요. 진짜, 진짜!"

제이 한은 아직도 흥분이 가시지 않았는지 목소리가 격앙되어 있었다.

강윤은 연습생이 그를 보고 싶어서 데리고 왔다며 사정을 설명했다. 제이 한은 괜찮다며 김지민을 자리에 앉게 했다.

김지민은 그에게 궁금한 게 많은지 여러 가지를 물어왔다. 그녀는 평소에는 조용했지만 하나에 꽂히면 주체를 못했다. 그래도 제이 한은 귀찮아하지 않고 잘 답해주었다.

강윤은 둘의 대화를 들으며 휴대전화를 만졌다.

'생방으로 다 나갔을 텐데, 그러면 작업량이 늘어나. 그러면 소화하기 힘들 텐데. 보조라도 구해야 하나?'

강윤이 고민하고 있을 때, 김지민은 제이 한에게 준비 과정과 공개 무대에 대한 궁금한 점을 계속 물었다. 호기심 많은 소녀답게 그녀의 궁금증은 끝이 없었다. 강윤은 적당한 시점에서 그녀의 질문을 끊고 자리에서 일어났다.

"지민아. 가자."

"네? 하지만……."

"밖에서 다들 기다리잖아."

"아……. 네."

김지민은 입술을 삐죽였다. 그러나 강윤은 가차 없었다.

제이 한도 큰 무대의 피로가 몰려올 텐데 이 정도 시간을 내준 것도 대단한 것이었다.

"전 괜찮아요."

"아니에요. 나중에 또 봐요."

"저 나중에 앨범 낼 때 곡 하나 꼭 부탁해요."

강윤은 고개를 끄덕이곤 대기실을 나섰다.

김지민은 말이 없었다. 생각이 많은지 평소와 달리 표정도 없었다.

"잠깐 따라와."

강윤은 그녀를 이끌고 밖이 아닌 안으로 들어갔다. 김지민은 조금 전의 행동 탓에 혼날 거로 생각하며 어깨를 추욱 늘어뜨리며 강윤을 따랐다.

그런데 강윤이 향한 곳은 무대 해체가 조금씩 진행 중인 공연장이었다.

"올라가 봐."

"네?"

"거기 올라가 보라고."

강윤의 말에 김지민은 무대 위로 올랐다. 무대 장비 해체에 정신없는 사람들을 뒤로하고 그녀는 강윤을 바라보며 섰다.

"객석을 봐. 어때?"

"넓어요. 많고요."

1만 명 이상을 수용할 수 있는 공연장이다. 확실히 넓었다.

"오늘 이 사람들은 코리아 ONE STAR 결승무대를 보러 온 거야. 자신의 시간을 들여 달려온 사람들이 이만큼이나 됐다는 거지."

"네. 많았어요. 사람들, 막 소리 지르고……."

김지민은 덤덤한 눈으로 강윤을 내려다보았다. 강윤은 강한 눈빛으로 그녀를 보고 있었다.

"솔직히 말해봐. 오늘 부러웠었지?"

"……네."

"샘났지?"

"……."

당연한 걸 물으니 김지민은 입술을 꾹 깨물었다. 저 무대에 선 가수들에게 질투가 났다는 걸 차마 입 밖에 꺼내지 못했다. 제이 한을 만나고 싶다고 조른 것도 어떤 사람이 되면 저런 무대에 설 수 있는지 보고 싶었기 때문이었다.

강윤은 그녀의 마음을 잘 안다는 듯, 차분히 이야기했다.

"가수가 저런 큰 무대를 동경하는 건 당연한 거야. 관객을 동원하는 숫자는 가수의 힘이니까. 난 앞으로 네가 혼자서 이 정도 관객은 아무렇지도 않게 동원할 수 있는 가수가 되었으면 해. 앞으로 그렇게 만들 거고."

"……."

"네 마음을 모르지 않아. 질투가 나겠지. 질투는 사람을 움직이게 하는 힘이기도 하지만 망칠 수도 있어. 잘 가고 있는 사람에게 무리수를 두게 하니까. 지금 네가 배우는 것들, 하고 있는 것들 모두가 결코 수준이 낮은 것들이 아냐. 아니, 감히 말하는데 다른 소속사에선 거의 배우기 힘든 것들이라고 말할 수 있어."

강윤의 확신 어린 말에 김지민은 침을 꿀꺽 삼켰다. 지금까지 그는 뭔가를 해주며 생색을 낸 적이 없었다. 심지어 집을 마련해 주면서도 별말을 하지 않았다. 과장이 없다는 말이었다.

"난 김지민이라는 연습생을 최고의 가수로 만들기 위해 모든 걸 맞춰 나가고 있어. 넌 지금 잘 따라오고 있어. 다른 것에 흔들리지 않았으면 해."

할 말을 끝낸 강윤은 돌아섰다. 생각을 정리하고 나오라는 뜻이었다. 그때, 김지민이 말했다.

"교육에 불만이 있는 게 절대 아니에요. 다만 그냥 부러워서…… 선생님께 어떻게 불만을 가지겠어요. 제 은인인데. 마음이 조급했나 봐요. 죄송해요."

"아냐. 급할 수도 있지. 역시 다른 무대를 보는 게 도움이 되긴 되네. 이런 생각들도 하게 되고. 그런데 벌써 1만 명 무대를 꿈꾸다니, 너도 보통내기는 아니구나."

강윤은 실소했다. 보통 이 정도 규모의 무대에 서는 가수에게는 질투보다 주눅이 들게 마련이다. 질투도 같은 선에 있는 사람에게 하는 법이다. 강윤은 마냥 나쁘게 생각하진 않았다.

김지민의 생각이 정리된 듯하자 강윤은 그녀를 이끌었다.

"자자, 다들 기다리겠다. 이만 갈까?"

"네."

강윤은 앞장서서 공연장을 나섰다. 김지민은 그를 따라나섰다.

'1만 명? 꼭 하고 말겠어. 단독으로.'

공연장을 나서며, 김지민은 무대를 다시 돌아봤다. 저 무대에 관객들이 자신만을 바라보는 모습을 상상해 보니 벌써 마음이 들떠 올랐다.

"같이 가요."

김지민은 저만치 앞서가는 강윤의 등을 잡기 위해 열심히 달려 나갔다.

3화
무난함은 능력이다!

"괜찮은 곡이구나."

최찬양 교수는 박소영이 가져온 곡을 연주하며 좋은 평가를 했다. 피아노 연주를 하며 노래를 불러보니 달려가는 느낌이 매우 괜찮았다.

두근거리는 마음이 그제야 진정되는지 박소영은 긴 한숨을 내쉬었다.

"아, 다행이다. 현아 언니 생각하면서 만들어봤는데 정말 괜찮나요?"

"현아한테 잘 맞을 것 같아. 특히 베이스라인의 달려가는 느낌이 확실히 좋아. 그런데 코드 진행이 약간 아쉬운 게……."

최찬양 교수는 일렉트릭 기타로 연주할 부분을 지적해 주었다. 베이스라인은 좋았지만, 일렉트릭 기타로 연주할 부분이 너무 화려하다며 조금만 수정해 보는 게 어떠냐고 말이다. 박소영은 찰떡같이 알아듣고는 고개를 끄덕였다.

"알겠습니다. 감사합니다."

"그래. 또 도움 필요하면 말하고."

"네. 아, 맞다. 이거 졸업시험에 낼 건데 거기 말고 다른 데에 제출해도 되나요?"

"다른 데? 어디에?"

최찬양 교수의 물음에 박소영은 잠시 머뭇대다 답했다.

"강…… 윤 오빠한테 보여 줄 생각이거든요."

"강윤 씨에게 곡 팔려고?"

최찬양 교수가 호기심을 보였다. 그는 그녀의 말에 흥미가 생겼는지 묘한 미소까지 지었다.

"그러면 좋겠는데. 에이, 아니에요. 제 곡을 누가 사겠어요. 괜한 소리였네요. 죄송해요."

마음이 편해지는 상대다 보니 헛소리를 했다. 박소영은 고개를 휘휘 젓고는 돌아섰다. 그런 그녀에게 최찬양 교수가 부드럽게 말했다.

"평가를 받는 게 두렵구나?"

"……."

정곡이었다. 최찬양 교수는 조용히 한마디를 남겼다.

"그래도 그 사람이라면 네 곡이 어느 정도인지 제대로 체크해 줄 거야. 나 같으면 졸업논문으로 제출하지 않더라도 강윤 씨에게 곡을 보여주는 걸 우선할 것 같아. 학교 내에서만 평가를 받아봐야 우물 안이거든. 게다가 강윤 씨는 곡을 보는 눈도 있고."

박소영은 그의 말에 답하지 않았다. 그녀는 인사를 하곤 교수실을 나섰다.

'평가……'

우물 안 개구리라는 최찬양 교수의 말이 박소영의 머릿속에서 떠나질 않았다. 그녀의 고민은 수업에 들어가서도 계속 이어졌다.

봄은 따뜻하다. 원래는 그렇다. 하지만 김재훈에겐 올해의 봄은 누구보다도 뜨거웠다.

"으아……. 오늘이면 이 지옥의 스케줄도 당분간 안녕이군요."

강윤과 함께 이동하는 승용차 안에서, 이젠 자리에 누워버리며 김재훈은 질렸다며 중얼거렸다.

"맞다, 맞아. 수고했다. 계약금 버느라고."

"설마 15억을 한 달 만에 다 벌 줄은 상상도 못 했습니다……."

"말했잖아. 지옥의 스케줄을 겪을 거라고."

김재훈은 스케줄 지옥에 진저리를 쳤다. 전국 방방곡곡 안

가본 곳이 없었다. 제주도, 땅끝마을은 물론이고, 북한이 보이는 전방까지. 강윤은 가리지 않았다. 더 무시무시한 건 그의 운전 솜씨였다. 무슨 놈의 길을 그리 잘 아는지 지각 한번 한 적이 없었다.

김재훈은 뒷좌석에 놓인 물을 벌컥벌컥 마셨다.

"그래도 이걸로 당분간 행사는 안녕이네요. 이것도 나름 아쉬운데요?"

"하하하. 사람이 그렇다니까. 왜? 더 잡아달라면 잡아 줄 순 있어."

"사양할게요. 제가 로봇도 아니고. 그것보다 집에서 들었던 곡부터 빨리 녹음하고 싶네요."

"알았어. 하지만 발매일은 공연장 날짜하고 맞출 거야. 그건 이해해 줘."

"알았어요."

이제 모든 짐을 떨친 김재훈의 얼굴은 매우 밝았다. 빚도, 마음의 짐도 없이 노래에만 집중할 수 있었다.

강윤과 함께 대전의 한 기업 행사장에 도착한 김재훈은 준비를 마치고 바로 공연장에 올랐다. 이미 그가 온다는 걸 안 직원들은 설렘에 눈을 빛내고 있었다. 남자들이 좋아하는 가수였지만 여자들도 그의 라이브에는 정신을 못 차렸다.

40분가량의 공연을 마치고 빠르게 차로 복귀한 강윤과 김재훈은 곧바로 서울로 이동했다. 저녁에는 대학가 인근 공연장에서 무대를 갖고, 마지막으로 한 남성잡지와의 인터뷰를 끝으로 지옥의 스케줄은 끝을 맺는다.

시간은 잘도 흘러갔다.

김재훈은 공연을 마치고 근처 카페에서 기다리고 있었다. 곧 잡지사의 여성 에디터와 카메라 기자가 도착했다. 간단한 소개가 끝나자 곧 인터뷰가 시작되었다.

"아직 앨범도 안 냈는데 이런 인터뷰를 해도 되는 건가요?"

김재훈이 장난스럽게 묻자 여성 에디터는 두꺼운 뿔테 안경을 만지며 어색하게 웃었다.

"원래는 그런데 대중의 관심이 김재훈 씨에게 많이 쏠려 있어서요. 특히 저희는 남자들이 많이 보는 잡지잖아요. 남성 팬이 많은 재훈 씨 인터뷰를 실으면 좋을 것 같았죠."

"그렇군요. 그럼, 복귀 성공의 비결부터 말하면 될까요?"

"하하하. 그래 주시면 고맙죠."

분위기는 화기애애했다. 여성 에디터는 눈꼬리가 올라가 드세 보였지만 묘하게 분위기를 편하게 해주는 재주가 있었다. 그녀는 차분하게 김재훈에게서 속 이야기를 끌어냈다. 특히 4년간의 어두웠던 시절을 많이 끌어냈는데, 이를 어떻게 극복했는지가 주된 화제였다.

김재훈은 잠시 생각하곤 차분히 이야기했다.

"사람을……. 잘 만났기 때문 아닐까요?"

"사람이요?"

여성 에디터는 호기심을 보이며 녹음과 함께 필기도 했다. 김재훈은 차분하게 입을 열었다.

"전 소속사와 분쟁이 심하게 있었어요. 결국 위약금을 물게 됐고, 그때 빚을 떠안게 됐죠. 그때 실망해서 군대로 가게 됐는데, 갔다 와도 크게 변한 게 없더라구요. 그때 절 구원해 준 사람이 지금 사장님이세요."

여성 에디터가 원한 답은 아니었다. 그녀는 김재훈의 의지로 극복했다는 식의 보다 드라마틱한 답을 원했다. 당연히 그녀는 답을 유도했다.

"그래도 재기하려고 노력을 많이 하지 않으셨나요?"

"연습은 당연히 매일 하는 겁니다. 가수에게 연습은 생활이나 마찬가지니까요."

"아아. 결국은 매일 준비해 놓은 게 재기의 비결이라 할 수 있겠군요."

"그것도 그렇지만, 저 같은 경우는 사실……. 사장님 덕이죠."

김재훈은 강윤 쪽으로 고개를 돌렸다. 강윤은 커피를 마시며 책을 보던 중에 그가 자신을 보자 어깨를 으쓱였다. 김재훈은 피식 웃을 따름이었다.

여성 에디터는 의외라는 얼굴로 물었다.

"이 거리라면 대화가 잘 들리지 않는데, 사장님을 진짜로 존경하시나 보네요."

"네. 많은 걸 배우게 해주시거든요. 전 사장하곤 너무 비교되게 말이죠."

"전 사장이라면, 아. 그 도박파문으로 말이 많았던 그 사람이군요."

"유민성. 그때 전 노래만 잘하면 이 바닥에서 성공할 줄 알았는데, 사람 보는 눈이 얼마나 중요한지 알게 해준 사람이죠. 제가 번 돈을 도박으로 다 탕진했던 그 사람에 비해 지금 사장님은 가수에게 또 투자하고, 더 나은 노래를 하게 해줍니다."

"그거, 회사 홍보?"

"하하하하. 해주실래요?"

"오늘 커피 사주시면 생각해 볼게요."

여성 에디터는 씨익 웃었다. 김재훈은 카드를 꺼내 들며 센스를 발휘했다. 회사 홍보 잘 부탁한다는 의미였다.

이미 김재훈도 월드엔터테인먼트의 어엿한 가수였다.

인터뷰가 끝나고, 김재훈이 계산서를 들고 나서려는데 여성 에디터가 그에게서 그걸 뺏어 들었다.

"가수에게 계산하게 하는 에디터가 어디 있어요."

그녀는 홍보는 걱정하지 말라는 이야기를 남기곤 먼저 카페를 나섰다.

인터뷰가 끝나자 강윤이 김재훈에게 다가왔다.

"수고했어. 이제 해방이네."

"수고하셨습니다. 으아……. 내일부터 쉰다니, 뭔가 이상한데요?"

"이제 쉬면서 곡 작업해야지. 지금 기세를 몰아서 앨범을 낸다면 좋은 반응이 나올 거야. 나 차 끌고 올게."

강윤은 김재훈의 등을 두드려 주고는 카페를 나섰다.

"형, 고마워요."

강윤의 듬직한 등을 보며 김재훈은 작게 중얼거렸다.

연남동 인근 공인중개사를 돌아다니며 공연장으로 쓸 건물을 알아보던 이현지는 공인중개사와 함께 매물로 나온 연남동의 한 건물로 향했다.

"가격이 약간 비싼 감은 있지만, 위치도 적당하고……."

역에서 멀지 않고 도로변에서도 가까운 건물이었다. 게다가 급매라 가격도 시세보다 낮았다. 그래도 회사 사정에 가격이 싸다고 하긴 힘들었지만, 이현지는 적당하다 생각했다.

"여기 많이 보고 갔나요?"

"몇 사람이 보고 가긴 했습니다. 하지만 계약을 할지는 모르겠네요."

"알겠어요. 사장님하고 이야기하고 오죠."

이현지는 후보지를 점찍어두곤 회사로 돌아왔다. 회사로

복귀하니 강윤은 사무실에서 한창 일을 하고 있었다.

"공연장은 잘 보고 왔나요?"

"네. 가격이 조금 비싸긴 한데, 그래도 지금까지 봤던 공연장 중 최고 좋았어요."

"그래요? 바로 가볼까요?"

강윤은 바로 회사를 나섰다. 이현지는 오자마자 다시 나가야 했지만, 별말을 하지 않았다.

공인중개사와 함께 다시 건물을 둘러본 두 사람은 천장 높이를 비롯해 넓은 공간, 접근성 등 여러 부분을 살폈다. 강윤은 특히 수용 인원과 무대의 위치를 유심히 살폈다.

"어떤가요?"

이현지의 물음에 강윤은 잠시 생각하더니 고개를 끄덕였다.

"적당하군요. 가격은……."

강윤의 말에 공인중개사가 끼어들었다.

"가격은 조금 조절이 가능합니다. 급매라서 주인분과 이야기하면……."

이현지가 그 말을 듣고는 앞으로 나섰다.

"그래요? 그러면 오늘 계약하면 얼마나 조절이 될까요?"

"오늘 계약하시면……."

공인중개사는 빠르게 가격을 이야기했다. 사전에 협의해 놓은 가격인 게 분명했다. 그러나 가격을 들은 이현지는 만족스럽지 않은 얼굴로 답했다.

"빨리 계약하는 것치곤 메리트가 없네요. 사장님, 좀 더 알아볼까요?"

"그렇게 하죠. 명함 하나 주실래요?"

강윤은 공인중개사에게서 명함을 받아 들곤 돌아섰다. 그는 주인과 협의를 해보고 가격을 맞춘 후 다시 연락을 주겠다고 이야기했다.

회사로 돌아온 두 사람은 다시 각자의 일을 시작했다. 강윤은 스튜디오에서 김지민을 가르쳤고, 이현지는 회사 업무와 하얀달빛과 김재훈의 스케줄을 조절하며 영업을 해나갔다.

지난 한 달간 김지민은 강윤에게 거의 교육을 받지 못했다. 덕분에 지금 엄청난 스파르타 교육을 받고 있었다.

"아, 어려워요……."

"어렵지, 그럼. 자자. 악보에는 안 나왔지만 서스포로 연주해 봐. 그 부분은 노래를 살려주는 부분이라니까? 다시 해봐."

"네……."

김지민은 기타를 치며 울상이었다. 한 달 만에 받는 강윤의 교육은 타이트했다. 그래도 뭔가 배우는 느낌이 났는지 그녀는 열심히 따라갔다.

그렇게 교육에 열중하고 있는데 스튜디오가 열리며 두 사람이 들어왔다. 최찬양 교수와 박소영이었다.

"교수님, 오셨군요."

"안녕하세요, 강윤 씨, 안녕."

"안녕하세요?"

강윤은 잠시 쉬었다 하자며 휴식을 선언했다. 김지민은 커피를 내오겠다며 준비실로 향했다. 박소영이 그녀를 따라나섰다.

"소영이랑 함께 오셨네요?"

"네. 오다가 만났네요. 강윤 씨에게 볼일이 있다는군요."

"볼일이요? 어떤……?"

"본인이 이야기할 겁니다."

곧 김지민과 박소영이 커피를 내왔다. 네 사람은 커피를 마시며 이런저런 이야기를 했다. 학교 이야기와 연습 이야기, 그리고 그 외 에피소드들이 오가며 웃고 떠들었다. 휴식 시간이었다.

모두가 커피를 비우자 최찬양 교수가 김지민에게 말했다.

"지민아, 우린 연습하러 갈까?"

"네."

"지난번에 소리가 끊어지면 안 된다고 했지? 얼마나 개선됐는지 볼까?"

김지민은 긴장된 얼굴로 최찬양 교수와 함께 스튜디오를 나섰다. 연습실로 가기 위함이었다.

스튜디오에는 박소영과 강윤만이 남았다.

"저⋯⋯. 오빠."

"나한테 볼일 있어?"

"네."

그녀는 조심스럽게 악보와 USB를 꺼냈다. 강윤은 USB를
받아 컴퓨터에 꽂았다. 음악을 재생하니 노래가 흘러나왔다.

"스튜디오에서 작업한 건 아니네."

"그럴 돈은 없거든요⋯⋯. 하하."

음악이 흐르는 가운데, 박소영은 어색하게 웃었다. 스피커
에서는 기타 연주와 함께 박소영의 노래가 흘러나왔다.

―아직 난 달릴 수 있었네~ 왜 사람들은~

경쾌하면서 힘 있는 노래였다. 통기타와 목소리만 들려오
는 음악인데도 그 힘이 느껴졌다. 그러나 강윤은 고개를 갸
웃했다.

'빛이 약해.'

편곡되지 않아서 그런지, 아니면 다른 이유가 있는지 지금
상태로는 판단하기 어려웠다. 아무래도 라이브로 들어봐야
알 수 있을 것 같았다. 강윤은 노래를 다 들어보곤 그녀에게
말했다.

"소영아. 직접 들려줄 수 있어?"

"라, 라이브로요?"

"응."

강윤의 단호한 말에 그녀는 망설였다. 그러나 그녀는 곧 기타를 들었다.

"다만 가슴에~ 사랑한다 새기고~ 잠든 그대 마음에~"

박소영은 눈을 감고 노래를 불렀다. 경쾌하게 울리는 기타 소리가 그녀의 가슴을 들뜨게 했다. 목소리에 감정이 실리자 노래는 점점 힘을 받았다.

강윤은 박소영의 음표와 기타의 음표에 집중했다. 듣기 매우 좋은 노래였다. 하지만…….

'역시, 약하네.'

무엇이 부족한 걸까? 좋은 노래였지만 영향력이 약한 느낌이었다. 그냥 한번 듣고 말 것 같은 그런 느낌. 다른 보컬이나 악기들이 플러스 된다면 모르겠지만 지금 느낌은 '글쎄?'였다.

노래가 끝났다.

"저, 어땠…… 나요?"

박소영의 조심스러운 물음에 강윤이 답했다.

"무난하네."

강윤은 차분하게 평을 시작했다.

"그…… 그래요?"

"응. 듣기 좋아. 멜로디에 거부감이 없어."

희윤의 말이 생각나 잔뜩 긴장했던 박소영은 뒤에 이어지는 칭찬에 가슴을 쓸어내렸다. 무난하다는 말은 가장 난해한 말 중 하나다. 칭찬도, 뭣도 아닌 말이라 걱정이 앞섰다.

"이거 장르가 록이었나?"

"네."

"내 생각에 부를 사람은 현아를 생각한 것 같고."

"맞아요. 바로 아시네요?"

"느낌이 딱 현아가 부르기 좋은 곡인 것 같아서. 베이스라인이 정말 좋다. 둥둥 울리는 느낌이 좋을 것 같네. 코드 진행도 좋아. 하지만."

박소영은 침을 꿀꺽 삼켰다. 다음이 중요했다.

"현아가 부르기엔 힘이 너무 약해. 내 생각엔 악상을 조절해야 할 것 같아. 거부감은 없지만 무난한 느낌이랄까. 현아는 곡을 점점 끌어올려 터뜨리는 편인데 이렇게 곡선 없이 흘러가는 곡을 준다면 힘들어 하지 않을까 싶네."

"아아……."

"전체적으로 평을 한다면, 무난해. 현아에게 맞춘 곡이라 했지만, 어떤 사람이 불러도 쉽게 소화할 수 있을 것 같은? 하지만 개성이 뚜렷한 가수라면 꺼릴 거라는 게 내 생각이야."

강윤의 이야기를 듣고 박소영은 고개를 끄덕였다. 어떤 부분을 보완해야 할지 이제 조금 감이 잡혔다. 그녀는 악보를 다시 받아 들었다.

"이렇게 조언해 줘서 고마워요, 오빠."

"아냐. 희윤이 친구인데 어려운 건 아니지."

"현장에 계신 분께 말을 듣는 게 얼마나 귀한 건데요. 나중에 밥이라도 살게요."

"그래. 알았다."

강윤은 웃으며 짐을 챙기는 박소영을 배웅했다.

월드엔터테인먼트 정문에서, 박소영이 마지막으로 물었다.

"저, 오빠. 오빠라면 제 곡…… 사시겠어요?"

조심스럽게 날아든 질문에 강윤은 잠시 생각하더니 조심스럽게 답했다.

"지금 이 곡을 말하는 거라면 사기는 살 거야."

"진짜요? 그런데 뭔가가 더 있는 것 같은데……."

그 말에 박소영의 얼굴에서 화색이 돌았다. 하지만 강윤에겐 할 말이 더 있었다.

"그리고 정말 뛰어난 편곡가에게 맡기겠지. 멜로디가 좋으니까. 이 무난함을 살릴 수 있는 유능한 편곡가에게 말이지. 네가 편곡까지 해서 준다면 그땐 또 이야기가 다르지만, 지금 작곡으로 봐선 곡의 분위기를 결정하는 편곡은 글쎄, 솔직하게 말하면 잘은 모르겠네."

"아…… 역시. 알겠습니다. 더 열심히 공부해야겠네요."

박소영은 강윤에게 고개를 꾸벅 숙였다. 친구의 오빠라지만 이런 호의를 보여주니 감사할 따름이었다. 비록 오늘 평에 마음이 힘들긴 했지만, 더 발전할 수 있다는 것에 감사할 따름이었다.

"작곡가마다 특징이 있다고 들었어. 희윤이 같은 경우는 놀다가도 뭔가가 생각이 나면 뭔가를 기록해. 그것도 안 된다 싶으면 집에 가서 틀어박혀 작업하지. 타이밍이 있다고 말하더라고. 소영이 너는 그런 타입은 아닌 것 같네."

"네. 저는 마음먹고 들어가서 3일은 쥐어짜야 해요. 그렇게 갑자기 떠오르는 일은 없어요."

"사람마다 스타일은 다른 법이니까. 후후. 두 사람 스타일이 완전히 다르네. 하긴, 내 생각엔 소영이 너는 무난하다는 게 가장 큰 강점인 것 같아."

"무난한 게 강점……?"

박소영은 강윤의 말이 무슨 의미인지 이해하기가 어려웠다. 그걸 알았는지 강윤은 곧 뜻을 풀어주었다.

"누구나 부르기 쉽고, 듣기 좋은 멜로디를 만들잖아. 난 그게 엄청나게 큰 장점이라고 생각해. 작곡이 끝은 아니잖아. 뒤에 편곡이 있으니까. 다음에는 편곡까지 끝난 걸 들어봤으면 좋겠어. 편곡도 작곡처럼 무난하지만은 않겠지?"

"당연하죠."

"무난함은 큰 장점이야. 귀에 척척 감기는 멜로디라는 뜻이기도 하니까. 누구에게나 쉽게 다가갈 수 있다는 강점이 있지. 그 무난함을 잘 활용한다면 난 소영이가 좋은 작곡가가 될 거로 생각해."

"아아……. 알겠습니다. 감사해요."

실질적인 조언을 들었다. 누구에게도 듣기 힘든 말이었다. 친구의 오빠라지만 이런 말까지는 기대하지 못했다. 그녀는 강윤에게 깊이 감사했다.

박소영이 곡을 다시 수정해 보겠다며 돌아간 후, 강윤은 기지개를 켰다.

"나도 다시 일이나 해볼까."

잠깐의 휴식은 끝났다. 이제 태산같이 쌓여 있는 일들이 그를 기다리고 있었다.

'무난한 게 강점이라……. 귀에 감기는 멜로디?'

집으로 돌아가며 박소영은 강윤의 말을 새기고, 또 새겼다.

'좋아. 앞으로 만드는 곡들은 그렇게 하자.'

버스 뒷좌석에 앉아 그녀는 앞으로의 스타일을 확고히 다졌다.

강윤의 말 한마디가 그렇게 미래의 작곡가를 만들어내고 있었다.

"록 페스티벌이요?"

정혜진은 강윤이 준 참가신청서를 보며 눈을 껌뻑였다.

"네. 금요일까지 신청서 접수해야 하니까 오늘까지 처리 부탁해요."

강윤이 일을 직접 시키는 경우는 드물었다. 정혜진은 바로 알았다 말하고는 강윤에게서 서류를 받아 들었다.

이현지가 강윤에게 의자를 돌리며 물었다.

"하얀달빛의 인지도 정도면 괜찮겠죠?"

"언더그라운드에서 이 정도 반응이면 나갈 만하죠. 그리고 때가 되기도 했고요."

"때라면……. 아."

강윤이 말하는 때라면 하나였다. 언더그라운드에서 메인에 진출하는 것. 이현지의 생각이 맞았는지 그는 말을 이어 갔다.

"공연장 계약을 마치면 공사를 거쳐 가을에 개관, 그때에 맞춰 하얀달빛의 메인 무대 진출을 본격적으로 시작할 생각입니다. 록 페스티벌은 그 첫 번째 무대가 되겠죠."

"하긴, 요즘 록 페스티벌이 한창 뜨고 있으니까 인지도 끌어올리는 데 그만이겠군요."

"네. 봄은 재훈이 덕에 핫했다면 여름에는 그 녀석들 덕에 뜨겁겠네요."

강윤은 고개를 절레절레 흔들었다. 김재훈과 함께한 시간은 아주 핫했다. 핫한 봄의 보상으로 재원이 마련됐고 그걸 기반으로 하얀달빛을 끌어올릴 수 있게 되었다.

"가을에는 누구인가요? 지민이?"

"지민이는 좀 더 봐야 알 것 같습니다. 이전처럼 자금이 완전히 모자라는 것도 아니라서요. 여유를 두고 제대로 다듬어서 내보내는 게 어떨까 싶네요."

"엄청난 가수가 나오겠네요. 가끔 선배랑 연습하는 거 보면 무시무시하던데. 좋네요. 이제 회사가 조금씩 자리를 잡아가는 것 같아서."

이현지는 기분이 좋았다. 초반에 자금의 압박부터 가수들 문제로 여러 가지 힘들었던 걸 생각하면 지금은 어느 정도 안정이 되었다. 확실히 돈을 벌어들이는 김재훈이라는 가수가 있었고, 인지도를 쌓아가는 하얀달빛이 있었다. 강윤도 곡으로 돈을 벌고 있으니 회사가 조금씩 탄탄해지는 시점이었다.

하지만 강윤은 아직 멀었다며 고개를 저었다.

"이제 시작입니다. 김재훈 한 사람에게만 의지하기엔 너무 위험하니까요. 그리고 콘서트도 열어야 하니 자금을 어느 정도는 아껴야 합니다."

"콘서트요? 전국투어 할 정도의 자금은 힘들어요."

"서울에서 한두 번만 해야죠. 그래도 연말 콘서트는 꼭 해야 합니다. 그러기 위해서는 자금을 남겨놔야죠. 재훈이가 원하는 바이기도 하고."

"올해 휴가는 회사와 함께하겠네요."

이현지가 작게 투덜거렸다. 그러나 기분 좋은 투정이었다.

강윤은 그녀를 뒤로하고 하얀달빛이 연습하는 연습실로 향했다.

"무엇을 말하나~ 너는 모르지~ 눈물이 흐르네~ 차가운 ~ 뺨 위로~"

강윤이 연습실 문을 여니 이현아의 힘 있는 목소리가 공간을 가득 메우고 있었다.

'새로 만든 곡인가?'

강윤은 여러 색의 음표들이 하나의 빛을 만드는 광경을 보며 팔짱을 끼었다. 특히 일렉트릭 기타의 징징 울리는 저음의 디스토션이 돋보였다.

"내겐~ 아무것도~"

이현아는 노래에 심취해 있었다. 그녀에게서 흘러나오는 노란 음표는 더 강한 빛을 만들어내고 있었다.

'괜찮네.'

빛은 나쁘지 않았다. 적절하게 어우러지는 사운드는 그렇게 흘러가며 끝을 맺었다.

"후아. 안녕하세요."

이현아는 모두를 대표해 시원한 목소리로 인사했다. 강윤은 손을 흔들며 답했다.

"잠깐 모여볼래?"

강윤의 호출에 모두가 악기를 내려놓고 그의 앞에 모였다. 워낙 바빠 자주 보기도 힘든 강윤이었기에 모두가 긴장했다.

"8월 말에 록 페스티벌이 열려."

"잠깐, 잠깐만요, 그거 고양에서 하는 거 맞죠?"

이현아가 록 페스티벌이라는 말에 크게 반응했다. 다른 팀원들도 동공이 크게 열리며 강한 호기심을 드러냈다.

"저희 거기 나가나요?"

이차희의 물음에 강윤은 고개를 끄덕였다.

"응. 오늘 신청서를 냈고 특별한 일이 없는 이상 그 무대에 오르게 될 거야."

"와우!"

하얀달빛 모두가 만세를 불렀다. 록 페스티벌은 전국의 모든 무대를 통틀어 관객의 반응이 최고라 일컬어지는 무대였다. 가수들이 힐링돼서 온다는 말이 있을 정도였다. 그런 무대에 서게 되다니, 그들은 하이파이브까지 하며 기뻐했다.

강윤은 잠시 그들이 진정될 때까지 기다렸다가 말을 이어갔다.

"이제부터 바빠질 거야. 록 페스티벌에서 할당받을 시간은 1시간. 1시간 동안 콘서트를 하는 거지. 다른 가수들하고 같이 섰던 지난번 무대들하곤 이야기가 달라."

그들의 들뜬 마음에 강윤은 주의를 주었다. 아직 젊은이들이었다. 물론 그 젊음이 좋았지만, 너무 흥분하면 실수도 있게 마련이었다. 강윤은 그런 실수를 피하고 싶었다. 모두가 알아들었는지 고개를 끄덕였다.

"록 페스티벌이 끝나면 가을, 공연장이 문을 열 거야. 그리고 공연장 오픈 1달 뒤, 메인무대에 입성할 거야."

"네에?!"

강윤의 계획에 모두의 목소리가 다시 커졌다. 조금 전과는 또 다른 놀라운 소식이었다.

"저희…… 다 같이 가는 거죠?"

김진대가 조심스럽게 묻자 강윤이 당연하다는 듯 답했다.

"하얀달빛이라는 이름으로 무대에 오를 거야."

당연히 한 팀이라는 답이었다. 그 말에 이차희가 김진대의 옆구리를 찔렀다.

"넌 눈치도 없냐? 사장님 몰라?"

"아니, 그게 아니라……."

"헛소리 작작해라. 콱."

결국 이차희에게 된통 혼난 김진대는 풀이 죽었다.

강윤은 이후 일정과 주의사항에 대해 자세히 이야기했다. 앞으로는 공연장 때문에 고민할 필요가 없다는 이야기부터 공중파에 진출할 때를 대비해 외모 관리도 해두라는 이야기까지. 외모 관리라는 말에 김진대가 혼잣말로 뭐라 중얼대다가 이차희에게 옆구리를 찔리는 참사를 맞았다.

전달사항을 모두 전한 강윤은 연습실을 나섰다. 그런데 이현아가 그를 따라나섰다.

"할 말 있어?"

"아니……. 고맙습니다."

"뭐가?"

"그냥…… 우리 다 같이 음악하게 해주셔서요. 다른 곳이었으면 상상도 못 했을 텐데……."

록 페스티벌에 메인 무대 진출까지. 강윤이 한 말들로 이현아는 정신을 차릴 수 없었다. 그의 말이 하나하나 이루어지는 것을 보며 그녀는 가슴이 설렜다.

그걸 아는지 모르는지 강윤은 어깨를 으쓱였다.

"새삼스럽게. 약속이었잖아. 그리고 아직 감사할 시점이 아냐. 그때 돈 많이 벌어다 주고 감사하라고."

"후후. 네."

이현아는 돌아서는 강윤을 보며 기쁘게 미소 지었다.

낮에는 회사 업무, 밤에는 편곡.

강윤은 매우 바쁜 생활을 하고 있었다. 최근에 희윤이 보내온 김재훈의 곡을 편곡하고 있었다.

'여기에 퍼커션을 넣어야 하나.'

드럼 소리가 마음에 들지 않아 다른 소리로 대체했지만,

빛은 여전히 약했다. 피아노 하나로 연주했을 때 아무리 빛이 강하게 나와도 편곡했을 때 이를 살리지 못하면 아무런 의미가 없었다. 지금이 딱 그랬다.

'이상하네. 희윤이가 쳤을 때는 이런 느낌이 아니었는데. 뭔가가 잘못됐나?'

강윤은 소리를 합성하며 고개를 갸웃했다. 오히려 처음 편곡을 시작할 때보다 빛이 약해진 기분이었다. 그의 눈앞에는 여전히 음표들의 향연이 펼쳐지고 있었지만, 썩 만족스럽지 않았다.

"형. 아, 작업 중이시군요."

김재훈이 강윤의 방에 들어왔다가 작업 중인 모습을 보며 다시 몸을 돌리려 했다. 그러자 강윤이 그를 붙잡았다.

"아, 괜찮아. 잠깐만."

"볼일 있으신가요?"

"응. 재훈아, 이별 노래를 부를 때 어떤 느낌으로 불러?"

"이별이요? 음…… 여자친구 생각을 해봐야 슬프진 않아요. 대신 엄마 생각을 하죠."

"엄마?"

"엄마 생각하면 그냥 보고 싶거든요. 이별은 그냥 보고 싶은데 볼 수 없게 되는 상황이잖아요. 그래서 엄마 생각을 해요."

"아아. 그렇군. 그걸 멜로디로 살리려는데 느낌이 영 안

산다?"

"그래요? 어디 좀 볼까요?"

강윤이 지금까지 편곡한 부분을 재생했다. 처음 반주와 앞부분이었다. 김재훈은 발로 박자를 맞추며 노래를 듣더니 고개를 갸웃했다.

"가사를 안 들어봐서 잘은 모르겠는데 확 와 닿는 느낌은 아니에요. 처음에 조금 터져주면 좋을 것 같은데요."

"터진다?"

"네. 처음에 피아노로 잔잔하게 시작하잖아요? 그래서 졸릴 것 같아요. 차라리 잔잔하게 하지 말고 확 터져 나오는 게 어떨까 싶어요. 곡이 지루하지도 않을 것 같고……."

"흠……."

강윤은 곧 곡을 수정하기 시작했다. 멜로디를 재생하며 신디사이저에서 소리를 찾아 음악을 합성했다. 키보드 치는 소리와 신디사이저 소리가 요란하게 사방에 울렸다.

잠시 후.

"다시 해볼게."

강윤은 곡을 재생시켰다. 김재훈의 말대로 드럼의 돌리는 소리와 함께 확 터져 나오는 느낌이 강했다.

'회색…….'

그러나 강윤은 고개를 저어버렸다. 그런데 뒤의 김재훈은 좋다며 눈을 빛내고 있었다.

"이거예요, 이거."

"뭐?"

강윤은 당황했다. 회색이 좋다니. 뭔가가 잘못된 것 같았다.

"이런 느낌. 터지는 느낌이 좋아요."

"그, 그러냐?"

"네. 이런 느낌으로 가는 게 어떨까 싶네요."

초반부터 터져 나오는 소리가 아주 좋았는지 김재훈은 계속 뒤에서 손짓하며 멜로디에 심취했다.

'이건 아닌데…….'

강윤은 이 상황을 어떻게 말을 해야 할지 고민하기 시작했다.

4화
이걸 해, 말아?

"여기서 확 터지는 것도 나쁘진 않네. 여기 조금만 틀어 볼까?"

"어떻게요?"

김재훈은 강윤의 작업에 호기심을 보였다. 김재훈도 작곡을 알았다. 그래서 강윤의 작업이 더 흥미롭게 다가왔다. 그는 강윤이 처음 간부를 더 터뜨려서 느낌을 살려주길 원했다. 강윤은 고민하다 소리를 더 찾아 조합했다.

그러나 소리를 재생해 보니 빛은 더 칙칙해졌다.

'으……'

짙어진 회색에 강윤은 자기도 모르게 몸서리를 쳤다. 김재훈도 이건 아니라는 듯 고개를 흔들었다.

"앞의 것이 더 나은 것 같은데요."

"그러게. 다시 해보자."

강윤은 다시 소리를 찾아 합성했다. 여러 색의 음표들이 그의 앞에서 조화를 이뤘다. 그러자 처음의 연주에서 보였던 회색은 점차 사라지고 하얀빛이 만들어졌다. 하지만 회색빛은 여전히 조금씩 남아 강윤의 마음을 찝찝하게 했다.

"괜찮은데요?"

그걸 모르는 김재훈은 노래가 좋다며 기뻐했지만, 강윤은 고개를 저었다.

"뒤에 가사가 들어가면 어색할 거야. 네 목소리가 잘 어우러지게 해야 하는데. 잠깐 아~ 소리 좀 녹음해도 될까?"

강윤은 마이크를 꽂아 그에게 주었다. 그리고 신디사이저를 피아노로 바꿔 G음을 쳤다.

"아~"

"오케이."

김재훈의 소리를 녹음하고 강윤은 소리를 맞춰나갔다. 그의 주파수에 맞춰 어울릴 만한 소리를 찾아나갔다.

"형, 전 먼저 잘게요. 스케줄 있어서……."

"그래."

결국 시간이 너무 늦어져 김재훈은 끝을 보지 못하고 잠자리에 들었다.

다음 날, 졸린 눈을 비비며 일어난 김재훈은 씻기 위해 세수를 하러 갔다. 그런데 강윤의 방문이 열려 있었다. 지나가며 보니 컴퓨터 앞에 강윤이 여전히 그대로 앉아 있었다.

"형?!"

김재훈은 놀라 방 안으로 들어갔다. 강윤은 피곤함이 가득한 눈으로 그를 돌아봤다.

"……일어났구나."

"네. 지금까지 안 잤어요?"

"으, 시간이 벌써 이렇게 됐네. 그래도 다 끝났다. 뭐, 난 쉬는 날이잖아. 괜찮아."

강윤은 자리에서 일어나 기지개를 켰다. 몇 시간 만에 일어났는지 온몸이 뻐근하다며 비명을 질러댔다.

"초반부는 이제 완벽해. 한번 들어봐."

강윤은 바로 곡을 틀어주었다. 브라스로 시작하며 터져 나오는 반주는 순식간에 김재훈을 빠져들게 했다. 그는 20초 남짓 되는 소리에 흠뻑 빠져들었다.

반주는 그의 목소리 '아~' 소리가 나올 때 끊겼다.

"뭔가 아쉽네요. 더 들어봤으면 좋겠는데."

"시간이 없어서. 뒷부분은 나중에 마무리해서 들려줄게. 좀 자야겠다."

강윤은 더 이상은 못 견디겠는지 바로 침대에 누웠다. 그리곤 이내 색색 소리를 내며 잠이 들어버렸다.

"낮에 그렇게 일하고 밤에…… 정말 대단하네, 이 형님."

김재훈은 어깨를 으쓱이며 고개를 휘휘 내저었다.

여러모로 볼수록 대단한 사람이었다.

건물 매매계약서에 사인하고 강윤은 건물 주인과 악수를 나눴다.

"바로 들어오시나요?"

"일주일 뒤에 들어갈 생각입니다. 공사도 해야 하고 할 일이 많으니까요."

"알겠습니다. 오래된 건물이긴 해도 위치가 좋은 곳입니다. 앞으로 잘 써주시길 바랍니다."

건물주인은 애착이 많은 건물이라며 강윤에게 잘 써줄 것을 부탁하고 사무실을 나섰다.

계약이 끝나자 이현지가 밝은 얼굴로 기분 좋게 말했다.

"아아~ 뭔가가 하나씩 이루어지는 기분이군요."

"그래도 생각보단 수월하게 구했습니다. 가을 즈음에나 구할 수 있을 줄 알았는데 말이죠."

"무리해서라도 구입하자는 사장님 의지가 이룬 결과죠."

"하하하."

강윤은 멋쩍게 웃었다. 이 조건 저 조건 다 따지다 보면 도무지 구할 수 없을 것 같았기에 돈에 여유가 있을 때 밀어붙였다.

"에효. 재훈 씨가 돈 좀 벌어다 줘서 여유가 생겼다 생각했는데…… 또 허리띠 졸라매야겠네요. 여기 살림하는 내 생각도 해주세요. 요즘 허리 사이즈가 1인치나 줄었다고요."

"원래 24 아니었나요?"

"어머? 그건 어떻게 알았어요? 보여준 적이 없는데?"

두 사람의 분위기는 매우 밝았다. 뭔가를 이뤄간다는 기분은 그 무엇과도 비교할 수 없는 쾌감을 주었고, 두 사람은 그걸 즐길 줄 알았다.

잔금 일자에 맞춰 이현지가 입금한다 말하고는 공연장에 대한 이야기는 끝을 맺었다.

며칠 후 월드엔터테인먼트 이름으로 이현지는 잔금을 치렀다. 건물을 매입하는 일이라 해야 할 일들이 많았다. 그렇게, 홍대 인근 연남동에 월드엔터테인먼트의 이름으로 공연장이 만들어졌다.

모든 절차를 끝내고 강윤은 이현지, 하얀달빛 멤버들과 함께 공연장을 보기 위해 왔다.

"……넓긴 넓네요."

이현아는 1층과 2층을 뚫어놓은 공간을 보며 감탄했다. 2층까지 확 트여서 그런지 공간은 확실히 넓었다.

"원래 공연이 목적은 아니었나 봐. 장사가 목적인 상가였던 모양인데, 위치가 워낙 괜찮아서 구입했지."

"하긴. 역에서 그렇게 멀지도 않고, 잘만 알리면 사람들 많이 오겠어요."

이현아는 앞으로 걸어갔다. 넓은 공터라 소리가 크게 울렸다. 그녀는 울리는 소리에 고개를 갸웃했다. 그 생각을 알았는지 강윤이 말했다.

"음향공사를 제대로 할 생각이야. 여기 있는 클럽 공연장들은 대체로 공간이 협소하면서 음향공사는 엉망인 경우가 많았어. 돈을 들이더라도 제대로 된 공연장을 만들어 볼 생각이야."

"오오. 기대되는데요?"

이현아는 생각만으로도 좋았는지 감탄사를 늘어놓았다. 그녀와 함께 있던 밴드원들도 마찬가지였는지 얼굴에 좋은 기색이 역력했다.

그들에게 이현지가 차분한 어조로 말했다.

"공연장 공사는 다음 주부터 들어갈 거야. 3층하고 4층은 공연자 대기실로 쓸까 해. 아예 이 건물 자체를 작은 공연장으로 만들 생각이야."

"……장난 아니네요."

이현아는 침을 꿀꺽 삼켰다. 스타도 많지 않은 소속사에서 무리수를 두는 건 아닌지 걱정까지 되었다. 그 생각을 읽었는지 이현지가 침착히 답했다.

"이 공연장은 너희한테 하는 투자야. 처음에 들었지? 매주 너희가 여기서 공연하게 될 거야. 이런 판을 깔아줘도 성과가 없으면 곤란하겠지?"

"그…… 그렇네요."

강윤과는 달리 이현지의 말은 부담되었다. 책임감이 느껴
졌다. 강윤도 말만 하지 않았을 뿐 이현지의 말에 동감하고
있었다.

잠시 생각하던 이현아는 무겁게 입을 열었다.

"걱정 마세요, 이사 언니. 이번 투자, 절대 후회하지 않게
할게요."

"그래, 기대할게."

이현지는 그들에게서 돌아서며 방송실이 세워질 장소로
향했다. 강윤에게 뒷말을 맡긴다는 의미였다.

"하여간. 모두 이사님 이야기 새겨듣도록 해."

"네."

이현지의 무거운 이야기 탓인지 하얀달빛의 분위기가 조
금은 가라앉았다. 모두가 조용히 강윤의 뒤를 따랐다.

강윤은 무대가 들어설 공터 앞에 섰다. 아직 그 앞에는 아
무것도 없었다. 강윤은 그들에게 시설에 대해 이야기했다.

"저쪽에 중형 스피커가 들어설 거야. 가능하면 모니터 개
수는 줄이고 싶어. 무대는 깔끔하게 갔으면 하거든."

"그래도 악기마다 하나씩은 있는 게 좋지 않을까요?"

김진대의 말에 강윤이 동의했다.

"맞아. 있긴 해야지. 가능하면 헤드셋이나 이어 마이크로

대체하자. 비싸도 그게 나을 거야. 하지만 다른 팀원들 공연
도 생각해야 하니까 구비는 해놔야겠지?"

"네. 채널 넉넉한 믹서에 모니터 스피커 충분하면 괜찮다
고 생각해요."

이차희가 답했다. 강윤도 그 말이 맞다 여겼다.

강윤은 하얀달빛과 함께 무대에서 그들이 필요한 것들을
들었다. 어차피 개인 악기들은 다 있었다. 다만 드럼과 앰프
들이 필요했다. 어차피 다른 밴드가 공연할 때도 필요하다
여기는 것들이니 구입하기로 하고, 그 외 필요한 장비들의
목록을 적었다.

그렇게 이야기를 나누다 보니 시간은 금방 흘러갔다.

방송실과 3층, 4층을 둘러보고 이현지가 내려왔다.

"이제 가죠."

이현지가 앞장서자 모두가 그녀를 뒤따랐다.

회사로 가는 밴 안에서, 강윤이 돌아서며 하얀달빛 팀원들
에게 물었다.

"공연장 이름을 정해야 하는데 뭐라고 하는 게 좋을까?"

"이름이요?"

이현아가 자기는 이런 데 약하다며 머리를 흔들었다. 모두
가 공연장 이름 정하기에 고심하며 머리를 맞댔다.

그때, 운전대를 잡은 이현지가 무심하게 툭 하나 던졌다.

"루나스 어때요?"

"루나스?"

강윤이 호기심을 보이자 이현지는 계속 말을 이어갔다.

"루나는 달의 여신이잖아요. 하얀달빛, 루나. 여신들. 뭔가 연관되면서 있어 보이지 않나요?"

"그렇네요. 이거 어떠니?"

"좋아요!"

뭔가 있어 보인다며 김진대는 특히 더 좋아했고 이차희가 카페 이름 아니냐며 의아해했지만, 모두가 괜찮다며 동의했다.

회사로 돌아가는 밴 안에서, 그렇게 월드엔터테인먼트의 새로운 공연장, 루나스가 탄생했다.

윤슬엔터테인먼트의 추만지 사장은 최근 웃음꽃이 피었다.

5인조 걸그룹 다이아틴이 에디오스의 부재에 영향을 받아 매우 잘나가고 있었고, 다른 연예인들도 같이 상승세를 이어갔다. 덕분에 회사 주가는 연일 상한가였다. 주주들과 이사들이 그를 보는 시선은 최고조에 이르렀다.

하지만 추만지 사장은 이런 호조에도 한 가지가 아쉬웠다.

'아, 에디오스…… 그 에디오스를 콱 눌러 버려야 하는데.'

사장실에서 그는 연예 포털을 보며 머리를 잡고 있었다. 포털에서는 에디오스와 다이아틴의 매력을 분석한다며 다이아틴의 리더 강세경과 에디오스의 리더 정민아를 비교했다.

'우리 세경이가 왜 2인자라는 거야?'

기사는 55:45로 정민아가 우세했다. 이전 80:20, 70:30 때와 비교하면 많이 나아진 결과였다.

문제는 기사 밑에 달린 댓글이었다. 정민아 댓글 부대라고 해도 좋을 정도로 대부분의 사람들은 정민아에게 호의적이었다. 다이아틴에 대해 호의적인 이야기는 있어도 막상 강세경과 정민아를 붙여놓으면 강세경에게 아쉬운 말들이 많았다. 특히 춤에는 못 따라간다며 아쉽다느니, 2인자라느니 하는 말들이 지배적이었다.

하지만 그는 냉정했다.

'에디오스가 잡아놓은 캐릭터가 강한 탓이야. 춤은 정민아, 노래는 한주연, 애교는 릴리. 한두 달 차이가 정말 힘들긴 힘들군. 실력에서 많이 차이가 나는 건 아닌 것 같은데…… 이건 마케팅에서 밀린 거다.'

에디오스의 데뷔 초, MG엔터테인먼트의 마케팅은 정말 강력했다. 역대 걸그룹 최고의 팬덤은 그때 만들어졌다고 해도 과언이 아니었다. 그 팬덤에 정면으로 승부하지 않고 옆에서 조금씩 지분을 올렸기에 이 정도 따라온 거지, 만일 정면승부로 맞부딪쳤으면 완전히 잊힌 그룹이 되었을지도 몰랐다. 그만큼 초반의 에디오스는 강력했다.

하지만 달도 차면 기우는 법이다. 에디오스가 오랫동안 미국에 있자 팬들은 이탈했고 점차 잊혀지고 있었다. 미국에서 성과라도 있으면 좋았을 것. 하지만 지금 MG엔터테인먼트 이사들은 무슨 생각인지 그녀들을 한국으로 불러들일 생각은 전혀 하고 있지 않았다.

'재계약을 안 할 생각인가? 새롭게 키우는 걸그룹이 있다고 듣긴 했지만, 에디오스만큼 강력할지는 의문인데. 그 애들이 얼토당토 않은 걸 요구했나? 알 수 없는 일이야.'

회사 내부 사정까지 알 수는 없지만 다이아틴에겐 절호의 기회였다. 그는 인터넷을 껐다. 그리고 호출버튼을 눌렀다.

"한 비서. 연습실에서 세경이 올라오라고 해."

─네, 알겠습니다.

잠시 후, 노크 소리와 함께 보랏빛 짧은 커트 머리의 여자가 들어왔다.

"앉아."

그녀는 추만지 사장에게 인사를 하곤 자리에 앉았다.

"세경아. 연습은 잘돼?"

"네. 곧 컴백이잖아요. 다들 단단히 마음먹고 하고 있어요."

"이젠 다들 알아서 잘하니까."

그는 연습 상황들을 물었다. 짧은 커트머리의 여자, 강세경은 멤버들의 성취도와 현재 상황을 이야기했다.

잠시 근황을 들은 추만지 사장은 본격적으로 용건을 이야기했다.

"타이틀곡 말야, 이번에는 다른 데서 받아오는 게 어떨까?"

"다른 곳이요?"

강세경은 고개를 갸웃했다. 지금까지 다이아틴의 모든 타이틀곡은 회사 내 작곡가들이 만들어왔다. 회사만의 스타일에 그녀도 별 불만이 없었다. 그런데 외부 작곡가라니.

"변화를 주실 생각인가요?"

"변화? 뭐, 그렇지. 요즘 뜨는 작곡가 있잖아. 들어봤지? 뮤즈라고."

"네. 당연히 알죠. 코리아 원스타에서 뜬 작곡가 말씀하시는 거죠? 요즘 유명하던데…… 그 사람 덕에 제이 한이 우승했다고 인터넷이 떠들썩했고……."

"인터넷도 난리였지만 이쪽도 난리였어. 이번에 의뢰 좀 많이 받았을걸? 그런데 아직까지 잠잠한 걸 보면 몸을 많이 사리는 것 같아. 몸값 올리려는 생각인 것 같은데…… 아무튼 월드엔터테인먼트라고, 김재훈이 있는 곳 전속 작곡가라들었어. 감각도 좋은 것 같고, 이번에 한 곡 받아오는 것도괜찮을 것 같다. 노래가 좋다면 투자를 해야지. 내일 같이 가보자."

"네."

용건이 끝나자 강세경이 밖으로 나가려 할 때, 추만지 사장이 그녀를 다시 불렀다.

"세경아."

"네? 더 하실 말씀 있으세요?"

"이번에 컴백할 때 코에 필러 좀 넣자."

"에엑?! 왜요?! 제 코 높아요. 싫어요."

"농담이야, 농담."

추만지 사장이 낄낄대며 웃음을 터뜨릴 때, 강세경은 그런 농담하지 말라며 진저리를 쳤다.

"여기 1차 장비 구입 목록입니다. 국내에 없는 것들이 많으니 많이 알아봐야 할 겁니다."

"음향장비들은 잘 모르는데……."

강윤이 준 주문서를 보고 정혜진은 걱정스러운 눈을 했다. 그러나 강윤은 외국 음향사이트와 블로그 등을 가르쳐 주며 말을 이었다.

"여기를 보면 주문하는 곳들이 있습니다. 가격 비교해 보고 세관에 들어오는 날짜 잘 계산해서 주문해 주세요. 못해도 8월 중순까지는 들어와야 공사가 될 겁니다. 잘 부탁해요."

"네……."

정혜진은 또 어려운 일이 들어왔다며 깊은 한숨을 내쉬

었다. 그녀의 마음을 알았는지 강윤이 뒤에 한마디를 덧붙였다.

"이번 일 끝나면 휴가에 보너스까지 챙겨줄게요."

"맡겨주세요!"

어디서 힘이 솟구쳤는지 그녀의 눈에서 일에 대한 의지로 불길이 타올랐다.

사무실에서 일을 끝낸 강윤이 스튜디오로 내려가려는데 이현지가 들어왔다. 그녀 뒤에는 두 명의 손님이 함께했다.

"사장님, 손님 왔습니다."

"손님?"

강윤이 보니 마른 체격에 눈이 찢어진 남자였다. 그의 뒤에는 연예인으로 보이는 보랏빛 머리의 여자가 보였다.

"허, 진짜 강윤 씨였군요. 아니, 이젠 사장님이군요. 여기서 뵙게 되다니, 반갑습니다."

"추만지 사장님?"

강윤은 자리에서 일어나 추만지 사장이 내민 손을 잡았다. 의외의 방문이었지만 그는 손님을 맞았다.

정혜진이 커피를 내오고 네 사람은 소파에 앉았다.

첫 말은 추만지 사장에게서 나왔다.

"개업했다는 이야기를 나중에 들어서 꽃 하나도 보내지 못했네요. 이런 실례가."

"아닙니다. 꽃은요."

강윤은 괜찮다며 고개를 흔들었다. 그는 추만지 사장의 용건이 궁금했다. 간단한 안부가 오고가고 곧 추만지 사장이 용건을 꺼냈다.

"뮤즈의 곡을 사고 싶습니다."

"누가 부를 곡입니까?"

추만지 사장은 옆에 있는 여자를 가리켰다.

"다이아틴 애들이 부를 노래입니다. 요즘 좋은 곡들을 내는 작곡가 분을 뵙고 싶어 왔지요. 여기 오면 만날 수 있다고 들었습니다."

다이아틴의 노래라니. 의도하진 않았다 해도 에디오스의 경쟁자의 노래를 자신의 손으로 만들어 달라는 것 아닌가.

강윤은 이 상황에 묘한 감정을 느꼈다.

"출시일은 7월 말이나 8월 초가 되겠군요."

"8월 초로 생각하고 있지요."

"타이틀곡입니까?"

"그렇습니다. 이번 앨범은 다른 컨셉으로 나가고 싶어서 말이죠. 이강윤 사장님이 뮤즈라는 작곡가를 잘 안다 들었는데……."

추만지 사장은 여유 있는 모습이었다. 그는 주변을 둘러보며 사무실 여기저기를 살폈다. 뮤즈라는 작곡가가 빨리 만나고 싶은지 그는 계속 여기저기를 둘러보았다.

강윤은 그걸 알고 바로 답해주었다.

"뮤즈는 저희 작곡팀입니다. 작곡을 담당하는 사람은 미국에 있고 편곡은 제가 담당하죠. 이 두 사람을 통칭해 뮤즈라고 합니다."

"그렇군요. 그래서 제이 한이 방송에서 이강윤 작곡가님이라 이야기했던 거군요. 그럼 이 이야기는 이강윤 사장님과 하면 되겠군요."

"네."

추만지 사장은 자세를 고쳐 앉았다. 옆의 강세경도 긴장하며 귀를 기울였다. 본격적인 이야기가 오갈 시간이었다.

먼저 강윤이 물었다.

"앨범 컨셉은 어떤 건가요?"

"네. 치어리더 컨셉으로 여름에 맞게 밝은 분위기로 가고 싶습니다."

"지금까지의 다이아틴하고는 컨셉이 많이 다르군요. 다이아틴은 귀여우면서 센 언니 이미지가 섞여 있었는데 말입니다."

"그 덕에 남성팬과 여성팬이 섞여 있었죠. 맞습니다. 이전과 완전히 다른 컨셉을 내세우려다 보니 회사에서 컨셉에 맞는 노래들을 못 만들더군요."

추만지 사장은 안면을 가볍게 구겼다. 뭔가 마음에 안 든다는 표정이었다.

강윤은 그의 말을 듣고 의도를 바로 알아챘다.

'에디오스 지분을 확 끌어올 생각이구나.'

미국에 온 힘을 쏟느라 국내시장에 전혀 신경을 못 쓰고 있는 에디오스를 누를 생각인 게 분명했다. 에디오스의 기반은 삼촌팬이라 불리는 남성팬이다. 절반으로 줄었다 해도 아직 그 어떤 그룹도 에디오스의 팬클럽 규모를 따라오지 못할 정도다. 삼촌팬이라는 말도 에디오스 때문에 처음 만들어질 정도였으니 더 말해 뭐하겠는가.

추만지 사장은 이번 앨범으로 그들의 지분을 끌어올 생각이 분명했다.

강윤은 고민되었다. 에디오스와 정도 많이 들었다. 하지만 과거로 인해 지금의 기회를 놓친다는 건 말도 안 되는 이야기다.

"잠시 이야기를 하고 와도 되겠습니까?"

"얼마나 걸릴까요?"

"10분이면 됩니다. 오래 기다리게 하진 않을 겁니다."

"알겠습니다. 기다리죠."

강윤은 자리에서 일어나 밖으로 나갔다. 이어 추만지 사장을 이현지가 맡았다. 이현지는 강윤을 대신해 추만지 사장과 여러 가지 이야기를 나누었다.

'이걸 해, 말아?'

잠시 옥상에 올라온 강윤은 머리를 싸매고 고민했다. 희윤이 거절할 이유는 없었다. 문제는 강윤, 그 자신이었다.

'살다 보니 별일이 다 있군. 미안하긴 하네.'

미국에서 에디오스가 고생하고 있다는 걸 잘 안다. 미국 진출이 얼마나 멍청한 전략인지도 제일 잘 아는 게 강윤이 었다. 미국과 한국은 인종은 물론 문화에 이르기까지 차이가 나는 게 한두 가지가 아니다. 그걸 제대로 이해하지 않은 상태에서 미국 시장 공략에 나서는 게 얼마나 바보 같은 짓인지 생각할수록 기가 찼다.

자리가 비면 누군가가 채우게 마련이다. 그것은 가요계도 마찬가지다. 몇 년간 에디오스의 뒤만 바라보던 지금의 다이아틴이 이 한 방을 노리는 것처럼. 다만 그 무기가 될 노래 제작 의뢰를 받으니 기분이 묘할 뿐이었다.

'그래도 일은 일이지.'

강윤은 희윤에게 전화를 걸었다. 통화음이 몇 번 가더니 곧 희윤의 목소리가 들려왔다.

―어, 오빠.

"희윤아. 집이니?"

―응. 여기 밤이잖아. 작업 중이야.

희윤은 신디사이저 소리를 들려주었다. 오빠가 못 믿거나 하진 않겠지만, 나름 그를 안심시켜 주려는 의도였다.

강윤은 간단하게 안부를 물은 후 용건을 이야기했다.

"곡 의뢰가 들어와서 연락했어."

―곡? 요즘 의뢰 많네. 누구야?

"다이아틴."

ㅡ에에? 그 에디오스 라이벌?

희윤은 놀랐는지 목소리가 커졌다. 그녀도 강윤이 에디오스를 기획했다는 걸 알았다. 그 기획자가 라이벌의 곡 의뢰를 받았다니…….

"아직 승낙한 건 아닌데, 아무래도 해야 할 것 같아서."

ㅡ그래? 앨범 컨셉 나왔고?

희윤은 당연하게 일에 관해 물었다. 그녀는 이미 어엿한 작곡가였다. 누가 되었든 이건 일이었다. 공과 사는 구별해야 하는 법이다.

"치어리더래. 분위기는 가벼우면서 신나게. 아마 안무도 그렇게 갈 생각인 것 같아."

ㅡ오오. 남자들 신나겠네. 가사도 써서 줘야 할까?

"그건 잘 모르겠네. 가사는 거기 팀에게 쓰라고 하는 게 나을 것 같아. 이입이 안 될 것 같으니까."

ㅡ한번 해보고 안 되면 넘기는 걸로 가자. 돈 벌어야지.

"이런이런. 돈독이 제대로 올랐네."

ㅡ오빠 사업이잖아. 돈 많이 벌게 도와야지.

동생의 말에 강윤은 기특함을 느꼈다. 처음 작곡을 한다고 했을 때 코웃음을 쳤던 게 엊그제 같았는데, 이제는 든든한 한 축이 되어 있었다. 이런 천재성이 있는 줄 알았다면 진작 알아봤어야 하는 건데. 조금은 후회가 되기도 했다.

강윤은 통화를 마치고 사무실로 들어갔다. 사무실에선 이현지와 추만지 사장이 화기애애하게 이야기를 하고 있었다.

"강세경 씨는 안 보이는군요."

"세경이요? 둘러본다고 여기 연습생하고 함께 내려갔습니다."

"아아. 지민이가 같이 갔나 보군요."

강윤은 바로 수긍하곤 자리에 앉았다. 그리고 바로 본론을 이야기했다.

"곡 저희에게 맡겨 주십시오. 믿고 맡겨 주신다면 최선을 다하겠습니다."

강윤의 말에 추만지 사장은 만족하며 손을 내밀었다.

"잘 부탁합니다."

"저야말로."

그리고 본격적으로 조건들이 오가기 시작했다. 대형 소속사라 금액은 문제가 없었다. 추만지 사장은 작곡, 편곡, 가사까지 모두 위임하겠다 이야기했다. 강윤은 최선을 다하겠다고 답했다. 문제는 뒤에 나왔다.

"안무는 저희 안무팀이 있으니 이 부분은 강윤 사장님이 신경 쓰지 않아도 될 겁니다."

작곡가가 안무까지 영향을 미치지만, 강윤은 알았다며 고개를 끄덕였다.

"알겠습니다. 비트만 말씀해 주시면 됩니다."

"16비트는 너무 빠르니까 무난하게 8비트로 조금 빠른 느낌이 나게 해주세요."

"더 필요한 건 없습니까?"

"그건 나중에 더 말씀드리죠. 현재 조건은 이 정도입니다."

더 필요한 사항은 없었다. 용건이 끝난 추만지 사장은 자리에서 일어나며 전화를 걸어 강세경을 호출했다. 곧 스튜디오에 있던 강세경이 사무실로 올라왔다.

"가자."

"네."

강윤은 회사를 나서는 그들을 배웅했다.

추만지 사장은 다시 한 번 곡을 잘 부탁한다, 이야기하곤 회사를 떠나갔다.

"사장님, 괜찮겠어요?"

"어떤 거 말입니까?"

떠나가는 추만지 사장의 차를 배웅하며 이현지가 조심스럽게 물었다.

"다이아틴의 곡 의뢰 말이에요. 에디오스에게 영향을 줄 겁니다."

"알고 있습니다. 지금의 전 월드엔터테인먼트의 사장입니다. 이번 의뢰는 회사에 큰 이익을 가져올 겁니다. 에디오스는 과거 MG엔터테인먼트의 기획팀장일 때의 일이었죠.

자기 자리에서 최선을 다해야 하는 거 아니겠습니까?"

"그건 그렇죠. 하지만 입맛이 쓰네요."

"저도 아이러니합니다. 사실 화도 납니다. 그렇게 공들여 만들어 놨으면 관리라도 잘하든가……. 저라면 라이벌이 이런 기회를 잡을 수 있게 빈틈을 내주지 않았을 겁니다."

강윤은 에디오스를 미국으로 보낸 MG엔터테인먼트의 이사들을 생각하며 이를 갈았다. 자신이 만든 자식 같은 아이들이 눌린다는 게 기분 좋을 리 없었다. 그리고 이 상황이 기분 좋을 리 없었다.

그의 기분을 알았는지 이현지가 한마디 했다.

"그런 말도 안 되는 회사, 나중에 다 먹어버리죠."

"네?"

분위기를 전환하려는 가벼운 말이었다. 그런데 뭔가 뼈가 있었다. 강윤의 반문에 그녀는 다시 강조했다.

"그깟 MG엔터테인먼트, 덩치만 큰 멍청이들. 힘들게 공든 탑 무너지는 꼴 보느니 우리가 다 먹어버리죠. 어때요?"

"하하하하하. 그럴까요? 나쁘진 않네요."

그녀의 말에 강윤은 크게 웃었다. 생각만 해도 유쾌한 일이었다. 물론, 지금은 무리라는 걸 잘 알았다. 몇 배를 넘어 몇 십 배 차이가 난다. 말도 안 되는 일이지만 생각은 죄가 아닌 법.

생각이라도 하니 기분이 조금 풀렸다.

"그럴 수 있다면 좋겠네요."

강윤은 어깨를 으쓱이며 돌아섰다. 언젠가 그런 날이 오길 꿈꾸며 말이다.

"회사 둘러보니까 어땠니?"

회사로 복귀하는 차 안, 추만지 사장은 강세경에게 물었다.

"깔끔했어요. 스튜디오에 밴드 연습실도 있었어요."

"연습생은 몇 명이나 있었니?"

"저 안내해 주던 애 한 명 있었어요."

"저 작은 회사에서 연습생을 여럿 데리고 있기에도 부담스럽겠지. 그룹 만들기도 힘들 텐데, 무슨 생각일까? 실력은 봤니?"

"트레이닝 하는 거 잠깐 들어봤는데 계속 발성 연습만 하더라고요. 이상하게 노래 연습은 안 하던데……."

"어디서 초보 하나 데려와 연습시키나 보네. 하긴, 누가 저런 작은 회사에 가려 하겠어. 다 큰 데 가려고 하지."

추만지 사장은 쓴웃음을 지었다. 취업준비생들이 대기업에 몰리는 것처럼 연습생들도 대형 연예기획사에 몰린다. 안정된 환경을 바라는 심리는 다 똑같은 법이다.

"김재훈도 있고, 그 이강윤이란 인간 때문에 만만히 볼 곳은 아니지만, 나중에 성장통을 심하게 겪을 것 같더군. 좋아.

우린 곡 받고 준비나 잘해보자고, 세경아."

"네, 사장님."

"넌 코에 필러 넣고."

"아, 진짜! 싫어요."

그들이 탄 차는 그렇게 회사로 향했다.

♪ ♫ ♪♫ ♪♩ ♪

"지루한 일상을~ 활활 태워~ 어디론가 날아가 볼까~"

월드엔터테인먼트의 연습실에서는 이현아의 목소리가 시원하게 퍼져나가고 있었다. 이현아는 평소처럼 마이크와 마이크 스탠드를 함께 잡으며 시원한 퍼포먼스와 함께 노래를 불렀다. 그녀의 옆에 선 이차희가 머리를 흔들며 베이스를 쳤고 정찬규는 일렉트릭 기타의 디스토션을 불질렀다.

'흠……. 아직도 무난한가?'

그런데 오늘은 연습실에 손님이 더 있었다. 박소영이었다. 그녀는 고개를 갸웃하며 노래에 집중하고 있었다.

노래가 끝나고 이마의 땀을 닦으며 이현아가 다가왔다.

"노래 좋은데?"

이현아가 악보를 건네며 박소영에게 노래가 좋다며 칭찬을 했다.

"혹시 무난하지 않아요?"

"멜로디 말하는 거야? 무난할 수도 있겠네. 그런데 난 귀에 감기는 느낌인데? 뭐, 어떻게 들으면 그렇게 들릴지도. 그런데 뒤에서 힘을 받아서 다른 느낌이야. 그래서 무난하기만 하지도 않아. 노래 좋다."

"후유, 다행이다."

박소영은 안도의 한숨을 내쉬었다. 강윤의 조언을 듣고 며칠 동안 밥도 안 먹으며 수정에 수정을 거듭한 결과였다. 그렇게 곡을 완성하자 화장도 제대로 하지 못하고 달려와 이현아에게 내밀었다. 그 결과가 나쁘지 않다니, 정말 다행이었다.

"이거 강윤 오빠한테도 보여줬어?"

"처음에요. 오빠가 가이드를 해줬어요. 거기에 맞춰서 수정했고 뒤에 제 생각을 덧붙였죠."

"어쩐지 노래가 좋더라니. 이거 나 주는 거야?"

"음……. 생각해 볼게요."

"뭐야. 튕기는 거야?"

"하하하."

박소영은 장난스럽게 혀를 쏙 내밀었다. 사실 그녀야 하얀 달빛이 불러주면 더 바랄 나위 없었다. 이현아는 이현아 대로 생각이 있었다. 그녀는 악보를 보며 모두에게 말했다.

"이거 락페에서 부르고 싶은데, 어때?"

록 페스티벌에서 부르고 싶다는 의견에 이차희가 먼저 답했다.

"난 찬성."

그녀의 동의에 정찬규와 김진대도 모두 동의했다. 이견은 없었다. 오히려 놀란 건 박소영이었다.

"잠깐잠깐. 락페라면 그 고양에서 하는 그거 말하는 거 맞죠? 큰 행사던데."

박소영의 눈이 왕방울만 해지자 김진대가 그녀를 놀려댔다.

"맞아. 락 마니아들은 다 모일걸? 후후. 우리 소영이, 데뷔 크게 하겠는데?"

"어어? 자, 잠깐만요. 강윤 오빠한테 말해봐야 하는 거 아니에요?"

"오빠 크게 반대 안 할걸? 이 정도 노래면 문제없어."

이현아가 자신감을 보이니 박소영의 어깨가 조금 펴졌다.

"그, 그럴까요?

"당연하지. 걱정 말라고."

"우으……."

박소영은 두근거리는 가슴에 손을 얹었다.

수많은 사람 앞에서 자신의 노래가 불린다니, 생각할수록 가슴 벅찬 일이었다.

'희윤이도 어엿한 작곡가인데.'

그녀에게서 이미 희윤을 라이벌로 의식하는 마음이 싹트

고 있었다.

월드엔터테인먼트의 공연장은 한창 공사 중이었다. 지금은 음향 공사가 진행 중이었다. 천장에 흡음 공사와 창문에 빛을 차단하는 공사로 사람들이 바삐 움직이고 있었다.

강윤은 공연장 입구에서 이현지와 그것을 지켜보고 있었다.

"진척이 빠르진 않네요."

이현지가 공사 진행이 느린 게 마음에 안 드는지 고개를 흔들었다. 하지만 강윤은 괜찮다며 그녀를 달랬다.

"튼튼한 게 더 낫습니다. 일정 당기느라 공사가 부실하면 일을 두 번 해야 하니까요."

"그렇긴 해도……. 에이. 괜히 느린 것 같네요. 내 돈 들어간 탓일까요?"

"하하하. 사실 저도 그렇긴 합니다."

두 사람은 공사 중인 공연장을 한창 둘러보았다. 건설 책임자가 그들에게 다가와 공사가 어떻게 진행되고 있는지를 이야기해 주었다. 강윤은 대충 설명을 듣고는 바로 알겠다며 그를 돌려보냈다. 본업에 충실해야 하는 사람들을 오래 붙잡아 두고 싶지 않았다.

공사장을 둘러보며 이현지가 말했다.

"주변 공연장보다 확실히 시설은 좋아요. 이제 공연장 대여사업도 해야죠."

"그럴 생각입니다. 우선 인디 밴드들이 주로 이용하겠죠."

"대관료는 어떻게 하실 건가요? 주변 공연장들이 있어서 맞춰야 할 텐데."

강윤은 고개를 저었다.

"저번에도 이야기했지만, 주변 공연장 대관료가 너무 비쌉니다. 홍대에서 밴드가 밀려나는 원인이기도 하죠. 전 대관료를 낮게 잡을 생각입니다."

"그랬다간 주변의 미움을 받을 텐데요."

이현지는 걱정스럽게 말했다. 주변 공연장들은 이미 담합했다. 그런데 혼자 고고히 떨어져 나와 봐야 좋을 게 없었다.

그러나 강윤의 의지는 확고했다.

"공연장을 만든 취지가 비싼 대관료 때문이잖아요. 그리고 노래를 하고 싶은 사람들에게 기회를 주고 싶네요. 운영비에 약간의 이익을 거둘 수 있으면 충분합니다."

"뭐…… 그렇긴 하지만. 주변 공연장들도 값을 내릴 텐데. 치킨게임이 될 게 뻔해요."

강윤은 걱정 없다며 차분히 답했다.

"괜찮습니다. 어차피 하얀달빛 전용 공연장으로 구한 거니까요. 그리고 처음에 대관료를 내린 우리에 대한 이미지

상승을 기대할 수 있습니다. 그리고 공연장 대관료가 다 같이 내려간다면 언더 무대의 활성화도 기대해 볼 수 있지 않을까요?"

"그렇게 된다면 좋겠지만, 그 과정이 험난할 거예요. 저들도 바보는 아니니까요."

강윤의 생각을 잘 알았지만, 이현지는 여전히 걱정을 숨기지 못했다. 그러나 강윤은 확고했다. 여기에 타협은 없다며 다시 한 번 말했다.

"단순하게 생각하면 답이 나온다고 봅니다. 집중하는 거죠. 여러 가지 복잡하게 생각하면 중요한 걸 놓칩니다."

"……그렇네요. 뭐, 좋아요. 그 치들이 알아서 하겠죠. 사실 나도 공연장 비싼 거 보면 없는 애들 뜯어먹는 것 같아 맘에 안 들었거든요. 후, 이참에 시장질서 잡는 데 동참한다 생각하죠."

"하하하."

두 사람은 유쾌하게 웃으며 공연장을 나섰다.

그렇게 월드엔터테인먼트의 전용 공연장은 구색을 갖춰나가고 있었다.

"여기야."

희윤은 친구 헬레나의 소개로 대학교 치어리더들이 한창 연습 중인 연습장에 왔다. 농구장 같은 바닥재가 깔린 곳에서 몸에 착 붙는 편안한 복장을 한 여러 명의 여인들이 한창 연습에 몰입해 있었다.

"우와. 다들 예쁘구나?"

"그렇지?"

희윤은 큰 키에 늘씬한 라인을 드러낸 백인 여성들을 보며 감탄을 금치 못했다. 붉은색 치어리더 옷을 입은 백인 여성들이 한창 연습에 열중하는 모습은 멋들어졌다. 서로의 몸을 번쩍 들어 던져 2미터 이상 날아오르게 하는 것부터, 공중에서 다리를 쫙쫙 벌리는 그 모습은 몸이 약한 희윤에겐 신세계였다.

"저 애들 진짜 멋있다."

"저건 아무나 못해. 쟤들 집안부터가 한가락 하는 애들이야. 공부는 말할 것도 없지."

외모는 물론이고, 공부에 집안까지. 소위 말하는 엄친딸들이었다.

희윤이 그들의 연습을 보며 펜을 들었을 때, 리더로 보이는 여자가 다가왔다.

"헬레나?! 오우! 웬일이야? 연습장까지 다 오고?"

"미셸!"

두 여자는 반가웠는지 서로를 끌어안았다. 잠깐 교우를 나누고 헬레나는 곧 희윤을 소개해 주었다. 미셸은 마른 체격의 동양인 여성을 보며 흥미 없는 눈치였지만 곧 희윤이라는 이름을 듣더니 눈에 이채를 띠었다.

"희윤? 아아, 그 작곡과의?"

"이희윤이야. 반가워. 악상이 떠오르지 않아서 연습하는 모습을 보면 떠오를까 싶어서."

"그래? 그런 일이 있다면 도와야지."

평소 희윤에 대한 말을 많이 들었는지 미셸이라는 여자는 희윤에게 친근하게 다가왔다. 그녀는 시원시원하게 희윤의 부탁을 들어주었다. 희윤에게 자리까지 마련해 주며 편의를 제공했다.

"고마워. 나중에 밥이라도 살게."

"그래그래. 작곡과 1등에게 밥을 얻어먹다니, 좋은데?"

희윤은 몰랐지만, 그녀는 교내에서 꽤 유명한 존재였다. 1등을 단 한 번도 놓친 적이 없으니 그럴 만했다.

'오빠가 한국하고 미국 치어리더는 차이가 있을 거라 했어. 그래도 본질은 같다고 말했지. 여기는 힘이 있네. 한국 치어리더는 어떤 모습일까?'

미셸이 다시 자리로 돌아가고, 치어리더들의 기합소리와 함께 연습이 시작되었다.

그 힘찬 소리를 들으며 희윤은 자리에 앉아 메모지에 생각나는 것들을 하나하나 적어나갔다.

윤슬엔터테인먼트는 추만지 사장의 곡 의뢰에 난리가 났다.

곡을 만드는 사람이 에디오스의 전 기획자라니!

강세경에 의해 퍼져나간 소식은 전 회사를 출렁이게 했다. 이사들부터 사원들, 심지어 다이아틴 멤버들까지 모두가 강 윤이 에디오스를 의식해 이상한 곡을 가져오는 건 아닐까 불안함을 드러냈다. 특히 전속 작곡가들은 이번에 자신들이 아니라 다른 곳에서 곡을 의뢰한 것에 대한 불만까지 겹쳐 더더욱 속이 탔다.

그 불만들은 기획회의에서 드러났다.

걸걸한 목소리로 홍보팀장은 단호하게 반대 의견을 냈다.

"작곡가 뮤즈가 그 에디오스 기획팀장이라는 걸 알았으면 전 반대했을 겁니다."

그동안 에디오스 때문에 얼마나 고생을 했던가. 이인자 자리를 어떻게든 떨치고 최고의 자리에 오르기 위해 발이 부르트도록 뛰었다. 그런데 이번 곡을 맡긴 사람이 그렇게 고생을 하게 만든 원인, 에디오스를 만든 사람이라니. 에디오스의 기획자니 실력은 확실할지 몰라도, 저의가 의심스러웠다.

여성 기획팀원도 조심스럽게 의견을 내놓았다.

"저도 좋게 보지는 않습니다. 단순한 MG 출신이라면 이렇게 말하지는 않을 겁니다. 하지만 하필 에디오스입니다. 우리를 그토록 고전하게 했던 바로 그 그룹을 만든 장본인입니다. 그 사람이 우리 다이아틴을 어떻게 생각할지…… 어렵네요."

뛰는 모자를 쓴 작곡가도 의견을 보탰다.

"트렌드에 충실해 좋은 노래를 내는 작곡가들은 많습니다. 뮤즈 말고도 좋은 작곡가는 많습니다. 굳이 문제가 될 만한 작곡가에게 의뢰한 게 걸립니다."

모두 하나같이 반대 의견들뿐이었다. 그러나 추만지 사장은 마음에 안 든다며 고개를 저었다.

"생각을 바꿔봐, 생각을. 이강윤은 MG에서 나갈 때 좋게 나가지 않았어. 엄청난 성과를 거두고도 오히려 공금횡령이라는 누명을 뒤집어쓰고 안 좋게 회사를 나갔지. 물론 누명을 벗긴 했지만 말이야. MG는 황금알을 낳는 거위의 배도 가르지 않고 내쫓아버린 격이지. 이강윤이 MG에 좋은 마음을 가지고 있겠어? 오히려 이를 박박 갈지 않겠느냐고?"

"그건……."

직원들이 답을 못하자 추만지 사장은 탄력을 받았는지 계속 말을 이어갔다.

"전 MG 사장인 이현지도 같이 일을 하고 있더군. 현지 그 까칠한 애가 아무나하고 일을 하는 애가 아니야. 두 사람이 궁합이 잘 맞는지 회사가 눈에 띄게 크고 있어. 얼마 전엔 망

가진 김재훈마저 완벽하게 복귀시켜 놨지. 작곡하곤 또 다른 분야긴 하지만, MG에 좋은 생각이 없고 능력도 있는 사람들을 이대로 지나쳐도 되겠어?"

"아⋯⋯."

그제야 모두가 알아들었다는 듯, 탄복했다. 직원들이 모두 수긍하자 추만지 사장은 고개를 저으며 모두를 한심하다는 듯 바라보았다.

"생각을 좀 해, 생각을. 이강윤은 우리가 이용해야 할 칼이야. 우린 그 칼을 잡은 사람이고. 우린 손이나 안 베게 조심하면 돼. 모두가 정 불안하면 샘플 보내달라고 할 테니까 그거 듣고 홍보 어떻게 할 건지 다음 회의 때까지 생각들 해와."

추만지 사장은 손을 내저으며 회의를 끝냈다. 모두가 회의실을 썰물과 같이 나섰다. 부드럽게 시작해 갈굼으로 끝나니 모두의 얼굴이 좋을 리가 없었다.

"윤 비서. 이강윤한테 전화해서 샘플링 언제 되는지 물어봐."

ー알겠습니다.

"그리고 한번 회사로 와달라고 하고."

추만지 사장은 비서에게 지시하곤 다이아틴이 연습하고 있는 연습실로 향했다.

"……내일 보내드리죠."

―네. 그리고 사장님께서 괜찮으시면 회사로 와달라고 요청하셨습니다.

강윤은 비서의 요청에 잠시 생각하곤 답했다.

"알겠습니다. 내일 샘플 들고 가겠다고 전해 주십시오."

―그럼 그렇게 전해드리겠습니다.

통화를 마치고 강윤은 악보로 눈을 돌렸다. 그러나 회사로 방문해달라는 말이 머릿속을 떠나지 않았다.

'불안 요소가 있는 게 분명하군.'

곡이 완성되지도 않았는데 회사로 방문해 달라니, 뭔가 불안한 요소가 있는 게 분명했다. 이해가 가지 않는 건 아니었다. 다이아틴으로선 에디오스의 기획자인 자신이 곡을 준다는 게 좋기도 하면서 불안하기도 한 이중적인 마음을 가질 수밖에.

'뭐, 그걸 이유로 거절하면 그 정도 그릇밖에 안 되는 거지.'

강윤은 편하게 생각하기로 했다. 작은 것에 얽매이는 사람들과 계속 일해 봐야 남는 게 없는 법이다. 그는 희윤이 보내온 곡 일부를 어떻게 편곡할지 고민했다.

다음 날.

강윤은 편곡을 일부 마치고 바로 윤슬엔터테인먼트를 방문했다. 비서가 나와 강윤을 맞아주었고 바로 사장실로 안내해 주었다.

"어서 오십시오."

추만지 사장이 강윤과 악수를 하곤, 친히 커피까지 내주었다.

"미안합니다. 원래 곡 작업이 끝날 때까진 방해하고 싶은 생각이 없었는데……."

커피를 내오는 그의 말에는 미안함이 가득했다. 강윤은 커피를 받아 들며 고개를 저었다.

"괜찮습니다. 이해합니다. 에디오스 기획자에게 곡을 맡긴다는 게 쉽진 않겠죠."

"하하하. 민망합니다. 밑에 직원들이 소심한 것들이 많아서 말이죠. 그 까짓것들, 그냥 눌러 버리면 되는데. 요즘 애들 지가 수긍 못 하면 일도 잘 안 하지 않습니까?"

맞는 말이었지만 이 말의 숨은 뜻을 강윤은 대번에 알아챘다. 추만지 사장도 이번 곡이 어떨지 직접 듣고 싶어 한다는 이야기였다.

강윤은 바로 USB를 내주었다. 말을 길게 끄는 건 사양이었다. 추만지 사장은 USB를 받아 오디오에 꽂아 재생시켰다.

"일렉트로닉?"

단출한 일렉트로닉 음악이 금세 신나는 비트로 바뀌었다. 단번에 귀를 사로잡는 음악에 추만지 사장은 눈을 부릅떴다. 4초 이후에 바로 노래에 들어가지만, 아직 노래를 녹음하지 않아 그 부분은 허밍으로 채웠다. 그러나 느낌은 대번에 알 수 있었다.

'이거야, 이거!'

추만지 사장은 소위 '필'이란 게 꽂혔다. 반복되는 일렉트로닉 스타일에 단순하지만 힘 있는 비트, 거기에 다이아틴의 목소리가 녹음되고 힘 있는 안무까지 곁들어진다면 엄청난 곡이 나올 게 분명했다.

샘플은 1절 일부밖에 안됐지만 단번에 추만지 사장의 마음을 사로잡았다.

"한 번만 더 들어보고……."

그는 혹시나 하는 마음에 한 번 더 재생했다. 그러나 같은 노래가 바뀌거나 하진 않았다. 일렉트로닉 비트에 귀에 척척 감기는 멜로디는 단번에 그의 귀를 사로잡았다. 말할 것도 없이 최고였다.

추만지 사장은 좋은 곡을 만났다는 흥분을 숨기고 강윤에게 이야기했다.

"……괜찮군요."

"다행입니다. 더 필요한 게 있습니까?"

"흠……. 일단 다이아틴 애들부터 만나 보시는 게 어떠실

지요? 애들 반응을 직접 들어보고 의견을 참고하는 게 좋을 것 같습니다."

추만지 사장이야 더 요구할 게 없었다. 그냥 강윤이 자기 생각대로 최고의 곡을 줬으면 하는 바람이었다.

강윤은 추만지 사장과 함께 다이아틴이 연습하고 있는 연습실로 향했다.

두 사람이 문을 열고 안에 들어서니, 다이아틴 5명의 멤버들은 한창 연습 중이었다.

'이 느낌, 오랜만이네.'

코를 찌르는 땀내, 몸에서 피어오르는 열기 등 편안한 트레이닝복을 입고 연습하는 다이아틴을 보니 강윤은 옛 추억이 새록새록 떠올랐다. 에디오스도 매일 저렇게 연습하고 그랬는데……. 괜한 생각에 쓴웃음이 났다.

"모두 모여봐."

추만지 사장은 다이아틴 멤버 모두를 모이게 했다. 모두가 이마에 난 땀을 티셔츠로 닦아내곤 그에게로 다가왔다.

"어? 작곡가님."

강세경이 강윤을 보며 아는 척을 했다. 강윤은 손을 흔들었다. 곧 추만지 사장이 강윤을 소개해 주었고 다른 멤버들이 눈을 동그랗게 떴다. 강세경으로부터 에디오스의 전 기획자가 자신들의 곡을 만든다는 이야기를 듣고 모두가 난리가 난 상황이었다.

"자자자. 궁금한 게 많겠지? 에디오스 이야기도 듣고 싶겠지? 하지만 먼저 곡부터."

추만지 사장은 우선순위를 잘 아는지 바로 오디오에 USB를 꽂았다. 곧 곡이 흘러나왔다. 반복되면서도 익숙한 느낌의 일렉트로닉 반주에 그녀들 모두가 가볍게 몸을 흔들었다. 그리고 멜로디 부분에서 작은 탄성을 토해냈다.

"노래 완전 좋다. 클럽 노래 같아."

다이아틴 멤버 중 가장 솔직한 주예아가 말했다. 그녀의 말에 동갑내기 지현정도 동감했다.

"그러게. 박자도 좋고, 멜로디도 좋아. 음도 너무 높지 않고."

막내 라인인 김지숙과 한효정도 한마디씩 했다.

"에디오스 때문에 이상한 곡 오는 거 아닌지 걱정했는데. 혹시, 이건 함정?"

"뭐래냐. 이 까불이가."

물론 막내 라인들은 까불며 티격태격했다.

강세경은 고개를 흔들며 강윤에게 이야기했다.

"노래 정말 괜찮네요. 노래가 이대로만 나오고 안무만 잘 나오면 이번 앨범은 대박이겠어요. 한 가지 물어봐도 될까요?"

"말해봐요."

"가이드 목소리 누구예요?"

강세경은 허밍을 하는 가이드의 목소리가 궁금했다. 매우 깔끔한 목소리였다.

강윤은 대수롭지 않게 답했다.

"이현아라고, 회사 가수입니다."

"아, 혹시 나중에 피처링 같은 것도 될까 해서요. 목소리가 너무 좋아서……."

조금은 뜬금없는 말이었지만 강윤에겐 나쁠 게 없었다. 인맥은 여기저기 넓혀놔야 하는 법.

"좋죠. 서로 돕고 사는 거니."

좋은 곡을 주니 분위기는 화기애애했다.

다이아틴 멤버들은 이때다 싶어 강윤에게 궁금한 걸 수두룩하게 물어보았다. 에디오스를 어떻게 만들게 되었는지, 그들이 어떤 가수인지 등등 궁금한 게 많았는지 그녀들의 질문은 끝이 없었다. 추만지 사장도 굳이 말리지 않았다. 그도 사실 그들의 입을 빌려 궁금증을 풀고 싶었다.

강윤은 적당하게 이야기해 주었다. 기업 비밀이나 중요한 것은 이야기하지 않고 사소한 이야기나 버릇, 일상 이야기 위주로 말을 풀어나갔다.

"허, 참. 그럼 에디오스나 너희나 말도 거의 안 섞었단 말이야?"

"……네. 그 애들 찬바람이 쌩쌩 불어요. 얼마나 무서운데요."

어느새 다이아틴과 친해진 강윤은 투덜대는 한효정의 말

에 당혹감을 감추지 못했다.

"이상하네. 그 애들이 그렇게 행동을 했을 리가 없는데. 가요계에선 적을 만들지 말라고 그렇게 말했었는데."

강윤이 고개를 갸웃할 때 강세경이 답해주었다.

"한동안 저희가 에디오스랑 스케줄이 많이 겹쳤잖아요. 그때 의식적으로 에디오스가 저희를 피해 다녔어요. 처음에는 에디오스와도 말도 많이 하고 그랬는데, 언젠가부터 찬바람이 불기 시작했어요."

"그래?"

강윤은 잠시 생각했다.

에디오스가 자리를 잡자마자 강윤은 에디오스에 손을 떼고 다른 일을 시작했다. 간간이 보고를 받긴 했지만, 그에 대해 터치를 하진 않았다. 그는 당시 들었던 이야기들을 생각해 보았다.

'다이아틴과 엮이지 않아야 한다는 전략을 세웠다 들었는데 그 때문이었군. 똥이 무서워서 피하는 게 아니라는 이야기네. 차라리 정면으로 눌러 버리지.'

강윤이라면 그렇게 했을 것이다. 아예 같은 컨셉으로는 두 번 다시 나오지 못하도록. 하지만 MG는 위험보다 안전을 택했다. 모종의 거래를 했는지 또 다른 이유가 있는지 거기까진 알 수 없었다.

아무튼, 데뷔 후 단번에 치고 올라간 에디오스로서는 후발

주자 다이아틴이 거슬리는 건 당연했다. 원래 자리란 지키는 게 더 힘들다. 그래서 가능하면 엮이지 않는 걸 택했는지도 모른다.

'전략의 실패가 라이벌을 키운 거지. 아니면 자극제가 필요하다는 전략일 수도 있고.'

정리하자면 그랬다. 결국 다이아틴과 에디오스는 찬바람 쌩쌩 부는 사이라는 것. 그래서 그 대장인 강윤이 자신들에게 이상한 곡을 줄까 봐 걱정했다는 것. 그런데 이런 끝내주는 곡이 오니 감격했다는 말이었다.

강윤은 그저 웃을 뿐이었다.

"끝까지 들어봐야 알지. 아직 샘플만 들어봤잖아."

"그렇긴 해도, 이런 느낌이면 그냥 끝내줄 것 같아요."

김지숙이 곡에 대한 강한 신뢰를 드러냈다. 그녀는 이미 눈이 반짝이고 있었다.

"믿어주면 고맙고. 좋은 곡으로 답할게."

"역시! 고맙습니다, 강윤 오빠."

"오빠?"

김지숙의 애교 섞인 호칭에 강윤은 살짝 웃음이 났다.

"쿡쿡. 강윤 오빠 좋은가 봐."

"그래. 오빠지, 오빠."

주예아와 지현정이 킥킥댔다. 강윤의 훤칠한 키와 넓은 어깨는 그녀들에게 매력적이었다. 30대라곤 해도 적당히 마른 체격에 날선 눈매까지, 좋은 조건은 다 갖추고 있었으니 오빠라고 부를 만했다.

강윤도 오빠라는 말이 솔직히 싫진 않았다.

음향공사와 조명 공사가 끝이 나고, 이제 음향설비들이 루나스에 들어오기 시작했다.

다행히 외국에서 들여오는 스피커와 믹서 등의 장비들이 세관을 일찍 통과해 설치를 제날짜에 끝낼 수 있게 되었다. 정혜진이 발로 뛴 보람이었다.

"스피커가 멋지게 생겼네요."

이현지는 공중으로 붕 매달린 스피커를 보며 감탄했다. 쇠사슬에 매달려 아래를 내려다보는 스피커는 사방에 울리는 구조였다. 게다가 양옆에 우퍼까지, 사운드에 있어선 걱정할 게 없었다.

"디자인도 고려했습니다. 소리는 말할 것도 없죠."

강윤은 자신했다. 외국에서 직접 들여온 만큼 성능은 말할 것도 없었다. 고생하긴 했지만, 분명히 고생한 보람이 있으리라, 그는 확신했다.

"루나스 첫 공연은 하얀달빛이죠?"

"물론입니다. 그 애들 때문에 공연장을 마련했으니 말

이죠."

"초대 가수도 하나 있었으면 하네요. 물론 예산을 생각해서 깔끔하게."

혹시나 강윤이 스케일 키운다며 세계 최강급 가수라도 데려올까 봐 그녀는 사전에 못을 박았다. 그녀가 생각하는 강윤이라면 그러고도 남았다.

하지만 언제나 그렇듯 강윤은 전혀 다른 답을 내놓았다.

"이번에 내놔 보는 게 어떨까요?"

"내놓아요? 뭐를요?"

"지금까지 키우던 거 있지 않습니까. 한 번쯤 중간 결과를 보는 것도 나쁘지 않겠네요. 무대를 맛보게 해줄 겸 말이죠."

"에에엣?!"

이현지는 강윤의 말이 무슨 뜻인지 알고 괴성을 냈다.

"지, 지민이요?!"

김지민.

강윤은 월드엔터테인먼트의 유일한 연습생을 이번 오픈공연에 선보일 생각이었다.

"네."

"지민이는 아직 이르지 않을까요?"

이현지는 강윤의 의견에 반대하고 나섰다.

300명 정도를 수용할 수 있는 공연장이다. 경험 있는 가수들이라면 몰라도 김지민이 이런 무대에 설 수 있을까라는 의문이 그녀의 머릿속을 지배했다.

그러나 강윤은 이현지와는 생각이 달랐다.

"지민이는 그동안 여러 무대를 경험했습니다. 재훈이의 무대, 하얀달빛의 무대, 지난번에는 제이 한의 무대도 경험했죠. 그리고 저와 함께 간접경험도 많이 쌓았습니다. 이제 한 번쯤 직접 무대에 오를 때도 되었습니다."

"지민이야 사장님이 가장 잘 알겠지만…… 걱정이 앞서네요."

이현지는 우려를 표시했다. 연습생들이 경험을 이유로 무대에 올랐다가 관객들의 심한 야유에 무대 공포증에 걸리는 경우도 종종 있었다. 그녀의 걱정은 근거가 있었다.

하지만 강윤은 괜찮다며 그녀를 설득했다.

"언제까지 싸고돌 수는 없습니다. 확실히 빠른 감은 있습니다. 여유가 생기긴 했지만 우린 작은 회사입니다. 한 달에 지민이에게 드는 돈도 무시할 수 없는 수준입니다. 우리 회사로선 지민이가 빨리 성장을 해줘야 합니다. 물론 이것도 큰 무리수라고 생각하지는 않지만 말이죠."

"무리수가 아니라고 판단했으면 사장님 말이 맞겠죠. 후. 다만 걱정이 됐던 것뿐이에요. 내가 원래 이런 성격은 아닌데, 엄마가 다 됐네요. 사장님은 아빠?"

"하하, 그런가요?"

강윤은 어깨를 으쓱였다. 마치 딸자식을 어떻게 키워야 하는지 의논하는 아빠엄마가 된 기분이었다.

두 사람은 스피커 설치가 한창인 공연장을 나섰다. 하늘로
뜬 스피커와 밑에 설치된 커다란 우퍼를 돌아보니 그들의 마
음이 다시 한 번 들떴다. 작은 공연장이었지만 어디에도 이
런 시설은 쉽게 찾아보기 힘들었다.

차를 타고 사무실로 돌아가며 이현지가 공연장의 일정들
을 말했다.

"현아 공연 이후의 일정들이 하나둘씩 잡히고 있어요."

"어떤 건가요?

"먼저 가수 세디의 팬미팅부터 시작이네요."

"준열이가요?"

강윤은 호기심을 보였다. 한국에 와서 바쁘다는 이유로 거
의 만나지도 못한 이준열이었다. 그가 팬미팅을 한다?

"세디가 확실히 의리가 있어요. 원래 더 큰 곳에서 팬미팅
을 해야 하는데, 우리 공연장 써야 한다며 박박 우겼다네요.
어디서 그런 말들은 들었는지. 홍보는 걱정 없겠네요."

"준열이 녀석."

강윤은 피식 웃었다. 그렇게 잘해준 것 같지도 않은데. 마
음에 훈풍이 불어왔다.

"사장님이 인복이 많나 보네요. 세디가 그렇게 녹록한 사
람은 아닌데. 그리고 사장님 말대로 금토일은 인디밴드들 공
연으로 다 비워놨어요. 그게 본 목적이니까요. 예전 공연장

시세에 맞춰서 해났어요."

"수고하셨습니다."

"아아. 난 몰라요. 나 공연장주들한테 돌 맞으면 책임져요."

이현지는 고개를 절레절레 흔들었다. 강윤은 너털웃음을 터트렸다.

"경영진은 산재가 안 됩니다."

"나 경영진이었나요? 하는 일은 직원인데? 악덕 사장 다 됐군요. 흥."

"하하하."

강윤은 딴청을 피웠다.

차 안의 분위기는 가벼웠지만 강윤은 이후 다가올 후폭풍을 잘 알고 있었다. 그는 후폭풍에 대해 언급했다.

"주변에서 반발이 심하면 바로 말하세요. 제가 어떻게든 처리하겠습니다."

"뭐, 힘든 소리 하면 들어만 주세요. 어차피 각오한 거잖아요. 나도 공연하는 애들한테 돈 뜯는 인간들 같아서 마음에 안 들었고. 좋은 일 하는 건데, 보람도 있을 듯하군요. 이번 일은 알아서 해보죠."

"알겠습니다. 필요하면 말해줘요."

"네."

이현지가 자신 있게 이야기하니 강윤은 더 이상 언급하지 않았다. 강윤은 그녀를 믿었다.

두 사람이 탄 차는 그렇게 사무실로 향했다.

"흐으음."

스케줄이 없는 날, 김재훈은 강윤이 작업하는 모습을 뒤에서 지켜보고 있었다. 자신의 음악은 안타깝게도 뒤로 밀려났지만 다른 곡을 작업하는 모습을 보는 것도 또 다른 재미가 있었다.

'이상하네.'

강윤은 고개를 갸웃했다. 일렉트로닉에 단순한 박자의 조합은 좋았다. 그러나 다른 소리를 얹으니 약간의 회색이 섞여 있었다.

'현아 소리에 어울리지 않아서 그런가?'

편곡은 이미 막바지였다. 혹시 가이드 녹음을 한 이현아의 목소리가 곡과 어울리지 않을까 하는 생각도 들었지만 이내 고개를 저었다. 이현아의 목소리를 빼고 곡을 재생해도 여전했다.

'EDM은 다루기 쉽지 않은데.'

김재훈은 강윤에게 감탄했다. EDM은 잘못하면 거부감이 들기 쉬웠다. 그런데 지금 곡은 그런 느낌이 전혀 없었다. 가벼운 느낌의 일렉트릭 배경음이 귀에 척 감겨왔다. 여자 보컬과 딱 어울리는 조합이었다.

그러나 강윤은 고개를 저었다.

'너무 소리가 많아.'

정신없는 느낌이었다. 강윤은 소리를 하나하나 제거해 나갔다. 가장 필요한 드럼비트와 EDM 소리들은 남겨두고 꾸미는 소리들을 하나하나 제거했다. 그러자 반주가 심플해졌다. 강윤은 그 소리를 재생시켰다.

"오."

김재훈은 단순해졌지만 한층 편안해진 소리에 감탄했다. 자기도 모르게 멜로디를 흥얼거릴 정도였다. 강윤은 반주를 멈추고 이현아의 녹음된 목소리를 입혔다. 그러자…….

"형. 이거예요, 이거."

김재훈은 저도 모르게 외쳤다. 작업에 끼어들 생각은 없었지만 이건 놓치면 안 된다는 생각에 끼어들고 말았다.

"괜찮지?"

"네. 이거 그 다이아틴 노래죠?"

"맞아. 느낌 괜찮아?"

"네. 딱 퍼포먼스 하기 좋은 노래네요. 점점 분위기가 뜨거워지는 게 느껴지는데요. 느낌이 좋아요."

강윤도 김재훈과 같은 생각이었다. 반주는 더 이상 손댈 부분이 없었다.

'이 정도면 되겠네.'

반주에서 뿜어져 나오는 하얀 빛은 매우 강했다. 강윤은 파일을 저장했다.

그는 자신의 작업을 기다리고 있을 추만지 사장에게 전화를 했다. 그리고 작업이 완료되었다며 파일을 보내겠다고 이야기했다. 전화를 끊고 파일을 메일로 전송하는 것을 끝으로 작업은 마무리됐다.

"끝."

"수고하셨습니다."

강윤은 기지개를 켰다. 큰 작업 하나가 끝이 났다. 녹음이나 안무, 기획 등은 윤슬에서 알아서 한다고 했으니 다이아틴 관련 일은 사실상 여기가 끝이었다. 물론 이후 곡에 관련된 일은 해야겠지만.

"형. 제 곡은 언제 되나요?"

"그, 글쎄."

기대감 어린 김재훈의 물음에 강윤은 볼을 긁적이며 딴청을 피웠다.

작업이 끝난 후, 강윤은 바로 회사로 향했다. 그는 사무실에서 이현지와 잠시 업무에 대한 이야기를 한 후, 바로 스튜디오로 향했다.

"나의 살던 고향은~"

강윤이 조심스럽게 문을 열고 들어가니 김지민은 최찬양

교수와 함께 연습에 한창이었다. 그녀는 같은 노래를 키를 높여가며 부르고 있었다.

'호오.'

강윤은 키가 높아져 감에도 변하지 않는 하얀 빛이 신기했다. 김지민의 목소리는 저음이든 고음이든 안정감이 있었다. 발성이 안정되어 있다는 이야기였다.

"이젠 발성은 안정감이 있구나. 기타 치면서 노래를 하면 불안하긴 하지만, 노래만 하면 괜찮을 것 같아."

"집중하면 잘되는데 같이 하는 건 쉽지가 않아요."

"열심히 하는 수밖에 없어."

"우으……."

김지민은 작게 투덜거렸다. 하지만 최찬양 교수는 부드럽지만 단호했다.

"연습 중이구나."

"어? 선생님."

"강윤 씨 오셨군요."

어느 정도 대화가 끝날 때, 강윤이 말을 걸었다. 두 사람은 강윤에게 인사를 했다.

한창 연습을 했던 터라 두 사람은 테이블에 앉아 휴식을 취했다. 강윤도 함께 자리에 앉았다.

"커피 한 잔 가져올까요?"

"부탁해."

김지민이 자리에서 일어나 준비실로 가자 강윤이 말했다.

"지민이가 실력이 많이 늘었네요."

"여기서도, 집에서도 연습을 쉬지 않더군요. 제 생각엔 그 어떤 연습생들보다도 열심히 하는 것 같습니다. 제가 연습생들을 많이 본 건 아니지만요."

"하긴, 지민이가 보통 노력파가 아니죠."

강윤은 최찬양 교수의 말에 공감했다. 그도 김지민만큼 노력하는 연습생을 본 것은 손에 꼽을 정도였다.

'민아나 진서 정도로 열심히 하는 것 같아. 그렇게 하기도 힘든데.'

첫 연습생이 그 정도로 노력해 주니 강윤도 힘이 났다.

잠시 이야기가 오갈 때, 김지민이 커피를 들고 왔다. 그녀가 자리에 앉자 강윤이 중요한 이야기를 꺼냈다.

"지민아."

"네?"

"이번에 공연장 오픈하는 거 알지?"

"네. 현아 언니랑 오빠들 공연하잖아요. 왜요?"

김지민도 회사의 공연장이라니 기대를 많이 하고 있었다. 언젠가는 자신도 그 무대에 설 거라는 기대감 때문이었다. 그런데…….

"이번 오픈 공연에서 네가 그 무대에 서는 게 어떨까?"

"네에?!"

"게스트 형식으로 한 곡이야. 괜찮을 것 같은데."

그 말에 김지민은 물론 최찬양 교수까지 눈을 동그랗게 떴다. 특히 김지민은 당황했는지 커피잔까지 달그락거렸다.

"제, 제가요?! 그…… 그 큰 무대를 제, 제가 어떻게 서요?"

"300명밖에 안 되는데. 왜, 못할 것 같아?"

"300명밖에라뇨. 적은 숫자가 아니잖아요."

김지민은 바짝 긴장했다. 대중 앞에 선다는 게 보통 일이 아니다. 그런데 강윤이 아무렇지도 않게 이야기하니 온몸이 움츠러들었다.

하지만 강윤은 이전과 달리 강하게 나갔다.

"할 수 있어. 이번에 나가봐."

"하……."

"네 역량을 다 계산해서 신중하게 결정한 거야. 냉정하게 스스로에 대해 생각해 봐. 네가 할 수 없다면 뒤로 물릴게. 할 수 있어, 없어?"

"……."

김지민은 강윤이 이렇게 강하게 말하는 경우를 처음 겪었다. 그의 강한 눈빛을 마주하고는 그녀는 침을 꿀꺽 삼켰다. 순간 움츠러들었다.

'내가…… 할 수 있을까?'

김지민은 냉정하게 생각했다. 지금까지 연습한 것들이 하나하나 떠올렸다. 지금까지 듣고 봐왔던 선배들의 공연들과 영상으로 접했던 공연들이 머릿속을 돌아다녔다.

300명. 적지 않은 숫자다. 하지만 언젠가는 그 이상도 만나야 한다. 언제까지 피할 수도 없는 일이다. 강윤이 지금 공연을 해보자고 한 건 괜찮기 때문이 아닐까?

그 순간 그녀는 결정했다.

"할 수 있어요."

김지민은 확신에 찬 눈으로 강윤을 마주보았다. 스스로 결정했다. 선배들처럼 콘서트를 한다면 당연히 무리지만 한 곡이라면 충분히 가능하다 생각했다.

"좋아. 그럼 준비해 봐. 날짜는 알고 있지?"

"네."

강윤은 김지민의 답에 만족하고 자리에서 일어났다.

"저…… 안 도와주시나요?"

"스스로 한번 해봐. 알았지?"

강윤은 그녀의 어깨를 툭툭 두드려 주고는 밖으로 나갔다. 이건 시험이라는 일종의 선언과도 같았다.

"아아…… 시험이야? 으으…… 선생니임."

김지민은 갑자기 닥쳐온 시험에 투덜거렸다.

"나도 기대할게, 지민아."

"으악. 선생님까지 절 버리시나요?"

김지민은 최찬양 교수의 손을 꽉 붙잡았다. 그마저 잃으면 절대 안 됐다. 최찬양 교수는 그런 김지민의 모습이 귀여워

너털웃음을 지었다.

곡을 보내고 일주일 뒤.

강윤은 다이아틴의 녹음과 안무가 완성되었다는 연락을 받았다. 추만지 사장에게 곡을 한번 봐달라는 연락을 받은 강윤은 윤슬엔터테인먼트를 방문했다.

강윤이 연습실로 들어가니 다이아틴 멤버들이 강윤에게 90도로 인사했다.

"안녕하십니까!"

엄청나게 각 잡힌 그 인사에 강윤이 놀라 주춤주춤 물러났다.

"아, 그, 그래."

"하하하하하."

추만지 사장이 강윤의 그 모습에 호탕하게 웃었다.

"얘들아, 작곡가님 놀라셨겠다. 우리 애들이 이렇습니다. 조금 군대 같죠?"

"조금 그렇네요. 놀랐습니다."

강윤은 어깨를 으쓱였다. 처음 만났을 때와는 완전히 딴판이었다. 이렇게까지 공손하고 각 잡힌 인사를 받을 줄은 생각도 못 했다. 그 이유를 추만지 사장이 설명해 주었다.

"이번 곡에 애들 모두가 감동했답니다. 모두가 그렇게 한 마음으로 곡이 좋다고 동의한 경우는 또 처음 보네요."

"마음에 들었다니 다행입니다."

"안무를 보시면 더 만족스러우실 겁니다."

말이 끝나기가 무섭게 다이아틴 멤버들은 브이자로 대형을 맞췄다. 모두가 짧은 핫팬츠를 입어 늘씬한 다리라인이 돋보였다. 곧 추만지 사장이 음악을 트니 EDM 특유의 일렉트로닉 비트와 함께 음악과 가사가 흘러나왔다.

─오빠도~ 나처럼 설레이고~

가벼운 일렉트로닉 비트에 맞춰 다이아틴 멤버들의 허리가 요염하게 틀어졌다. 그리고 팔이 부드럽게 내려가며 다리는 스텝을 밟아갔다. 하나의 군무를 이루는 건 기본이었다.

'강세경이 춤을 잘 추는구나.'

치어리더의 파이팅 넘치는 춤을 연상시키는 안무에서 강세경은 중심을 이루었다. 강세경은 허리의 움직임 자체가 달랐다. 기사에서 자주 정민아와 비교가 되곤 했는데, 그럴만하다 느껴졌다.

'그래도 민아가 조금 더 위인 듯하군.'

물론, 강윤은 정민아에게 표를 줬지만 말이다.

그들의 안무를 보며 강윤은 뭐라 나무랄 곳이 없었다. 그가 안무 전문가는 아니었지만 그들의 안무는 정말 사람들을 빠지게 하기에 충분하다고 느꼈다. 특히 남자들이라면 눈을 절대 떼지 못할 것이라 느꼈다. 여자들도 예쁜 여자들의 모습에 동경할 것이라 생각했다. 치어리더라는 컨셉에 어울리는 곡에 어울리는 안무. 결국 이번 앨범의 모든 게 완성되었다.

노래가 끝나고, 강윤은 박수를 쳤다.

"좋네요, 좋아. 저는 더 뭐라 할 게 없습니다."

강윤의 말에 추만지 사장이 씨익 웃었다.

"그렇습니까? 좋은 곡이 나와서 이만한 게 나왔습니다. 강윤 사장님, 감사합니다."

"아닙니다. 의뢰를 받았으니 당연히 할 일을 한 거죠."

추만지 사장뿐만 아니라 다이아틴 멤버 모두가 강윤에게 감사를 표했다. 특히 강세경은 그 정도가 더했다. 귀에 감기는 멜로디뿐만 아니라 안무까지 짜기 좋은 곡이라며 말이다.

연습실의 분위기는 화기애애했다. 강윤은 윤슬엔터테인먼트에서 앨범 출시 뒷풀이 일정까지 잡고서 사무실로 돌아왔다.

MG엔터테인먼트.

이사회의실은 침중한 분위기가 감돌았다. 아니, 최근 이사회의실뿐만 아니라 회사 전체가 어두웠다. 이사회의는 그 정점이었다.

"다이아틴이 새 앨범을 출시한다는군요."

유경태 이사는 침중한 목소리로 이야기했다. 그의 말에 문
광식 이사가 코웃음을 쳤다.

"내볼 테면 내보라죠. 어차피 이인자는 적당히 치고 빠질
요량이겠죠."

"이번에는 이야기가 다릅니다."

이한서 이사가 중간에 끼어들었다. 그는 현 에디오스의 담
당 이사였다. 한국에 그렇게 에디오스를 귀국시키려 해도 다
른 이사들 등쌀에 그렇게 하지 못하고 있는 비운의 이사이기
도 했다.

"들려오는 이야기로는 외부에서 작곡가를 끌어들였답
니다. 그리고 지금도 엄청나게 투자했다는 말이 돕니다. 이
번 앨범에 사활을 걸었다는 이야기입니다."

"그래서 에디오스의 일인자 자리까지 위협한다는 소리입
니까?"

한문기 이사가 말도 안 된다며 강하게 이한서 이사의 말을
부정했다. 다른 이사들도 에디오스는 미국에 있어야 한다는
뉘앙스를 풍겼다.

이한서 이사는 입술을 깨물며 이야기했다.

"미국에 에디오스의 자리는 없습니다. 차라리 한국에
서……."

"우리에게 미국 시장 개척은 반드시 필요한 숙원사업입니다. 누군가는 그 역할을 해줘야 하고 말이죠."

"그게 왜 하필 에디오스여야 합니까? 에디오스가 한국에서 벌어들인 수익이 얼마입니까? 아니, 차라리 다른 나라에서의 마케팅까지 노리고 만든 그룹이 에디오스 아닙니까? 그런데 왜 뜬금없이 미국에서만……."

이한서 이사가 이건 아니라며 외쳤지만, 그의 목소리는 공허하게 허공을 맴돌 뿐이었다.

모두가 한목소리로 에디오스의 한국행은 반대하고 있었다. 그 이유는 단순했다. 성과 없이 한국으로 돌아오면 자신들이 질타를 받기 때문이었다. 이한서 이사로서는 속이 터질 노릇이었다.

결국 그날, 다이아틴의 컴백 데뷔에 어떻게 대처해야 하는지에 대한 논의는 속절없이 끝이 났다.

"……하아. 그때가 좋았어."

이기적인 이사들의 행태에 이한서 이사는 진심으로 치를 떨었다.

5화
Rock' n'roll, 태양보다 뜨거운 열기

2011년 8월.

고요하던 가요계에 파란이 일었다.

폭풍은 윤슬엔터테인먼트에서 시작되었다. 근 반년 이상 조용하던 다이아틴의 컴백! 8월 즈음에 컴백을 준비하던 걸 그룹은 물론, 남자 아이돌, 심지어 음악 성향이 다른 타 가수들까지 복귀 일정을 미루는 사태가 벌어졌다. 에디오스가 아니더라도 그녀들의 파워는 엄청났다. 거기에 이번 앨범에 추만지 사장이 이를 박박 갈았다는 후문이 돌았으니, 모두가 숨을 죽일 만했다.

그 무대가 8월 2주차에 펼쳐졌다. 무대의 시작은 DLE 방송국의 생방송 뮤직캠프 컴백 스테이지였다.

-내 입술을 훔쳐도 괜찮아~ 사랑스러운 오빠의~

요염하게 휘어지는 S자 곡선의 허리라인, 밝은 미소. 그걸 도드라지게 강조해 주는 살짝 복부를 드러낸 짧은 티.

다이아틴의 파이팅 넘치는 안무를, 발랄하면서 색이 드러나는 의상이 도드라지게 해주었다.

"으헉……!"

"대박, 대박!"

"으아아아! 세경아! 사랑한다!"

가사고 나발이고 이미 현장을 관람하던 팬들은 혼절 직전이었다. 마지막에 다이아틴 멤버 모두가 '오빠 사랑해'라는 말과 함께 날리는 윙크 한 방은 모든 남성팬들의 심장을 제대로 저격하며 결정타를 날렸다.

이번 곡, '사랑해, 오빠'라는 노래는 제대로 남성팬을 겨냥해 만든 노래였다. 다이아틴은 그들 특유의 복고풍을 버리고 이번에 새롭게 도발적인 노래와 힘 있는 안무를 선보이며 변신에 완벽히 성공했다.

현장 반응은 터져나갈 듯했다. 자칫 손발이 오글오글할 가사였지만 여성팬들도 힘이 넘치는 안무에 홀라당 넘어가며 동경의 눈빛을 쏘아 보낼 정도였다.

그 폭발적인 반응은 당연히 방송으로, 기사로, 그리고 음원으로까지 퍼져나갔다.

"하하하하하하하!"

사장실에서 추만지 사장은 보고서를 보며 호탕한 웃음을

터뜨렸다. 단 3일, 3일 만에 음원 판매며 순위며, 행사까지 전례가 없을 정도로 모든 기록을 갱신하고 있었다.

이미 일부 언론에서는 에디오스의 자리마저 위협한다며 기사를 내기 시작했다. 팬클럽의 숫자까지 들먹이며 구체적으로 기사를 내는 이도 있었다. 그렇게 여론몰이를 해도 시큰둥했던 시장반응이 앨범 한 방에 이렇게 뒤집힐 줄은 생각도 못 했다.

"이거, 음원 값 두둑이 치러야겠는걸. 하하하하!"

계약상 성과에 따른 지급 금액이 더 있었다. 하지만 추만지 사장은 그 금액이 전혀 아깝지 않았다. 그렇게 노력해도 꿈쩍도 않던 에디오스의 자리를 흔들어 놓았으니 이번 앨범은 성공이라 봐도 무리가 없었다. 게다가 아직 초반이었다. 중반, 후반으로 넘어갈수록 더더욱 좋은 성과가 나오리라.

추만지 사장은 강윤에게 전화를 걸었다. 신호가 가고 곧 목소리가 들려왔다.

-네, 이강윤입니다.

"안녕하십니까? 윤슬 추만지입니다."

-안녕하세요?

간단하게 인사가 오가고, 바로 이번 앨범에 대한 이야기가 나왔다. 강윤도 이번 앨범의 반응이 좋다며 기뻐했다. 하지만 목소리를 들어보니 좋으면서도 뭔가 여운이 있는지 말끝을 흐렸다.

추만지 사장은 신경 쓰지 않고 기쁜 말을 이어갔다.

"좋습니다, 좋아요. 내 이번에 사장님 홍보도 제대로 해드리겠습니다."

─마음을 써주시니 감사합니다.

"앞으로 파트너로서 잘 부탁합니다. 대박이 터질 줄은 알았는데 이렇게까지 잘될 줄은 생각도 못 했습니다. 남성팬들이 끊임없이 늘어나고 있으니 말입니다."

추만지 사장이 가장 노력했던 부분, 바로 남성팬이었다. 에디오스의 가장 큰 힘이기도 했다. 다이아틴에게 부족한 팬들이기도 했고. 그런데 이번 앨범에서 그들이 움직였으니 목적이 이루어지고 있었다.

─좋은 일입니다. 목표가 이루어져서 다행이군요.

"하하하. 거하게 뒤풀이를 해야겠군요. 곧 초대하겠습니다.

─알겠습니다.

강윤과 통화를 마치고도 추만지 사장에게선 웃음이 떠나지 않았다.

"하하하하하!"

추만지 사장은 보고서를 보고, 또 보며 지금의 기분을 만끽했다.

"이제 얼마 안 남았네."

강윤은 한창 음향테스트가 한창인 공연장을 둘러보았다. 공중에 뜬 스피커의 위치를 맞추며 우퍼와의 밸런스를 조율하고 있었다.

'여기 관리인도 필요할 텐데.'

강윤은 방송실에서 밸런스를 맞추는 엔지니어를 보며 생각에 잠겼다. 그는 일이 바빠 여기에 매여 있을 수는 없었다. 하얀달빛의 공연 때는 김대현 매니저가 소리를 맞추면 된다지만 다른 밴드의 공연까지 그에게 맡기는 건 말이 안 됐다. 전문 인력이 필요했다.

'돈을 벌기는 어려운데 쓰기는 쉽구나.'

구멍 난 주머니처럼 돈이 숭숭 빠져나가니 강윤은 고개를 휘휘 내저었다. 이래서 사장들이 '월급을 코딱지만큼 주는 악덕 사장이 되는가 보다'라는 생각마저 들었다. 그래도 직원들을 잘 챙겨야 회사도 잘 돌아간다는 생각을 하고 있었지만 말이다.

강윤은 공연장을 나와 회사로 돌아왔다. 그가 들어서니 사무실은 웬 젊은이들로 꽉 차 있었다.

"혜진 씨, 다들 누구신가요?"

"공연장 대여 때문에 온 분들입니다."

"아."

소파에는 5명의 젊은 남녀가 앉아 있었다. 그들은 강윤을 보자 자리에서 일어났다. 이미 정혜진이 커피를 내주었는지 그들 앞은 빈 종이컵들이 하나씩 놓여 있었다.

강윤과 젊은이들은 간단하게 인사했다. 그들은 위시라는 인디밴드였다. 결성된 지 1년 된 밴드로 드럼을 담당하는 강민철과 보컬 공승혜를 주축으로 하는 밴드였다.

리더 강민철은 모두를 대표해 강윤에게 용건을 이야기했다.

"공연장을 계약하고 싶습니다."

"원하는 시간이 어떻게 되나요?"

"토요일 7시입니다."

황금 시간대였다. 7시와 8시, 가장 대여료가 비싼 시간이었다.

그때 강윤이 덤덤히 공연장 대여료를 이야기하니 강민철을 비롯한 밴드원들 모두가 눈을 휘둥그레 떴다.

"네? 자, 잠깐만요. 이거 정말 싼데……."

강민철은 예상했던 것보다 대여료가 너무 적자 오히려 당황했다. 다른 멤버들은 시설에 하자가 있는 것 아니냐며 수군거리기까지 했다. 그들끼리 수군거리는 말을 들은 강윤은 사진 자료들과 함께 장비들의 목록을 이야기해 주었다.

"허……. 이거 무지 비싼 장비들인데. 게다가 음향공사 수준이…….”

강민철은 공연장 사진들을 보며 혀를 내둘렀다. 높은 천장과 벽에 붙어 있는 흡음재, 그리고 공중에 매달려 있는 스피커와 방송실의 믹서 등 장비들 어느 것 하나 고급이 아닌 게 없었다. 오히려 대관료가 너무 싼 이유를 알 수 없었다.

“죄송합니다만, 이거 너무 싼 거 아닌가요?”

결국 강민철은 강윤에게 직접적으로 물었다. 그럴 만했다. 다른 공연장보다 비교도 안 되는 시설에 이런 말도 안 되는 대관료를 받으니 말이다.

기분 나쁠 만한 상황이었지만 강윤은 태연한 얼굴로 말했다.

“공연장의 목적이 인디밴드의 활성화이니 대관료를 낮게 잡은 겁니다. 우리가 나서서 가격을 낮게 잡으면 주변 공연장들도 가격을 낮추겠죠. 이런 가격에 이렇게 좋은 시설에서 공연할 수 있는데 굳이 비싼 돈 주고 다른 공연장에 갈 이유가 없겠죠. 우리가 먼저 시작하면 다른 곳들도 경쟁력을 갖추기 위해서라도 대관료를 낮출 겁니다.”

“아…….”

“비용이 낮아지면 배고픈 가수들의 상황이 조금이라도 나아지지 않을까요? 그렇다고 이 가격이 터무니없이 낮은 가격은 아니죠. 다른 공연장들이 과거에 유지했던 그 가격이니까. 손해 보는 일은 아닐 겁니다.”

강민철을 비롯한 위시 밴드원들은 강윤의 말에 모두 탄복했다. 월드엔터테인먼트라는 작은 회사의 이미지가 단단히 각인된 순간이었다.

그들은 깔끔하게 계약하고는 사무실을 떠났다.

강윤은 계약서를 정혜진에게 주었다. 정리해 달라는 무언의 요청이었다. 그녀는 찰떡같이 알아듣고는 스캔과 복사까지 해놓고 원본은 따로 보관해 두었다.

사무실에서의 일이 끝나자 강윤은 옥상에 들렀다가 스튜디오로 향했다. 스튜디오에서는 김지민이 기타를 들고 한창 연습 중이었다.

-눈을 뜨면 달콤한 햇살 싱그러운~

강윤에겐 무엇보다 익숙한 멜로디였다.

'함께하자?'

김지민이 노래하며 연주하는 곡은 에디오스의 데뷔곡 '함께하자'였다. 오랜만에 듣는 에디오스의 멜로디가 반갑게 다가왔다.

-우리 말랑말랑~ 사랑해도 되는 걸까~

편곡은 없는 듯했다. 하지만 기타로 듣는 걸그룹의 노래는 느낌이 새로웠다. 댄스곡 특유의 가벼움이 어쿠스틱 소리로 다가오니 느낌이 완전히 달랐다.

'편곡하면 괜찮겠는데?'

김지민의 연주도 수준급이었다. 기타의 음표와 그녀의 목소리에서 나오는 음표는 하얀빛을 만들어갔다. 계속 듣고 싶었다. 마치 갓 데뷔했던 에디오스의 노래처럼.

'그 애들이 부르는 데뷔곡도 이런 느낌이었지.'

김지민의 '함께하자'를 들으며 강윤은 에디오스를 떠올렸다. 다이아틴의 노래를 만들어줘서 그런지, 괜히 그 애들에 대한 생각이 더 났다. 새침했지만 알고 보면 누구보다 소녀다웠던 크리스티 안을 시작으로 노래하면 떠오르던 한주연, 모든 걸 떠안으려는 모범생 같던 서한유, 선머슴 같았지만 알고 보면 귀엽고 예뻤던 이삼순. 그리고 누구보다도 열정적이고 강윤을 가장 많이 따랐던 정민아까지.

어쿠스틱 기타가 만들어내는 음표와 함께 그녀들의 모습이 하나하나 흘러갔다.

'끝까지 함께 가자고 했는데.'

강윤은 자기가 한 말에 책임을 못 진 것 같아 입맛이 썼다.

'후유. 나도, 그 애들도 프로잖아. 그렇게 가르쳤고. 하지만…… 마음이 편치 않네.'

이성과 감정은 다르다. 아무리 옳은 일을 해도 감정이란 게 마음대로 되지는 않는 법이다. 지금 강윤이 그랬다. 하지만 앞으로 같은 상황이 와도 같은 선택을 할 거라는 걸, 그 자신도 잘 알았다.

"어? 선생님."

음악이 끝나자, 김지민은 그제야 고개를 들었다. 연습에 몰입하니 강윤이 들어온 것도 몰랐던 것이다.

"방해했나?"

"아니에요. 지금 거 들으신 거예요?"

"그렇지. 연습 많이 한 것 같더라?"

"많이는 못 했어요. 어때요?"

강윤은 잠시 생각하고 이야기했다.

"느낌 좋더라. 걸그룹의 노래를 어쿠스틱으로 표현하니 느낌이 새롭네. 다른 반주는 필요 없어?"

"아직 잘 모르겠어요. 편곡이 필요할지도 모르겠는데……."

"필요한 게 있으면 말해."

"이번에는 제 힘으로 한번 해볼게요."

강윤의 눈이 호기심으로 가득하였다.

"괜찮겠어?"

"이런 걸 원하신 거 아니에요?"

강윤은 고개를 끄덕였다.

"그럼 한번 해봐. 정 힘들면 물어보고."

"네. 여기저기 물어보면서 해볼게요."

"응."

강윤은 더 말하지 않고 스튜디오를 나섰다. 그가 나가자마자 김지민은 휴대전화를 들었다.

"소영 언니. 저예요, 지민이."

─지민아. 웬일이야?

전화로 수다가 시작됐다. 연습이 어땠느니, 화장이 떠서 기분이 나빴느니 등 사소한 이야기가 오갔다. 그렇게 한참이 지나고 나서야 본론이 나왔다.

-'함께하자'를 편곡해 달라고?

"네. 가능할까요?"

-나야 좋지. 경험도 되고. 그런데 강윤 오빠가 해주지 않아? 오픈 무대에서 할 곡이라며?

"이번에는 제가 알아서 해본다 했어요."

-너도 대단하다. 그걸 맡기는 강윤 오빠도 대단하고. 알았어. 부담되지만 한번 해볼게.

"고맙습니다."

-뭘. 날 믿어주는 게 고맙지. 그럼 이틀 뒤에 갖다 줄게.

"네."

통화를 마치고, 김지민은 다시 기타를 잡았다.

"시작해 볼까?"

그렇게 오랜 시간 다시 연습이 이어졌다.

강남의 어느 커피숍.

이현지는 비가 보슬보슬 내리는 창가에 턱을 괴고 앉아 있었다. 창을 두드리는 빗소리는 그녀의 메마른 감성을 흠뻑 젖어들게 만들었다.

'기분 좋네.'

은은히 흐르는 피아노 소리와 빗소리의 조화는 환상적이었다. 우산을 쓰고 걸어가는 연인들을 보며 그녀는 미소를 지었다.

'좋을 때네.'

평소라면 전혀 나오지 않을 말도, 감성은 나오게 하는 힘이 있었다.

그렇게 카페에서 그녀는 혼자만의 시간을 즐기고 있었다. 하지만 오늘 그녀는 약속이 있었다.

"여기예요."

딸랑이는 종소리를 들으며 이현지는 손을 들었다. 카페에 들어선 중년 남성이 그녀를 향해 고개를 돌렸다. 이한서 이사였다.

"오랜만입니다, 사장님."

"사장님은요. 관둔 지 오랜데요."

"전 이 호칭이 익숙하네요."

이한서 이사는 손을 내밀며 특유의 여유 있는 미소를 지었다. 이현지는 그의 손을 맞잡았다.

두 사람은 간단하게 근황 이야기를 시작했다. 주로 자신들의 회사에서 있었던 이야기였다. 대부분 외부에 알려진 내용이었다.

"……역시. 강윤 팀장은 대단하네요. 폐인이나 다름없던 김재훈을 복귀시키고, 계약금 이상을 뽑아냈군요. 우리 회사도 포기했었는데, 대단한 사람입니다."

이현지에게 강윤과 김재훈에 대한 이야기를 듣고 이한서 이사는 진심으로 탄복했다.

"MG에서도 소식은 듣고 있지 않나요?"

"이 팀장, 아니 이젠 사장이군요. 이 사장 이야기야 많이 듣고 있습니다. 하지만 누구도 직접적으로 언급을 하지 않습니다."

"후, 아직 너무 작아서 그런가. 역시 규모를 더 키워야……."

"그게 아닙니다."

이한서 이사의 부정에 이현지는 고개를 갸웃했다. 이한서 이사는 말에 힘을 주었다.

"강윤 팀장에 대한 언급은 회사에서 금기시되고 있습니다. 그가 나갈 당시에 이사 1명이 중징계를 받았고 회사는 캐시카우를 만들어내는 기획자를 잃었으며, 직원들 사기 저하에 가수들마저 흔들렸습니다. 이사들도 한 사람의 위력이 이 정도일 거라고는 생각도 못 했죠."

"그때 조치가 아직도 유지되나요?"

"네. 직원들은 모르지만, 이사들은 그렇습니다. 자신들의 권위에 도전했다는 꼰대의식도 한몫 하고 있긴 하지만요."

"괜히 에디오스가 미움 받는 이유이기도 하고 말이죠?"

"그건……. 후유."

이한서 이사는 길게 한숨을 쉬었다. 이현지의 말을 부정하지 못했다.

"……맞습니다. 이사들 중 그 누구도 에디오스를 지지해 주는 이가 없습니다. 주아 이후로 가장 큰 캐시카우임에도, 이사들에게 치이고 받히고. 회장님이 쓰러지시고 에디오스는 말 그대로 동네북입니다. 미국을 개척해야 한다는 이유로 국내 최고 가수를 미국으로 보내 버린 이유가 여기 있죠."

"에디오스 담당 이사님이 이 이사님 아닌가요?"

"그렇긴 하지만, 제가 힘이 없습니다. 무능하죠."

이한서 이사는 주먹을 꽉 쥐었다. 담당 이사이긴 했지만, 다수결에서 힘에 밀려 버리니 뭘 할 수 있는 게 없었다. 결국 그가 할 수 있는 거라곤 에디오스의 스케줄 조절 정도였으니 말이다. 미국 전역으로 움직이려는 걸 그나마 돈이 되는 한인 타운 수준으로 한계를 지은 건 전적으로 그의 공이었다.

"거기도 점점 혼란의 도가니네요. 주아와 다른 가수들이 고생 많이 하겠어요."

"후유."

이한서 이사의 긴 한숨이 그녀의 물음에 대한 답을 대신했다.

오늘은 토크쇼 '박민창의 이야기쇼'의 녹화가 있는 날이었다. HMC 방송국에서 진행하는 이 토크쇼는 중후한 스타들이나 성공한 CEO들이 나와 토크를 나누는 프로그램으로 성공한 사람들이 출연해 자신의 삶을 이야기하는 컨셉이었다.

그런데 오늘은 출연진이 평소와 약간 달랐다.

"안녕하십니까?! 다이아틴입니다!"

스튜디오에 들어선 다이아틴 5명 멤버 모두가 한목소리로 인사를 하자 남자 스태프들의 입이 헤벌쭉 벌어졌다. 그들뿐만 아니라 MC 박민창 역시 기쁨을 감추지 못했다.

"역시 대세구먼. 잘 부탁해요."

"네, 오빠."

오빠라는 말에 박민창의 입은 더더욱 벌어졌다. 40대 중반에 이른 그의 나이가 무색할 정도였다.

다이아틴 멤버 모두는 박민창, 작가, PD와 함께 녹화가 어떻게 진행될 것인가에 대한 이야기를 들었다. 약간의 개인적인 이야기와 회사 이야기, 그리고 무대에 대한 이야기들이 주를 이루었다.

이야기가 끝나고 잠깐의 휴식시간이 지나니 곧 녹화가 시작되었다. 녹화는 상당히 길었다. 그러나 다이아틴 멤버들은 프로였다. 불만 하나 없이 녹화를 소화해 갔다.

박민창 역시 중후한 사람들을 상대하다 발랄한 여인들을 상대하니 생기가 돋는지 안색이 밝았다. 그는 대본에 있는 질문과 없는 질문을 번갈아 하며 즐겁게 녹화를 이끌어갔다.

그렇게 한창 분위기가 무르익었을 즈음, 박민창이 춤에 대한 이야기를 꺼냈다.

"이번 앨범이 이전 앨범들보다 더 반응이 좋네요. 세경 양. 요즘 유행하는 S춤 한번 보여줄 수 있나요?"

"부끄러운데……."

강세경은 가볍게 한번 튕겼다. 그러나 거듭된 부탁에 그녀는 자리에서 일어났다. 방청객들의 환호와 함께 반주가 흘러나왔다. 그녀는 허리 곡선을 요염하게 S자로 만들며 가볍게 흔들어주었다. 이번 곡의 포인트 안무, S춤이었다.

가벼운 동작이었지만 개미같이 가는 허리를 돋보이게 하는 안무였다.

"오오오!"

방청객들의 박수가 터져 나왔고, 박민창 역시 박수로 화답했다.

"멋지네요. 쉬워 보이는데 저도 한번 가르쳐 줄래요?"

"이건……."

강세경은 박민창의 뻣뻣한 몸을 이리저리 뒤틀며 S자를 만들었다. 그러나 뻣뻣한 몸이 S자가 되기는 쉽지 않았다.

그 모습에 방청석에서 웃음이 터져 나왔다.

결국 박민창은 멋쩍은 미소와 함께 자리로 돌아갔다.

"춤은 어렵네요, 어려워."

"하하하. 저희도 출 때마다 어려워요. S자를 일정하게 유지해야 하거든요."

"이건 다이아틴만 하는 거로."

"하하하하."

주예아의 답에 다시 웃음이 터졌다. 녹화 분위기는 매우 밝았다.

박민창은 춤에 대한 이야기를 넘기고 다른 화제를 꺼냈다.

"다이아틴의 사장님은 타이틀곡만큼은 자체 제작하기로 유명하잖아요."

"네. 어휴……."

주예아가 몸을 가볍게 떠니 조금 웃음이 터졌다. 박민창도 살짝 웃고는 말을 이어갔다.

"그런데 이번 곡은 외부에 의뢰해서 제작했다 들었어요. 이번 노래도 회사에서 지금까지 보여주던 느낌하고 많이 다르던데."

"네. 저희가 항상 보이던 모습하고는 많이 달랐을 겁니다. 그래도 많이 사랑해 주시니 감사할 따름이에요."

김지숙이 답했다. 그녀는 큰 키만큼이나 답도 성숙하게 했다.

"이번 타이틀곡을 만든 사람이 제이 한의 노래도 만들었다고 들었어요. 그리고 티앤티의 작곡도 맡은 분이라고. 뮤즈였죠?"

"네. 최근 가수들 사이에서는 가장 감각이 좋은 작곡가로 통하고 있어요."

주정현의 이야기에 박민창의 눈이 이채를 띠었다. 물론, 대본에 있는 이야기였다.

"그래요?"

"네. 전 샘플만 듣고 딱 이 노래다 찍었어요. 가수에게 맞는 노래를 주세요."

토크쇼 '박민창의 이야기쇼' 녹화장에서는 작곡가 뮤즈에 대한 이야기가 하나둘씩 흘러나오고 있었다.

과거에 카페는 여자들만의 공간으로 인식되었다.

하지만 더 이상 그런 말이 무색하게 커피가 대중화 되면서 카페에 드나드는 남자들의 숫자가 엄청나게 늘어났다. 그런 추세에 발맞춰 카페는 남녀노소를 가리지 않는 대화의 장이 열리는 공간으로 탈바꿈했다.

대학가 한 카페에 앉은 양준하는 이마를 찌푸리며 말했다.

"……결국 이런 일이 일어나고 말았네요. 다아이턴

이……."

차마 더 말을 잇지 못하고, 양준하는 쓰디쓴 아메리카노를 음미하며 깊은 한숨을 내쉬었다.

양준하는 에디오스의 팬클럽 '아리에스(Aries)'에서 '내여자 제니'라는 아이디로 활동하는 30대 직장인이었다. 에디오스가 결성된 초창기부터 활동해온 오랜 터줏대감이면서 팬클럽을 운영하는 운영진 중 한 사람이기도 했다.

그의 말에 공감하며 강찬성이 말했다.

"형님 말이 맞아요. 다이아틴이 빈집을 제대로 털었어요. 이번에 이탈한 팬클럽 인원만 절반이 넘어요. 다이아틴 팬클럽 인원 증가 추세가 이전하고 비교도 안 돼요. 우린…… 이젠 10만도 안 남았네요."

"10만이면 다행이죠. 5만도 간당간당해요."

강찬성의 말에 김준이 말을 보탰다. 강찬성은 서한유의 팬답게 '꽃피는서유오면', 김준은 리스라는 예명으로 활동하는 크리스티 안의 팬으로 아이디 '리스는린스'를 사용하고 있었다. 각각 20대, 10대 팬들이었다.

"아아. 에디오스가 오기 직전에 이런 일이 벌어지고 말았어요. 다이아틴은 맨날 회사 내부에서 공장같이 비슷한 곡만 찍어내다 새로운 시도를 했다던데, 그게 대박이 났네요. 그 뮤즈라는 작곡가가 신의 한수였습니다. 제대로 변신에 성공했으니까요."

문지헌은 온몸을 부들부들 떨어댔다. 그는 에디오스 멤버의 특정 팬은 아니었다. 하지만 에디오스라는 그룹을 좋아하는 팬으로 10대였다. '영원해에디오스'라는 아이디로 활동하고 있었다.

"난 이번에 놀란 게 찬수 형이 다이아틴에게로 넘어간 거예요."

"민아야오빠다로 활동하던 분이죠? 그분은 끝까지 갈 것 같았는데."

김준의 말에 강찬성이 혀를 찼다. 팬클럽의 운영을 담당하던 사람마저 다이아틴으로 넘어갈 지경이었다. 그만큼 에디오스에 대한 지분이 줄어들고, 다이아틴의 규모가 늘어나는 상황이었다.

모두가 이탈한 팬클럽 회원에 대한 이야기를 하니 분위기가 점점 더 가라앉았다. 원래는 더 많은 회원들이 올 자리였지만, 오늘 참석한 사람은 결국 네 명뿐이었다. 다이아틴 팬클럽에서 활동하면서 에디오스 팬클럽에서 동시에 활동하지 말란 법은 없었지만 한쪽에 자연히 소홀해지게 마련이다. 게다가 둘은 라이벌로 인식되어 팬클럽 간에도 서로 앙숙이었다.

"아아. MG 병신들 진짜. 내가 발로 기획해도 그것보단 잘하겠다."

10대의 패기로 문지헌이 한마디 했지만, 누구도 그 말에 이견을 달지 않았다. 모두가 같은 생각이었으니 말이다.

한 주가 시작되는 월요일.

회의가 끝나고 정혜진이 제자리로 돌아가자 이현지는 강윤에게 이한서 이사와 만난 일을 이야기했다.

"거기도 참 복잡하군요. 이한서 이사님도 힘이 없으니 참……."

녹차를 마시며 이한서 이사와 MG엔터테인먼트 이사들 간의 갈등을 전해 들은 강윤은 혀를 찼다. 결국 이한서 이사가 힘이 없다는 이야기였다. 어찌 보면 무능하다는 말이 맞을지도 몰랐다.

이현지는 머그컵을 빙빙 돌리며 쓴 표정을 지었다.

"MG는 정글이 다 됐더군요. 사장단도 이사들도 자기 밥그릇 챙기는데 고심인 분위기예요. 그래도 가수들이 워낙 빵빵해서 회사 유지에는 걱정이 없겠지만요."

"명색이 한국 최대의 기획사인데 쉽게 회사가 무너질 일은 없을 겁니다. 그러니 이사들이 마음 놓고 밥그릇 싸움을 할 수 있는 것 아니겠습니까. 물론 그 사람들도 단순히 밥그릇 싸움만 하진 않겠죠. 그 밥그릇 싸움이 회사의 이익과도 관련이 있는 시스템이니까요. 성과를 거둬야 자기들 자리도 보존이 될 테니까요."

"그렇긴 해도, 너무 과열되면 회사를 망치는 위험을 초래하기도 하죠. 멀쩡한 가수 미국으로 보내 망치는 것처럼."

이현지는 에디오스를 언급하며 고개를 저었다. 아무리 생각해도 미국행은 무리수였다. 지금까지의 결과도 그렇게 말하고 있었다. 결국 자기 담당 가수 아니라고 무리한 도전을 감행하게 한 것 아닌가. 개인적으로 에디오스가 안타까웠다.

강윤도 심정적으로 크게 다르지 않았다.

"그 애들 재계약도 다가오는데, 걱정입니다. 어떤 생각을 가지고 있을지, 앞으로 어떻게 할지. 후…… 한번 보고 싶네요."

"벌써 시간이 그렇게 됐나요? 정말 빠르네요."

"그러니까요. 우린 나이만 먹었습니다."

이현지는 강윤의 어깨를 가볍게 툭 쳤다. 나이 이야기하지 말라는 제스처였다. 강윤은 그저 웃을 따름이었다. 그 말 덕분인지 무거워지려는 분위기가 다시 가벼워졌다.

두 사람은 각자 자리로 돌아가 업무를 시작했다. 책상 위에 놓인 일들을 처리하려던 강윤은 조금 전 들은 에디오스 이야기들로 머리가 복잡했다.

'MG는 에디오스와 재계약을 하지 않을 생각인가? 미국에서의 실험은 이 정도면 충분할 텐데?'

주아도 한번 실패했고 에디오스도 몇 년을 돌렸다. 에디오스도 한계치에 다다랐을 게 분명했다. 재계약을 생각한다면 이미 국내에 돌아와 국내 시장을 사수하는 게 맞았다. 그런데 왜 군이 무리수를 두면서까지 미국을 고집하는지 강윤은 이해가 가질 않았다. 차라리 그동안 꾸준히 넓혀 놓은 일본이나 새롭게 열리기 시작한 중국이 더 낫지 않을까 하는 생각이 들었다.

'다른 생각이라도 있는 걸까? 이건 아무리 봐도 다른 곳과도 재계약을 못 하게 폐기하는 수순인데. 그 아까운 애들을 왜?'

강윤은 도무지 감이 잡히지 않았다. 소득도 없고 의미도 없는 행사나 돌리며 팬들에게 잊혀져 가는 가수가 뒤늦게 복귀한다고 해봤자 무슨 의미가 있을까? 당장 복귀를 해도 다이아틴과 맞붙는다면 승부를 장담할 수 없다. 그렇다고 더 늦으면 새롭게 등장하는 걸그룹들과의 승부도 쉽지 않을 수 있다. 아니, 늦깎이 신인만도 못해진다.

이러지도 저러지도 못하는 상황이다. 획기적인 뭔가가 있지 않다면 말이다.

"죽 쒀서 개 줬더니 먹지도 못하고 그릇을 엎어 버렸군. 허……."

강윤은 깊은 한숨을 내쉬었다. 강윤 스스로도 에디오스를 기획했다는 자부심이 있었다. 그런데 MG엔터테인먼트에서의 결말이 이렇다니.

'일단 상황을 지켜보자. 그 애들도 생각이 있겠지.'

강윤은 에디오스 일로 잠시 놓았던 정신줄을 붙잡고 부랴부랴 올라온 서류들의 결제를 시작했다.

점심시간이 지난 후 강윤은 게스트 공연 준비에 한창인 김지민의 연습을 잠시 지켜봤다. 그리고 하얀달빛의 연습을 보기 위해 연습실로 향했다.

"찬란하게 빛나던~ 난 어디로~"

연습실 문을 여니 이현아의 묵직하면서 깊이 있는 소리가 귓가에 들려왔다. 그녀의 보라색 음표는 다른 악기들의 음표들과 합쳐지며 하얀빛을 만들어내고 있었다.

이현아는 노래를 들으며 스탠드 위에 놓인 악보에 뭔가를 써내려갔다.

'편곡하는 건가?'

이현아는 강윤에게 가볍게 눈인사를 하고는 노래에 계속 열중했다. 시원하면서 강한 소리만큼이나 음표들도 빠르게 움직여갔다. 강윤의 눈앞에서 다양한 색의 음표들이 춤을 췄다.

'느낌 괜찮은데?'

이현아에게서 나오는 보라색 음표가 인상적이었다. 보라색 음표는 정찬규가 연주하는 일렉트릭 기타의 노란 색깔과 합쳐지며 특히 강한 빛을 만들어내고 있었다.

'두 소리는 확실히 좋아. 하지만 차희 베이스 소리하고는

조금 안 맞는 것 같은데? 빛이 약해지는군.'

이차희의 음표가 합쳐지니 강한 빛이 순식간에 확 줄어들었다. 음색이 안 맞는 건 아닌 듯했다. 베이스에서 음표가 나오는 타이밍, 일렉트릭 기타에서 음표가 나오는 타이밍과 합쳐지는 타이밍들을 보니 시간 차이가 느껴졌다. 일정함보다 조금은 틀어진 느낌이었다. 거기에 드럼의 빛이 추가되니 빛은 더더욱 줄었다.

리듬을 담당하는 두 악기와 보컬, 일렉트릭 기타가 아직 완전하지 않은 느낌이었다.

노래가 끝나자 이현아가 손을 흔들었다.

"사장님!"

"안녕."

반갑게 손을 흔드는 이현아 뒤로 다른 하얀달빛 멤버들과도 인사를 한 강윤은 바로 악보로 눈을 돌렸다.

"그때 소영이가 준 그 곡이지?"

"네. 그때 그 곡이에요."

지난번, 박소영이 강윤에게 봐달라며 가져왔던 그 곡이었다.

"곡 괜찮네. 지금 페스티발 연습하는 거지?"

"네. 그때 앵콜송으로 해보려고요."

박소영이 만든 곡은 편안하게 귀에 감겨오는 매력이 있었다. 지금 들어봐도 그 강점은 변함이 없었다. 물론, 아직 보완해야 할 점은 많이 보였지만 말이다.

"오빠, 진짜 괜찮죠?"

"응."

이현아는 강윤이 칭찬하자 기가 살았는지 어깨를 들썩였다.

"역시, 나는."

강윤은 들떠 있는 그녀를 보며 피식 웃었다. 그런 그녀에게 강윤은 말을 보탰다.

"듣기 편안하달까, 사람들이 따라 부르기 좋은 곡 같다. 앵콜송이나 중간 타임에 부르면 딱 맞을 것 같아."

"그쵸? 역시, 앵콜송으로 고른 우리 센스. 제가 좀 끝내주죠?"

이현아가 밝게 웃었다. 그 밝음에 강윤도 함께 웃었다.

"아무튼 이번에 반응 괜찮으면 앨범에 넣어보는 것도 생각해 보자."

"우와. 그렇게만 되면 소영이가 좋아하겠어요."

"그러려면 네가 잘 불러야겠지?"

"윽. 무게감이 상당한데요?"

이현아는 장난스럽게 혀를 쏙 내밀었다.

"편곡 잘 하고. 소영이한테도 너무 무리는 하지 말라고 전해줘."

"에이, 무리해야죠. 누구한테 주는 곡인데."

"무리는 너만 하면 돼."

"네? 그런 게 어디 있어요?"

"여기."

낄낄대는 하얀달빛 멤버들을 뒤로하고 강윤은 이현아의 등을 툭 두드려 주었다. 그러고는 악보 하나를 받아 들고 연습실을 나섰다.

"기다려 달라고 넌 내게~ 돌아올 거라고 누군가 내게 말 해줬으면~"

강윤의 방에서 김재훈은 흘러나오는 반주에 맞춰 노래를 부르고 있었다. 가슴을 저미는 멜로디와 슬픈 가사에 김재훈의 목소리도 점점 흔들렸다.

"흠……."

강윤은 김재훈의 목소리와 스피커에서 나오는 음표들의 조화를 지켜보았다. 볼륨의 밸런스도, 장비와의 조화도 없었기에 정확한 음표들을 볼 수는 없었다. 하지만 어느 정도 유추는 가능했다. 슬픈 발라드에 맞게 김재훈의 바이브레이션이 한층 돋보였다.

'기교를 조금 빼고 목소리를 주욱 스트레이트하게 가는 게 좋겠어.'

바이브레이션이 너무 들어갔는지 후렴의 바이브레이션이 들어간 부분에서 음표 모양이 요상하게 뒤틀렸다. 그 음표가 빛에 들어가니 작게 요동쳤다. 그래도 큰 영향은 안 받았는지 빛은 강렬함을 계속 유지하고 있었다.

강윤은 필요한 것들을 기록하고, 음표들을 살펴나갔다.

"형, 이 노래 느낌 좋은데요?"

노래가 끝나고, 김재훈은 곡이 마음에 드는지 강윤에게 밝게 웃어 보였다. 다이아틴을 비롯해 곡 의뢰가 들어올 때마다 뒷전으로 밀렸지만 군말하지 않고 기다린 보람이 있었다.

그의 말에 강윤도 다행이라는 얼굴로 답했다.

"마음에 든다니 다행이다. 다른 할 말은 없어?"

"마지막이 너무 높은 거 빼면……."

노래는 절정 이후 마지막 부분에서 3옥타브 미까지 치고 올라갔다. 김재훈이 엄살을 떠는 것도 무리가 아니었다. 강윤은 가능한 음을 바꿔보는 모든 실험을 거쳤지만 결국 원래대로 높게 부르는 게 빛의 효과가 가장 높았다.

"이걸 진성으로 불러야 하니…… 목에 병이라도 나면 어떡하죠?"

"라이브 무대에선 가급적 피해야지. 이 부분을 네 목소리들로 화음을 낸 게 그 이유야. 평소에는 낮은 톤으로 부르고 콘서트 같은 곳에서 높은 톤을 한 번씩 간간히 보여주자고."

"역시."

지난번 엄청난 스케줄에도 피곤하긴 했지만 몸에 이상이 있을 정도로 무리가 가진 않았다. 김재훈은 강윤을 확실히 믿었다. 이런 모습들 하나하나에서 김재훈은 강윤의 배려를 느낄 수 있었다.

"그럼 전 가을 남자가 되는 건가요?"

"어디 보자."

강윤은 달력을 보며 일정을 생각했다.

"하얀달빛, 지민이 일이 끝나는 9월이 지나면 여유가 생기네. 10월 중순이 어떨까? 낙엽이 막 지기 시작하는 그때. 우리 월드엔터가 보유한 메인가수인데 제대로 신경 써서 내야 하지 않겠어?"

"좋네요. 낙엽도 지고, 분위기도 탈 수 있겠어요. 진짜 가을 분위기 낼 수 있겠네요."

김재훈은 기대감에 젖어들었다. 4년, 아니 새 앨범을 내는 건 거의 5년 만이었다. 당연히 그로선 설렐 수밖에 없었다.

"8월까지만 스케줄을 잡고 9월부터는 앨범에 전력투구하자. 필요하면 연습실도 따로 잡아줄게."

"괜찮아요. 진짜는 장소에 구애받지 않는 법입니다."

"오올."

강윤은 김재훈의 등을 팡팡 두드렸다. 연습실은 하얀달빛, 스튜디오는 김지민이 차지한 상황에서 그가 연습할 공간을 내주는 것도 쉽지 않은 상황이었다. 강윤은 필요하다면 돈을 투자해서라도 연습실을 대여할 생각이었다.

"여기 좋아요. 형 방에서 연습해도 괜찮을까요? 어지간한 연습실보다 나을 것 같은데…….."

"필요하다면 그렇게 해. 하는 김에 네가 부르고 싶은 곡 선정도 직접 해봐."

"네. 지금 있는 곡이 얼마나 되나요?"

"한 7개 정도 돼. 미니앨범으로 낼 거니까 4개 정도 고르면 될 거야."

새로운 곡들을 접한다는 기대감에 김재훈은 가슴이 두근거렸다.

"타이틀 편곡은 내가 직접 했지만, 다른 곡은 여러 사람에게 맡길 생각이야."

강윤의 말에 김재훈은 알겠다며 다른 것들을 물었다.

"작곡은 형님이 다 하신 건가요?"

"아니. 우리 전속 작곡가가 한 거야."

"아, 그 동생 분이요?"

강윤은 동생이라는 말이 민망했는지 헛기침을 했다.

"흠흠. 그, 그렇지."

"에이. 지금 이 '너와의 시간'도 동생 분이 쓰신 거죠?"

"맞아. 우리 전속 작곡팀 뮤즈 중 한 사람이지. 일 이야기할 때는 동생이라는 말은 피하고 싶네."

"알았어요."

강윤이 친동생이라고 특별히 우대할 사람도 아니라는 걸 김재훈은 잘 알았다. 그는 수긍하고 다음 화제로 넘어갔다.

"우리가 숫자는 적어도 작곡을 할 수 있는 사람들은 많아. 나도 있고, 재훈이 너도 있고, 현아도 있어. 그래서 앞으로는 가급적 각자가 앨범을 낼 때 편곡을 한 곡씩 맡아 줬으면 해. 이번 앨범은 내가 한 번 더 하고, 너, 현아까지 4곡. 그러면 4곡이 딱 맞아떨어지거든."

"좋은 생각이네요. 그런데 현아는 저하고 곡 색깔이 완전히 다른데……."

김재훈이 난색을 표했다. 이현아와 자신은 장르가 완전히 달랐다. 생각의 차이를 극복할 수 있을지 김재훈은 의문이었다.

"이참에 음악적 기반을 넓혀보는 거지. 현아도, 너도 자기 틀에만 갇혀 있는 것보다 다른 생각들을 접하면 배우는 게 있지 않을까? 자기 틀에만 갇혀 있으면 틀에 박힌다는 소리를 듣게 된단 말야. 사고가 유연해야 더 많이 성장할 수 있어."

"그렇긴 하죠."

김재훈은 잠시 생각하더니 결국 강윤의 말을 듣기로 했다. 어차피 타이틀곡도 아니고, 앨범에 수록되는 곡이니 음악의 다양성을 갖추기에는 나쁘지 않다 생각했다.

강윤은 컴퓨터를 켜고 악보들과 파일들을 보여주었다. 총

7곡이었다.

"작곡만 된 곡들이야. 작사도, 편곡도 안 됐어. 말하자면 스케치만 된 것들이지. 이번 앨범에 어떻게 활용할지 잘 생각해 봐. 그리고 컨셉 같은 거 떠오르면 말해주고."

"네, 형."

강윤은 김재훈이 헤드셋을 끼고 음악에 심취하자 조용히 방을 나섰다.

"아, 나 거실에서 자야 하나."

생각해 보니 작업을 하려면 자신의 방에서밖에 안 됐다. 스스로 방에서 쫓겨난 격이 된 강윤은 어이가 없어 실소를 머금었다.

스튜디오는 이제 김지민의 전용 연습실이나 다름없었다. 그곳에서 김지민은 박소영과 함께 이번 루나스 개관 공연장에서 선보일 곡을 연습하고 있었다.

"아아. 이게 저음이 문제구나."

원본 악보를 보며 김지민은 깊게 탄식했다.

"어쿠스틱으로 연주하는 건 좋아. 그런데 원곡이 좋았던 이유가 엷게 깔아줬던 저음 때문이야. 그런데 어쿠스틱만으로 저 저음을 표현하는 게 쉽지 않거든."

"어렵네요……."

박소영은 한쪽에 마련된 신디사이저로 '함께하자'를 연주하며 어쿠스틱의 어려움을 설명했다.

"어쿠스틱 소리가 카랑카랑해서 발랄한 느낌을 살리기는 정말 좋은데……."

"차희 언니한테 무대 도와달라고 하면 안 될까?"

"에이. 차희 언니도 쉬어야죠. 공연 중간의 5분이 정말 크데요."

김지민은 안 된다며 못을 박았다. 이건 자기가 해결해야 할 과제라면서 말이다. 그러자 박소영이 다른 안을 냈다.

"그럼 어쿠스틱 느낌을 살리면서, 저음을 넣으면 되는 거지?"

"가능하면 기타 하나만 가지고 가고 싶은데……."

"아직 네 실력이 거기까진 안 돼서 노노. 그렇게 치려면 인터넷에 올라오는 누구처럼은 돼야 해."

"으윽. 언니도 은근히 돌직구예요. 그래요, 그래. 알았어요."

김지민은 장난스럽게 투덜거렸다. 그래도 정확하게 자신을 지적해 주는 게 좋았다.

박소영도 김지민의 연주를 들으며 신디사이저를 연주했다. 악보를 고쳐나가며 필요한 것들을 기록하는 두 사람의 얼굴은 즐거웠다.

홍대 골목에 위치한 한 카페에서, 기타를 맨 두 남녀가 마주앉았다. 그들은 아메리카노를 마시며 공연에 대해 이야기를 나누고 있었다.

"승혜야. 9월 달에 위시 공연장 계약 안 했어?"

스트로우를 씹으며 남자가 공승혜에게 물었다. 그는 인디 밴드 스트로우벨리의 리더 한상태였다. 그가 씹은 스트로우가 마음에 안 드는지 공승혜는 얼굴을 찌푸리며 답했다.

"또 스트로우 못살게 군다. 뭐, 이번에 새로 오픈하는 공연장이랑 계약했어."

"새로 오픈하는 데? 혹시 그 공사하던 곳 말야? 거기 어때?"

한상태는 눈을 휘둥그레 뜨며 물었다. 다른 클럽들과 조금 떨어져 있는 곳에 위치한 그 공연장은 평범한 외관에 크게 주목할 만한 특징은 없어 보였다.

그런데 공승혜에게서 완전히 예상 밖의 말이 나왔다.

"시설이 아주 최고로 꾸며졌어. 게다가 대관료도 완전 싸. 다른 공연장하고 비교가 안 돼. 게다가 수용 공간도 넓고 역에서 멀지도 않아서 사람들이 찾아오기 나쁘지도 않아."

"얼만데?"

가장 중요한 질문이었다. 공연장 대관료는 계속 오르는 추세였다. 모두가 벼룩의 간을 빼먹는다며 원성이 자자한 상황이었다.

공승혜는 바로 답을 주었다. 주변보다 훨씬 싼 대관료를 들은 한상태의 눈이 왕방울만 해졌다.

"……미쳤네. 거긴 흙 파먹고 산대니? 혹시 나중에 대관료 왕창 올리는 거 아냐?"

"그럴 것 같진 않던데? 엔터테인먼트사에서 운영하는 공연장이야. 거기 사장이 주변 공연장 가격 낮추려고 비용을 낮게 잡은 거라던데?"

"어떤 세상인데. 그게 말은 쉽지."

하지만 한상태는 쉽게 믿으려 하지 않았다. 그러자 공승혜가 이마를 찌푸리며 근거를 댔다.

"월드엔터테인먼트가 강적들 있는 회사야."

"이현아? 예랑 안 가고 간 곳이 거기였어?"

이현아가 밴드원들과 함께하기 위해 예랑엔터테인먼트와의 계약을 고사한 건 인디밴드 사이에서 화젯거리였다.

메이저 연예기획사와의 계약은 모든 인디밴드들의 꿈이면서 관심거리였는데, 그 자리를 걷어찬 것이니 말이다. 그 후 작은 연예기획사가 돈이 될 법한 이현아만 데려간 게 아니라 다른 밴드원들까지 데려간 걸 떠올리자 생각이 조금 달라졌다.

한상태의 눈이 조금 변하자 거기에 공승혜가 추가타를 먹였다.

"거기 김재훈도 있잖아."

"월드 어디 있냐?"

한상태는 더 망설이지 않고 자리에서 일어났다. 김재훈의 복귀는 팬들뿐만 아니라 음악인들에게도 화젯거리였다.

그 모습을 보며 공승혜는 웃음을 터뜨렸다.

그 이후, 공연장 루나스의 낮은 대관료에 대한 소문이 인디밴드들 사이에 좌악 퍼져나가기 시작했다.

록 페스티벌이 일주일 앞으로 다가왔다.

하얀달빛은 연습실에서 막바지 연습에 한창이었다. 강윤이나 누구도 그들에게 연습이 방해가 될까 함부로 드나들지 않았지만 오늘, 강윤이 록 페스티벌의 일정이 나왔다며 포스터와 큐시트를 들고 왔다.

이현아와 다른 밴드원들은 강윤에게서 그것들을 받아 들었다.

"헉! 우리 2시 공연이에요?!"

이현아는 강윤에게 큐시트를 받아 들고 기겁했다.

-PM 02:00 하얀 달빛

큐시트와 포스터에 시간과 이름이 대문짝만 하게 찍혀 나왔다. 이제 빼도 박도 못한다는 확정이나 다름없었다.

"허…… 대낮에 볕 맞으며 노래 불러야 하나요."

이차희와 정찬규도 당혹감을 감추지 못했다. 야간시간에 주로 공연을 해봤지 낮에, 그것도 야외공연은 모두가 처음이었다.

야외특설무대, 그것도 가장 뜨겁다는 오후 2시다.

"그래도 첫 공연이라도 얻어냈네요. 3시나 4시였으면 정말 힘들었을 텐데."

이현지는 그래도 희망이 있다며 모두를 위로했다. 첫 공연이라면 그래도 많은 관심을 받을 게 분명했다. 3시나 4시라면 2시 공연에 지쳐 중간에 도망가거나 집에 가려는 사람들이 부지기수일 게 뻔했다.

"우리가 제일 네임밸류가 없었을 거예요. 사장님도 고생했겠네요."

이현지의 말에 모두가 그제야 작게 신음성을 냈다. 그나마 이렇게 기회를 잡을 수 있었던 것도 강윤 덕이었다.

하지만 강윤은 괜찮은 듯, 바로 말을 이었다.

"저녁 공연은 무리더군요. 워낙 이름 있는 가수들이 많이 나와서 그런지 시간 변경을 요청했지만 주최 측은 귓등으로도 안 듣더군요."

이현지의 말에 강윤은 고개를 휘휘 저었다. 그들의 대화에 하얀달빛 멤버 모두가 어깨를 추욱 늘어뜨렸다. 그러나 이현아가 곧 어깨를 펴며 말했다.

"에이. 올해는 힘들었지만 내년에는 다를 거예요. 두고 보세요. 꼭 밤 공연을 하게 만들어 드릴 테니까요."

"알았어. 약속했다?"

"못 지키면 저라도 드릴게요."

"……."

강윤은 이현아의 머리를 한 대 쥐어박고는 모두를 돌아보았다.

"모두 봤겠지만 공연 일정이 매우 빡빡하다. 이건 정말 미안하다는 말밖에 할 말이 없네. 아직 내가 힘이 없어서 말야. 다음에는 더 좋은 환경에서 노래하게 해줄게. 이번엔 양해해 줘."

강윤이 미안하다고 고개를 숙이니 하얀달빛 멤버들은 오히려 민망해졌다. 사실 그들에겐 록 페스티벌에 나간다는 것 자체가 대단한 일이었다. 그런데 강윤이 오히려 이렇게 나오니……

"아닙니다, 아니에요. 저흰 정말로 감사한걸요."

김진대가 모두를 대표해서 말했다. 하얀달빛 모두가 그와 같은 심정이었다.

이현지도 강윤에게 말했다.

"아직 우리 규모가 작잖아요. 다음에 더 커지면 그때 힘을 발휘해 보죠."

"이사님."

더 좋은 환경을 제공해 주지 못해 미안했는데, 위로를 받으니 강윤은 모두에게 고마운 마음이 들었다.

훈훈한 분위기로 마무리하고, 모두가 각자의 자리로 돌아갔다. 하얀달빛은 연습을, 강윤과 이현지는 사무실로 향했다.

공연 전날.

강윤은 록 페스티벌이 열릴 고양의 한류종합공원으로 향했다. 그곳은 워터파크를 비롯해 야외공연장, 전시장, 숙소까지 마련된 복합놀이공간이었다.

아침 일찍 도착한 강윤은 관계자라는 표시를 왼쪽 가슴에 달고 야외공연장 객석 맨 앞에 자리를 잡고 앉았다. 하얀달빛의 내일 공연 준비를 위해 무대 진행을 보기 위함이었다.

관계자들과 2시에 공연을 하는 밴드, '백제의 꿈'이 무대 준비에 한창이었다.

"오늘 비가 온다거나 하진 않겠죠?"

"쨍쨍하답니다."

"뜨겁겠네요."

스태프들이 쨍쨍한 날씨를 기뻐해야 할지 슬퍼해야 할지

알 수 없다는 이야기를 했다. 강윤은 그 이야기에 괜히 공감이 되었다.

곧 그들은 밴드들과 사운드 테스트를 진행했다. 습도가 높아 사운드 테스트는 난항이었다.

'야외지만 소리 문제도 만만치는 않구나.'

그래도 스태프들 실력이 좋은지 소리는 금방 맞출 수 있었다. 그 모습에 강윤은 안도했다. 스태프들을 믿고 맡기면 될 듯싶었다.

그러나 공연장의 문제점은 11시를 넘어가면서부터 여실히 드러났다. 그늘이 사라지며 무대와 관중석에 태양빛이 작렬하기 시작했다.

"덥다……."

강윤은 미리 준비해 온 양산을 펼쳤다. 순간 그는 하늘을 올려다보며 얼굴을 찌푸렸다. 양산 그늘을 만든 강윤도 그럴진데, 볕을 그대로 맞는 저들은 오죽하겠는가. 강윤은 스태프들과 밴드원들이 안쓰러웠다.

'우리 애들은 어떡하지?'

당장 건강부터가 걱정되었다. 게다가 관객들 중 누군가가 쓰러지기라도 한다면? 누구의 공연에 어떤 관객이 쓰러졌다더라. 이러면 곤란해진다. 그 책임은 주최측에 있지만 법적 공방으로 흘러가면 일이 매우 피곤해진다.

하지만 지금 와서 취소하는 것도 안 될 노릇이다. 시간을 줄인다? 그것도 말도 안 될 노릇이다. 관객들은 가급적 많은 노래를 듣길 원한다. 그들 모두가 돈을 지불한 관객들이다.

강윤의 머리는 복잡했다.

'물을 더 많이 준비하는 수밖에 없나.'

더위를 버틸 수 있게 해주는 방법밖에 없었다. 생각보다 방법은 간단했다. 양산을 펼 수도, 천막을 칠 수도 없으니 방법은 물이었다.

'또 돈이구나…….'

강윤은 주최 측이 준 시트를 봤다. 그는 하얀달빛의 공연에 제공되는 물의 양을 보며 고개를 저었다.

'이걸로 1시간을 어떻게 버텨.'

500명.

500㎖ 700개.

주최측이 준비한 물의 양이었다. 태양빛이 작렬하는 상황에서 이 정도 양으로 될까? 강윤은 의문이었다.

강윤은 이현지에게 전화를 걸었다. 내일 물 500㎖ 1,000통을 따로 주문해 달라고 했다. 이 정도면 500명이 마시고 뿌리기까지 해도 충분이 남을 것이다.

이현지는 하얀달빛 로고를 붙이는 게 어떻겠냐는 안을 넣었고 강윤은 좋다며 바로 승낙했다.

무대 위의 사람들은 더위와 싸우며 사운드 테스트를 하고, 동선을 체크해 갔다.

12시가 넘어 점심시간이 되자 사람들이 하나둘씩 모여들었다. 가벼운 복장의 커플들을 비롯해 아예 숙식을 생각하고 온 마니아에 이르기까지 다양한 사람들이 야외공연장을 하나둘씩 채워나갔다.

오후 2시, 공연장은 또 다른 열기로 후끈후끈 달아오르기 시작했다.

"안녕하세요~"

"와아아아아아아아~!"

백제의 꿈 리더 강태천의 인사와 함께 록 페스티벌의 막이 열렸다. 그들은 메탈을 기초로 한 파워 있는 음악을 연주하는 밴드였다. 힘 있는 성향에 맞게 리더, 강태천의 보컬이 힘 있게 모두를 휘어잡았다.

"넌 매일 따분하다고~ 미치겠다 소리치지마안~"

"와아아아아아아~!"

작정하고 놀러 온 관객들은 하나가 되어 뛰어 놀았다. 단순히 뛰기만 하는 건 아니었다.

물을 뿌리고, 던지고, 젖고…… 관객들은 주최 측에서 나눠주는 물을 마구 뿌리며 더위를 식혔고, 다시 뛰고, 식히는 패턴을 반복했다. 그러다보니 물은 순식간에 바닥이 났다.

"휴, 더워."

"더워어!"

관객들 모두가 물과 땀으로 범벅이 되었다. 그러나 그걸 아는지 모르는지, 노래는 달리고, 또 달리고의 연속이었다. 관객들은 마법에 걸린 것처럼 계속 뛰었다. 체력이 약해 보이는 여성은 눈이 풀린 기색까지 보였다.

강윤은 그 모습을 눈에 담고, 필요한 것들은 적어두었다.

'물이 중요해.'

저들도 하얀달빛과 똑같이 700통 정도를 지원받았다. 관객의 숫자도 500여 명 정도가 모여들었다. 하지만 오래전에 준비한 탓인지 물은 미지근했고 그 때문에 물을 마시면서도 투덜거리는 관객들이 곳곳에서 눈에 띄었다.

결국 이건 한여름 햇빛 아래에서의 놀이였다. 관객들 모두가 신나게 놀았지만, 강윤은 사고 위험성에 주목했다. 내일, 분명히 하얀달빛의 노래를 즐길 관객들도 저들만큼 뛸게 분명했다.

'지금 온도가 32.1도. 게다가 습해서 더 덥게 느껴진다. 내일도 크게 다르지 않겠지.'

강윤은 차분히 '백제의 꿈'의 무대를 지켜보며 내일 무대를 어떻게 지원할지를 고민했다.

"여러분, 더우시죠?"

"네에?!"

"더우시죠오?!"

"네에에에!"

"노래로 이 더위를 날려 버립시다. 준비되셨나요?!"

"네에!"

관객들의 열기 어린 목소리가 야외공연장을 가득 울렸다. 그러나 그들의 손에는 더위를 식혀 줄 물이 텅텅 비어 있었다. 그걸 아는지 모르는지, '백제의 꿈'의 노래가 다시 시작되었다.

그러나, 더위에 지친 탓일까. 공연을 즐기던 관객들이 하나둘씩 무대 주변을 떠나기 시작했다. 한두 명으로 시작된 이탈 행렬은 곧 수십 명으로 불어났다.

'역시.'

강윤은 고개를 흔들었다. 무대 시작 30분이 채 지나지 않아서 일어난 일이었다. 맨 앞의 관객들은 뒤에서 무슨 일이 일어나는지 모른 채 계속 공연을 즐겼다. 그러나 뒤에서부터 시작된 이탈은 틈틈이 계속 되었다.

결국 1시간의 무대가 끝날 때 즈음, 수백의 관객 중 3분의 1도 안 남는 참사가 벌어졌다.

"감사합니다."

"와아아아!"

더위 탓에 앵콜 요청마저 없었다. 결국 노래로 더위를 이기자 했지만 노래가 더위에 지고 말았다.

강윤은 무대 뒤에서 가수가 어떤 얼굴을 하고 있을지, 머릿속에 선명히 그려졌다. 허탈함과 당혹감, 그리고 분노가 치밀어 오르는 그런 얼굴을 하고 있을 게 분명했다.

"으아아아아아아!"

아니나 다를까, 강윤이 무대 뒤편을 지나는데 그 여파가 들려왔다.

'준비 철저히 해야겠어.'

내일 자신들이 저 꼴이 나지 않으리라는 보장이 없다.

강윤은 단단히 마음먹었다.

더위와의 싸움에서 반드시 승리하리라고.

희윤이 다니는 미국의 음악대학의 강의실.

어렵기로 악명 높은 악기론 수업이 끝났다. 10명 남짓한 학생들은 해방되었다는 얼굴로 빠르게 짐을 챙겼다. 학생들은 교수가 강의실을 나가자마자 너나 할 것 없이 달려 나갔다.

"으으. 오늘 수업도 최악이야."

학생들이 달려 나가는 소리를 뒤로하며 희윤의 친구, 헬레나는 여유 있게 짐을 챙겼다. 다른 학생들과 다르게 그녀는 품위가 있었다.

희윤도 가방에 책을 넣으며 헬레나에게 말했다.

"고생했어."

"오늘 배운 악기는 정말 어려운 것 같아. 샤미…… 뭐더라?"

"샤미센."

"으으윽. 발음도 어려워."

수업시간에 배운 일본의 전통악기, 샤미센을 생각하며 헬레나는 질렸는지 고개를 저었다. 동양의 악기들은 소리는 맑았지만 다루기가 매우 어려웠다. 어떤 악기들은 소리 자체가 안 나기도 했다. 다행히 이번 악기는 그런 정도는 아니었지만……

하드한 과제의 폭탄을 맞은 친구에게 희윤은 위로를 건넸다.

"힘내. 그래도 차분한 느낌이 좋은 악기잖아."

"그래, 그렇지. 테스트만 없다면 정말 좋은 악기지. 하지만 이런 디지털 시대에 연주까지 할 줄 알아야 한다는 건 잘 모르겠어. 그냥 감이 좋으면 되는 거 아닐까?"

"배우는 데 이유가 있겠지."

"역시 모범생은 달라."

헬레나의 칭찬에 희윤은 어색하게 웃었다.

"하하……."

"이 만점 장학생. 그러고 보니 이 과목 시험도 항상 만점이지? 손재주가 좋아서 그런가? 비법 있으면 알려줘."

"그냥 열심히 하는 거지 뭐."

"그러지 말고 가르쳐 주라. 응?"

수능 만점생이 교과서 위주로 공부했다는 말도 안 되는 이야기에 비견될 만한 말을 한 희윤은 헬레나에게 인사하고는 강의실을 나섰다. 오늘은 선약이 있었다.

학교에서 얼마 떨어져 있지 않은 카페에서 그 약속 상대가 그녀를 기다리고 있었다.

"이희윤!"

"주아야."

상대는 희윤이 반가웠는지 보자마자 일어나 그녀를 끌어 안았다. 이제는 희윤의 절친이 된 연주아였다. 그녀는 몇 번 이나 희윤의 얼굴이 좋아졌다며 볼을 꼬집었다. 희윤도 지지 않겠다는 기세로 주아의 볼을 꼬집었다. 정이 넘치는 두 사 람이었다.

그런데, 오늘 주아는 혼자 온 게 아니었다. 함께 온 손님 이 있었다.

"주아야. 친……. 어?"

희윤이 인사를 하려고 다가갔는데 익숙한 얼굴이었다. 아 니, 익숙한 정도가 아니었다.

"안녕하세요? 주아 언니에게 말씀 많이 들었어요. 크리스 티 안입니다."

"아, 안녕하세요?"

희윤은 생각도 못 한 얼굴에 당황하며 인사를 건넸다.

날선 턱선에 고양이를 닮은 눈매가 돋보이는 약간은 차가 운 인상의 여인, 크리스티 안이었다. 운동화를 신었지만 짧은 반바지에 길게 드러난 각선미는 가려지지 않았다. 그녀는 세련된 도시 여인의 풍미를 드러내고 있었다.

주아는 당황하는 희윤을 보며 킥킥 웃었다.

"왜 그래? 에디오스 몰라?"

"그게 아니라……."

전혀 생각지도 못한 만남에 희윤은 어색함, 당황스러움 등 여러 감정을 드러냈다. 강윤이 에디오스를 기획했다는 걸 동생인 그녀가 모를 리 없었다. 때문에 남같이 느껴지지 않았다. 미국에 있으면서 만나는 날이 언젠가 올 거라는 생각은 했는데 그게 오늘이라고는 생각도 못 했다.

"일단 주문부터 하자."

주아는 어색한 두 사람 사이를 진정시키곤 자리에 앉았다. 저 멀리서 올까 말까 망설이는 카페 직원에게 손짓하니 두 사람은 누구 먼저랄 것도 없이 빠르게 착석했다. 이어 주아도 자리에 앉았다.

가운데에 주아가 있는 덕분인지 희윤과 크리스티 안은 조금씩 대화를 나누며 말문을 열었다.

"……팀장님 동생이요?!"

"입에 파리 들어간다."

"그, 그래도……."

크리스티 안은 주아에게 희윤이 강윤의 동생이란 이야기를 듣고 사방이 떠나가라 소리를 질렀다.

"언니, 그런 말은 없었잖아요."

"아니라고 말하지도 않았잖아."

"그, 그런 말이 어디 있어요."

사전에 언질이라도 해줄 것이지. 그러나 그런 배려를 주아에게 바라는 건 웃기는 일이었다.

크리스티 안은 울상을 지었다. 그녀가 말로 주아를 이기는 건 불가능했다.

결국 크리스티 안은 입술을 삐죽이다 중얼거렸다.

"팀장님하고 거의 안 닮은 것 같은데……."

"그런 말 많이 들어요."

"아……."

혼잣말이 들렸는지 크리스티 안은 민망해졌다. 그러나 희윤은 익숙한지 다음 말을 이어갔다.

"오빠하고 난 이미지가 많이 다르니까요. 그런 말들 익숙해요."

"우……. 죄송합니다."

괜히 미안해진 크리스티 안은 고개를 숙였다. 그러나 희윤은 괜찮다며 손을 저었다. 그럴 의도가 있던 게 아니라며.

'애네들, 언제 친해지게 만드나?'

어색한 두 사람을 어떻게 친해지게 만들지, 주아는 고민하기 시작했다.

"다들 모인 거지?"

아침 6시.

정확히 정각이 되자 이현지는 하얀달빛 멤버들과 김지민까지 모였는지를 확인했다. 모두가 5분 전에 회사 앞에 도착해 있었다.

전날 이현지에게 지각하지 말란 말을 들은 탓인지 모두의 얼굴에선 긴장감이 바짝 배어 있었다.

"대현 매니저, 짐은 다 실었나요?"

"네. 말씀하신 대로 어제 다 준비했습니다."

김대현 매니저도 바짝 긴장했다. 비록 여자였지만, 이현지에게서는 쉽게 거역하기 힘든 포스가 느껴졌다.

"마지막으로 장비들 다시 체크하고 출발하죠."

"알겠습니다."

"형, 제가 도울게요."

김진대와 정찬규가 김대현을 돕겠다며 나섰다. 이현아는 김지민과 마실 물과 필요한 것들을 사 오겠다며 편의점으로 향했다.

곧 준비가 끝나자, 일행은 고양으로 출발했다.

아침이라 그런지 뒤에 앉은 하얀달빛 멤버들의 분위기는 추욱 가라앉아 있었다.

"현아야. 잠은 좀 잤어?"

"3시간 잤어. 오빠는?"

"2시간 잤나? 처음 무대 설 때보다 더 떨려."

전날 잠을 설쳤다는 동병상련의 마음이 이현아와 김진대를 하나로 뭉치게 만들었다.

"찬규는 잘 잔 것 같다?"

"……난 수면제."

"……일어난 게 용하다."

수면제를 먹고도 제시간에 일어났다는 정찬규의 말에 김진대는 그를 우러러봤다.

"지민인 자네."

"부럽다……."

이차희가 뒷좌석에서 창문에 머리를 대고 잠든 김지민을 보며 부러운 눈빛으로 중얼거리자 이현아도 동감이라며 한마디 했다.

앞좌석에 앉은 이현지는 그녀대로 고민이 깊었다.

'어제 공연한 팀 말 들어보니까 사람들이 절반 넘게 이탈했다고 하던데, 우리는 괜찮을까?'

불리한 시간대.

불타는 태양.

물을 따로 더 주문했다고 하지만 '이걸로 괜찮을까' 하는 생각에 그녀의 고민은 깊어져갔다. 하지만 물 외에 딱히 뚜

렷한 해결책은 떠오르지 않았다. 천막을 친다면 관객과 가수가 마주볼 수 없을 테고, 양산 같은 경우는 관객들의 공간 확보가 어렵다는 단점이 있었다. 더위에 장사 없다지만 이 두 방법은 현실적으로 힘들었다.

도착할 때까지 이현지는 계속 고민했지만 명확한 해결책을 생각하지 못했다.

그렇게 결국 차는 공연이 열릴 한류종합공원에 도착했다.

이현지와 일행들이 악기를 메고 공연장에 도착하니 강윤이 그들을 기다리고 있었다.

"왔구나."

강윤은 일행에게 간단하게 인사를 하곤 스태프에게로 향했다. 그리고 그들과 여러 가지 이야기를 하는지 스태프들은 곤란한 얼굴을 하고 있었다.

"강윤 오빠는 정말……."

"왜? 뭐가?"

"아냐, 아무것도."

이현아가 홀로 중얼거린 말에 이차희가 묻자 곧 그녀는 고개를 저어버렸다.

하얀달빛 멤버들은 악기를 세팅하며 공연 준비에 돌입했다. 이현지도 무대 바로 아래에서 공연이 어떻게 준비되는지를 지켜봤다. 그녀 옆에는 김지민이 함께했다.

김진대는 가져온 스네어를 세팅하며 발베이스와의 밸런스

를 맞췄다. 발베이스의 묵직한 소리와 스네어의 시원한 소리가 조화를 이루었다.

'습도 때문인가? 조금 칙칙한 느낌이군.'

강윤은 드럼에서 나오는 음표들을 보며 고개를 갸웃했다. 조율이 끝나봐야 알겠지만 소리가 맑은 느낌은 아니었다.

이차희도 앰프에 베이스를 연결하며 톤을 맞췄다. 정찬규도 이펙터에 일렉트릭 기타를 연결하고 소리를 맞췄다. 각양각색의 소리들이 음표들을 만들며 강윤의 앞에 펼쳐졌다.

점점 소리들이 맞춰지며 흐릿하고 흐트러졌던 음표의 모양들이 점차 선명해지기 시작했다. 일렉트릭 기타와 베이스는 확실히 음표가 선명해졌는데 드럼은 소리가 잘 맞지 않는지 음표가 조금 일그러졌다.

"아씨, 잘 안되네."

김진대는 뭔가가 잘 안 풀린다는 듯, 계속 스네어를 조였다, 풀기를 반복했다. 그러나 시원하게 빠져야 할 소리들이 오늘따라 칙칙한 소리만을 내며 그의 귀를 어지럽혔다.

'세션의 개인 작업에 참견하는 건 예의가 아니지.'

강윤은 뭔가 말을 하려다 관뒀다. 괜히 세션 자존심에 스크래치 나게 해봐야 좋을 게 없었다. 어차피 시간도 충분했다.

30분 정도가 지나자 드럼에서 제대로 된 음표들이 흘러나왔다. 마이킹 되어 울리는 발베이스 소리와 스네어의 시원한 소리가 스피커로 들려오자 강윤은 만족했다.

악기들이 하나하나 제 소리를 찾아가고 잼이 시작될 즈음, 햇볕이 조금씩 따가워지기 시작했다.

"어제보다 더 덥겠네요."

강윤 옆에 선 이현지가 손으로 부채질을 하며 걱정스럽게 무대를 바라봤다. 김지민도 더운지 얼굴이 붉게 달아올라 있었다.

"그늘로 가죠."

강윤은 모두를 나무 아래로 이끌었다. 나뭇잎 사이로 햇빛이 언뜻언뜻 들었지만 약간의 바람이 그들을 시원하게 해주었다.

"사장님 말대로 물을 준비하긴 했는데, 그 정도로 될까요?"

이현지의 말에 강윤은 다시 고민했다. 물통으로 물을 뿌려도 더위가 얼마나 가실지…… 생각해 보니 언 발에 오줌 누기 같았다.

"오늘 몇 도인지 아십니까?"

"34.4도네요."

"34도?"

핸드폰으로 날씨를 확인한 김지민의 답에 강윤이 눈을 휘둥그레 떴다. 8월 말에 34도라니! 게다가 서울보다 약간 북쪽에 위치해 있는 곳에서 무슨…….

강윤은 자리에서 벌떡 일어났다.

"어디 가요?"

이현지의 물음에 강윤은 한마디로 답했다.

"더위는 식혀야죠. 늦지 않게 오겠습니다."

이현지와 김지민은 무슨 말인지 몰라 서로를 바라보았다.

리허설이 끝나고, 이현아는 대기실에 들어가 땀에 지워지려는 화장을 다시 고쳤다.

"으, 더워!"

이현아는 거울을 보며 애꿎은 더위에 화풀이를 했다. 물에 잘 지워지지 않는 화장품을 썼지만 계속 흐르는 땀에 화장의 일부가 지워져 버렸다. 높은 습도와 더위는 그만큼 치명적이었다.

이차희도 이현아와 크게 다르지 않은지 묵묵히 화장을 고쳐나갔다.

공연 시간은 빠르게 다가오기 시작했다.

무대 밖 공연장과 멀리 떨어지지 않은 그늘에서, 김지민은 사람들이 하나둘씩 몰려드는 모습을 보며 놀라 입을 쩌억 벌렸다.

"저기 사람들 보세요. 완전……."

그녀의 말대로 뜨거운 햇빛도 마다하지 않고 사람들이 공연장으로 하나둘씩 모여들고 있었다. 작렬하는 한낮의 태양이 무색할 정도로 사람들은 계속 몰려들었다.

"그러네."

"우와……. 언니들이 대단하긴 하구나."

김지민은 순수하게 감탄했다. 사람들은 그들의 노래를 듣겠다며 이 더위에도 오고 있었다. 그 모습이 그녀를 놀라게 했다.

'나도 꼭…….'

김지민이 객석에 자리를 잡는 사람들을 보며 마음을 굳혀 갈 때, 관객들은 사전에 준비된 물을 두 통, 세 통씩 받아가며 공연을 즐길 만반의 준비를 갖췄다. 벌써부터 몇몇 관객들은 물을 따서 마시고 있었다.

한편, 이현지는 그들을 보며 바짝 긴장했다.

'강윤 사장이 말한 어제보다 더 어려운 공연이 될 거야. 물이 충분할지…….'

이현지는 물을 나누어주는 곳으로 향했다. 다행히 아직 물은 충분했다. 어제 추가로 많은 물을 준비한 영향이 컸다. 그러나 사람들이 더 몰려들고 앞에 있던 관객들이 물을 더 가져간다면 어떻게 될지 장담할 수 없었다.

이현지는 강윤에게 전화를 걸었다. 물에 대한 의논을 하기 위해서였다.

그런데…….

'이럴 때 전화는 왜 안 받는 거야?!'

가장 중요한 강윤이 감감 무소식이었다. 그의 휴대전화가 고장이 난 것도 아닐 텐데, 연락 한 통 없었다. 이현지는 속이 탔다. 다시 전화를 걸어봤지만 신호만 갈 뿐, 정작 응답은 없었다.

"하아…….""

이현지는 결국 한숨을 쉬며 문자를 보냈다. 꼭 전화를 달라는 내용이었다.

그녀는 야외공연장의 회색 콘크리트 바닥을 내려다보았다. 타는 듯한 열기가 이글이글 올라오는 기분이었다. 어제 이런 객석에서 그렇게 뛰어댔으니 절반이 넘는 사람들이 공연 중간에 이탈했다는 생각마저 들었다.

'물이라도 뿌려야 할 텐데.'

이현지는 어떻게든 열기를 식혀야 한다고 생각했다. 바닥에 물을 뿌리면 온도가 조금이라도 내려간다. 그 생각이 머리를 스치고 지나가자 이현지는 수도꼭지에 꽂을 긴 호수를 구하려고 주변을 돌아다녔다. 둘러보니 저 멀리 수도꼭지가 눈에 들어왔다. 그러나 문제는 호스였다.

'화장실, 화장실…….'

청소도구를 보관하는 곳이라면 긴 호스가 있지 않을까? 이현지는 근처 건물의 화장실들을 모조리 뒤졌다. 그러나 개

똥도 약에 쓰려면 없다고 호스 구하기란 하늘의 별 따기
였다. 결국 한참을 호스를 찾아 돌아다녔지만 길이가 짧은
호스 몇 개만을 구했을 뿐, 공연장까지 닿을 만한 긴 호스를
찾지는 못했다.

결국 이현지는 공연 전부터 완전히 지쳐 어깨를 늘어뜨린
채 돌아왔다.

"이사님……."

"고마워. 하아……."

김지민이 안쓰러운 마음에 물 한 통을 내밀었다. 이현지는
꿀꺽꿀꺽 우렁찬 소리를 내며 500㎖ 물통을 단번에 비워 버
렸다. 이미 그녀의 정장틱한 옷도 땀투성이였다.

공연 시간이 다가올수록 햇볕은 더욱 따가워졌다. 달궈진
바닥의 열기는 숨을 턱턱 막히게 했다. 불지옥이 따로 없
었다.

'이대로 가면 안 되는데…….'

사람들의 중간이탈이라는 결과가 눈에 보이는 것 같아 이
현지는 눈앞이 캄캄해졌다. 어떻게든 방법을 찾아야 했다.
그녀는 방법을 찾으려고 자리에서 일어났다.

그때, 저 멀리서 커다란 트럭 같은 것이 굉음을 내며 공연
장으로 다가오고 있었다. 사람들이 출입하는 곳에 차라니.
가뜩이나 예민해진 이현지는 눈살을 찌푸렸다. 혹여나 공연
장으로 온다면 한바탕 격하게 살풀이를 하겠다고 마음먹

었다.

아니나 다를까. 트럭이 공연장 객석 양옆에 서는 게 아닌가?

'그래, 너 잘 걸렸다.'

이현지는 이를 부드득 갈며 두 대의 큰 차 중 오른편에 있는 차로 다가갔다. 그녀는 운전자의 뼈까지 갈아 마실 기세로 눈을 부릅떴다.

이현지가 막 차에서 내린 기사에게 소리 지르려 할 때, 뒤편에서 소리가 들려왔다.

"이사님, 여기예요."

익숙한 목소리였다. 이현지는 자신을 부르는 소리에 몸을 돌렸다.

"사장님?!"

"네. 다행히 늦진 않았군요."

큰 차에서 내린 이는 강윤이었다. 이현지는 놀라 강윤에게 다가가 물었다.

"어떻게 된 거예요? 공연 시간이 다 되도록 코빼기도 안 보이고. 이 정화조 차 비슷한 것들은 뭔가요?"

정화조 차라는 말에 강윤은 풋 소리를 내며 웃었다.

"정화조 차라니요. 이래봬도 특수차량이에요. 물을 뿌리는 차들입니다."

"네? 살수차라고요?"

살수차라니, 소방서에서나 볼 법한 차량의 등장에 이현지는 당혹감을 감추지 못했다.

"네. 오늘 공연의 비장의 무기죠."

강윤이 씨익 웃으며 거대한 차량과 공연장을 번갈아 보았다.

커다란 살수차의 등장에 이현지는 차량과 강윤을 번갈아 바라볼 뿐이었다.

"비장의 무기요? 설마 저걸로 관객들에게 물이라도 뿌리겠다는 건가요?"

"정답입니다."

이현지는 기가 막혔다. 강윤은 비라도 내리게 하겠다는 말이 아닌가?

"물이 있으니 좋기는 한데……. 그런데 여러 가지 문제들이 있어요. 물을 뿌릴 수만 있다면 좋죠. 하지만 장비에 들어가면 감전 등의 사고도 유발할 수 있고 관객들의 옷 문제도 있어요."

물을 분사하는 데도 여러 가지 문제가 있었다. 자칫 더위 피하려다 인명사고가 날 수도 있었다. 그러나 강윤은 괜찮다며 고개를 흔들었다.

"분사는 바람과 방향이 정말 중요하죠. 방향을 무대에서 관객 쪽으로 향하게 할 겁니다. 물의 양도 잘 조절해야겠죠. 그리고 관객들도 한 보 뒤로 물러나도록 조치해야죠. 아, 먼저 바닥에 물을 뿌리는 걸 잊으면 안 되겠군요."

강윤의 말이 끝나기가 무섭게 관객들에게 잠시 물러나달라는 방송이 나오더니 살수차 한 대가 공연장 바닥에 물을 뿌리기 시작했다. 물의 양이 상당해서 콘크리트 바닥이 흥건히 젖어들며 물이 여기저기 고일 정도였다.

이현지는 난데없는 물 분사에 기가 막히면서도 무릎을 쳤다. 마시는 물에 뿌리는 물까지. 이 더위에 제대로 놀고 싶다면 역시 물놀이가 제격이었다.

"하, 오늘 물 뿌리는 거 현아나 다른 애들은 알고 있나요?"

"연락은 해뒀습니다. 현아도 자기 얼굴에 물을 붓는 퍼포먼스를 하겠다고 하더군요. 젖은 머리카락으로 헤드뱅잉을 하면 섹시해 보인다나?"

강윤의 농담에 이현지는 실소했다.

어느새 콘크리트 바닥에 분사가 끝나자 다시 공연장에는 관객들로 가득 찼다. 모두가 어리둥절했는지 젖은 바닥에 어이없어 하면서도 시원해진 것이 좋다며 기뻐하고 있었다.

그때, 방송이 흘러나왔다.

─관객 여러분께 안내말씀 드립니다. 본 공연 관람 시 옷이 젖을 수 있습니다. 여분의 옷이 없으신 관람객 분들은 하얀 선 밖에서 공연을 즐겨주십시오.

바닥에 물을 뿌린 이후, 하얀 선까지 쳐졌다.

객석에 찾아온 변화에 사람들이 여기저기서 수군대기 시

작했다.

"물이라고? 워터파크야?"

"와. 재밌겠다."

"난 뒤에 있어야겠다. 이거 젖으면 끝장이야."

관객들의 반응은 다양했다. 공연에서 옷이 젖는다니. 게다가 사람들은 거대한 살수차가 2대나 동원된 모습을 보았다. 그들 대다수는 옷이 젖더라도 공연을 무대 가까이에서 즐기고 싶어 했다. 물론 그 기회를 고사하며 뒤로 물러난 이들도 꽤 있었다.

잠시 후, 라인을 중심으로 사람들은 극명하게 나뉘었다. 4분의 1은 라인 뒤로 물러났고, 나머지 사람들은 물을 맞으며 공연을 즐기는 쪽을 선택했다.

이현지는 사람들의 선택을 보며 기가 막힌다는 어조로 중얼거렸다.

"……더위를 잡으려고 아예 살수차까지 동원할 줄은 생각도 못 했어요."

김지민도 같은 심정이었다. 공연장 양옆에 자리 잡은 살수차의 위용은 김지민의 입에서 '우와'라는 감탄사가 절로 나오게 만들었다. 이런 날씨에 즐기는 물놀이는 최고의 휴식이었다. 음악 감상에 물놀이까지 곁들인다? 말할 것도 없이 최고였다.

"나도 저기서 놀고 싶다."

김지민의 중얼거림을 들었는지 강윤이 그녀의 등을 떠밀었다.

"가서 놀아."

"네? 그래도……. 저 가도 괜찮아요?"

"애들은 놀아야 키가 크는 거야."

"저 키 크거든요?"

　가볍게 인상을 쓰는 김지민에게 강윤은 웃으며 손을 내저었다. 얼른 가보라는 의미였다. 김지민이 쪼르르 앞으로 가자 이현지가 강윤에게 걱정스레 물었다.

"살수차 대여라니…… 생각도 못 했네요. 아니, 생각을 했어도 방법을 몰랐을 거예요. 그런데 어디서 빌려온 건가요?"

"여기 옆에 아파트 공사 현장이 있습니다. 거기에 살수차들이 있더군요. 오늘 하기로 한 공사가 뒤로 미뤄져서 돌아가려는 걸 잡아 데리고 온 겁니다."

"운도 따랐지만 공사장에 갈 생각을 하다니. 사장님도 대단하네요."

　이현지는 강윤의 행동력에 혀를 내둘렀다. 살수차를 동원할 생각에 그걸 구하려고 공사장까지 갈 생각을 하다니. 운이 따르기도 했지만 그 운을 튼 건 강윤이었다.

　살수차에 대한 것은 주최 측과 공연을 진행하는 스태프들과 강윤이 사전에 협의를 해놓아서 활용하는 것에 별문제는 없었다.

시간이 되자 하얀달빛이 무대에 올랐다. 김진대가 드럼에 앉는 것을 시작으로 모두가 각자의 자리에 서서 간단하게 악기를 튕겼다. 지잉지잉 울리는 일렉트릭 기타의 소리부터 드럼의 쿵탁 하는 발베이스와 스네어의 조합까지, 모두의 소리는 공연장으로 퍼져나갔다.

곧 드럼이 스틱으로 4박자를 치니 본격적인 반주 잼이 시작되었다.

"와아아아아아아~!"

신나는 리듬의 연주였다. 보컬은 없었지만 스네어 소리가 시원하게 관객들의 귀를 즐겁게 해주었고 베이스가 힘 있는 저음을 자랑하며 모두의 귀를 즐겁게 만들었다. 거기에 일렉트릭 기타가 빠른 속사 연주로 정점을 찍으니, 이들의 연주에 환호하는 사람들의 함성도 커져갔다.

정찬규의 일렉트릭 기타를 잡는 운지가 최고를 찍더니 마지막은 지잉대는 디스토션의 울음소리로 장식했다. 그리고 거기에 맞춰 드럼이 탐탐과 스네어를 마구 돌렸다. 초반부터 화려한 소리들이 무대를 완전히 장악했다. 베이스가 두 악기를 완전히 살려 주니 초반부터 흥이 돋는 연주에 사람들은 어깨를 들썩였다.

차앙 소리를 내며 시원하게 울리는 심벌즈 소리를 끝으로 무대 뒤에서 이현아가 걸어 나왔다.

"안녕하세요?!"

"와아아아아아아아아아~!"

다른 말은 없었다. 바로 드럼이 하이엣을 4박자에 맞춰 힘차게 두드리자 베이스가 슬라이드를 하더니 빠른 비트의 연주가 시작되었다. 드럼이 달리기 시작하니 베이스가 둥둥거리는 소리를 내며 고스트노트 주법으로 함께 달려 주었다.

그 순간 수백 명의 관중이 일제히 뛰기 시작했다. 모두가 즐기는 그런 시간이 왔다.

"요즘 난~ 햇살이 참 좋은 날~ 편안한 기분에 또 괜히 울컥하지~"

수백 명이 일제히 뛰는 모습은 장관이었다. 거기에 신이 났는지 이현아도 만만치 않게 힘을 받았다. 그녀는 배에 단단히 힘을 주고 외쳤다.

"난 모두에게 한심한~ 철부지 소녀~ 하지만 언젠가 난~"

이현아만의 낮으면서도 특색 있는 힘 있는 목소리가 공연장을 압도해 나갔다. 그녀의 목소리에 흠뻑 젖어든 사람들은 소리치며 고개를 흔들어댔다.

그리고 후렴이 찾아왔다.

"그래~ 좀 더 노력해 봐~ 내가 뭐가 부족해~"

다시 일제히 수백 명의 관객이 뛰기 시작했다. 뜨거운 햇볕이 모두에게 내렸고, 이마에 땀이 송골송골 맺히며 등은 땀으로 젖어들었다. 그러나 모두가 노래에 빠져 힘든 줄 몰랐다.

그러나 그건 잠시 뿐이었다. 한 곡이 끝나고 두 번째 곡으로 접어들자 벌써 사람들이 지쳤는지 뛰는 움직임이 둔화되었다. 평소라면 네 곡, 다섯 곡을 해도 더 뛰자며 아우성이던 관객들이었건만, 더위의 무서움을 이현아는 정면에서 실감했다.

'큰일이다.'

이현지에게서 어제 관객들 대다수가 이탈했다는 이야기를 들었다. 그래서 관객들 체력도 생각해야 할 거라는 충고를 들었다. 이번까지만 뛰고, 다음에는 여유 있게 따라 부를 수 있는 노래로 콘티를 구성했다. 그런데 세 곡째도 아니고 두 곡째에서 관객들이 나가 떨어질 줄은…….

사람들이 대거 이탈한 어제보다 온도와 습도가 더 높은 탓이었다.

"연인과의~ 다툼에~ 지친 그대~ 잘 나가는~ 그놈과의 비교에 지친 그대~"

2절을 부르면서 이현아는 바짝 긴장했다. 아직 사람들은 지친 몸으로 열심히 따라오고 있었지만 언제 그 인내심이 바닥날지 몰랐다.

'물은 언제 뿌리는 거야?'

강윤에게서 살수차 이야기를 들었건만, 2대의 거대한 살수차는 요지부동이었다. 지금 뿌려야 하는 거 아닐까 하는 생각이 들었지만 상황은 나아지지 않았다.

이현아는 속이 탔다. 다른 밴드 원들도 마찬가지였는지 속을 끓이고 있었다. 그렇게 속을 끓이는 와중에도 노래는 계속 흘렀다.

어느새 후렴을 넘어 절정에 이르렀다.

"오늘 하룰 다 잊고~ 다 잊는 거야~"

그녀의 외침이 온 무대를 쩌렁쩌렁 울렸다. 절정답게 빠르면서도 높은 음이 사람들 모두를 흥분시켰다. 더위에 지친 몸은 그들의 몸을 뛰지 못하게 꽉 붙잡았다. 언뜻언뜻 보이는 붉게 달아오른 몸은 2시의 불볕더위를 단적으로 보여주었다.

'대체 언제야…….'

이현아는 계속 속이 탔다. 이대로 가면 분명 다음 곡부터 사람들이 이탈할 게 뻔했다. 가수에게 사람들이 떠나가는 모습을 보는 건 마음이 매우 쓰린 일이었다. 게다가 더위에 지다니. 이건 어디에 따질 수도 없었다. 시간 배정을 이렇게 한 주최 측에 따져야 할까?

그렇게 이현아는 여러 생각들을 흘려보내며 절정을 넘겼다.

그때였다.

쏴아아아아아~!

시원한 소리와 함께 두 대의 차에서 뿜어져 나오는 물이 공연장에 시원하게 분사되었다. 마치 비가 오듯, 두 차량에서 뿜어져 나오는 물은 비처럼 공연장을 시원하게 물들였다.

"시원하다!"

"캬아!"

가뭄에 내리는 단비를 맞는 농부처럼, 사람들은 시원한 물줄기를 맞았다. 그 청령함에 눈까지 감는 관객들도 있었다. 그들은 점차 젖어드는 옷에도 아랑곳하지 않고 다시 하나가 되어 뛰기 시작했다.

"저 푸른 바다~ 저 높은 하늘~ 언제나 내 곁에 있어요~"

시원한 비가 내리는 공연장에 이현아의 노래가 정점을 찍었다. 이미 공연장의 관객들은 시원한 물줄기와 귓가를 즐겁게 하는 노래에 무아지경이었다.

강윤은 무대 뒤편에서 놀라운 광경을 마주했다.

'색이…… 달라졌어.'

특수효과가 음악에 영향을 주는 것은 알았지만 설마 물도 음악에 영향을 줄 거라고는 생각도 하지 못했다. 물줄기가 나오기 전, 빛은 하얀색이었다. 그런데 절정을 지나 다시 후렴에 접어들 때 빛은 옅은 은빛을 띠고 있었다. 영향을 줄 것이라곤 물줄기밖에 없었다.

'은빛, 은빛이라니. 이런 말도 안 되는…….'

그동안 몇 번 경험했지만 은빛은 경험할 때마다 놀랍고 신비로웠다. 비록 옅은 색이었지만 시원하면서도 청량감을 느끼게 해주는 그 빛은 그 어떤 기분에도 비할 바가 아니었다.

약하지만 은빛의 영향 탓인지 하얀 선 뒤에 있던 관객들조차 무대 앞으로 하나둘씩 나오고 있었다. 단순히 더위 때문일 수도 있었지만, 뒤에서 다소 방관자의 모습으로 서 있던 관객들이 공연을 즐기러 뛰어들었다는 것이 의미가 있었다.

"자, 계속 놀아볼까요?!"

"네에!"

탄력을 받는지 이현아의 목소리는 더더욱 커져갔다.

그녀의 공연에 맞춰 살수차도 시원하게 비를 내려주었다.

1시간 남짓 되는 공연은 순식간에 지나갔다.

이미 대다수의 관객들은 흠뻑 젖은 옷을 수습하지도 못하고 지친 숨을 몰아쉬고 있었다.

이현아와 김진대도, 정찬규와 이차희도 모두가 정신없이 뛰느라 온몸이 땀투성이였다. 이현아는 땀뿐만 아니라 퍼포먼스 겸 땀을 식힐 용도로 머리에 부운 물 때문에 머리와 몸 일부가 젖어 있었다.

"앵콜, 앵콜!"

이미 준비한 모든 곡이 끝나고 관객들이 앵콜을 부르는 상황.

이현아는 손을 들어 관객들을 제지시키고는 마이크를 들

었다.

"준비한 게 하나 있긴 한데……."

"와아아아아아아~!"

열렬한 환호 속에 이현아는 손가락을 들었다. 아직 부족하다는 신호였다.

"와아아아아아아아아아~!"

"새로운 곡인데, 괜찮나요?"

"네에!"

"좋습니다! 그럼 갑니다!"

이현아도 흥분했는지 새로운 곡에 대한 소개도 제대로 하지 않았다. 드문 실수였다. 김진대가 조금 당황했지만 이내 드럼을 한 바퀴 돌리며 연주를 시작했다. 다른 악기들도 일제히 반주를 맞췄다.

"징그런 일상에~ 불을 지르고~ 어디로 휙~"

가사는 매우 쉬웠다. 관객들은 발랄하면서 어렵지 않은 가사들을 따라 부르며 분위기를 다시 달궈갔다.

"찬란하게 빛나던~ 난~ 어디로 사라진 걸까~ 이제~ 진정한 날~ 찾고 싶어~"

음악이 멈췄다. 그리고 잠시 침묵이 흘렀다.

하나, 둘, 셋, 넷!

그때 김진대가 심벌을 거세게 두드리고 나자 강하게 후렴에 들어갔다. 그와 동시에 마지막 물줄기가 뿜어져 나왔다.

사람들은 다시 한낮의 더위를 식혀주는 물줄기에 열광하며 다시 뛰어올랐다.

"작은 일에도~ 내 맘을 설레게 한~"

이현아의 목소리가 시원하게 터져 나왔다. 불볕더위를 식혀주는 물줄기처럼, 그녀의 목소리도 사람들의 마음을 뻥 뚫어주었다. 체력이 있건 없건, 사람들은 이현아의 목소리에 맞춰 뛰고, 또 뛰었다. 귀에 감겨오는 멜로디를 들으며 입까지 쉬지 않고 놀렸다. 몸은 뛰고, 입까지 놀리며 그들은 마지막 무대를 신나게 즐겼다.

이미 모두가 무아지경이었다. 3분이 조금 넘는 그 시간은 화살같이 지나갔다. 화려하게 돌아가는 드럼과 악기들을 마지막으로 사람들의 박수와 함께 하얀달빛의 무대는 막을 내렸다.

"감사합니다!"

"와아아아아아아 아아아~!"

이현아는 우렁찬 인사와 함께 깊이 고개를 숙였다. 불볕더위도 울고 갈 만큼 뜨거운 순간이었다. 대낮에 높이 솟아 있는 태양이 무색할 정도로 모두가 뜨거운 공연을 펼쳤다는 만족감에 이현아를 비롯한 하얀달빛 멤버들은 잠시 모여 서로를 끌어안았다.

그렇게 대낮을 하얗게 불태운 하얀달빛의 록 페스티벌은 막을 내렸다.

홍대 인디밴드클럽 그린라이트의 사장 윤창선은 각 공연
장의 사장들을 불러 모았다. 데라스, 라이브스타트, 스위트
핀스 등 홍대를 대표하는 공연장의 사장들이 홍대의 중국요
리집에 모였다.

샥스핀을 비롯해 다양한 코스요리들이 종류별로 나왔지만
어느 사장들도 음식에 쉽사리 입을 대지 않았다. 윤창선 사
장이 입을 꾹 다물고 있었기 때문이다. 모두가 모인 지 벌써
10분째. 그가 침묵하니 모두가 쉽사리 입을 열지 못하고 있
었다.

"아, 진짜. 대체 무슨 말을 하려고 저렇게 무게를 잡는 걸
까요?"

"뻔하죠. 그 월드인지 뭔지가 만든 공연장 때문에 그러는
거 아니겠습니까?"

홍대박스의 사장과 스페어맨의 사장이 소곤소곤 대화하는
데 옆에 앉은 스위트핀스의 사장이 그들의 허벅지를 툭툭 치
며 제재했다. 그들은 불만 어린 얼굴이었지만 곧 침묵했다.

이윽고, 윤창선 사장이 차분한 표정으로 입을 열었다.

"이번에 여러분들을 모신 것은 그 새로운 공연장 오픈 건
에 대해 이야기를 나누기 위해서입니다."

모두가 의자를 고쳐 앉았다. 이제부터 중요한 이야기가 나

올 것이기 때문이었다.

"그 루나스라는 공연장은 자신들만의 이익을 좇아 주변의 선량한 상인들에게 피해를 주고 있습니다. 대관료를 마구잡이로 깎아 밴드들을 끌어 모으고 있죠. 여긴 여기만의 룰이 있는데 지키지도 않고 있습니다. 이대로 가면 이곳의 질서는 무너지게 될 것입니다. 여기에 제재를 가하려 하는데 좋은 안건이 있는 분 있습니까?"

선뜻 손을 드는 이가 없었다. 이런 자리에서 함부로 나섰다간 제 살을 깎아먹을 수도 있었다.

모두가 눈치를 보는 그때, 한 사람이 조심스럽게 손을 들었다. 스팟홀의 사장, 민홍빈이었다.

"말씀하시지요."

"루나스의 사장은 질서를 어지럽혔습니다. 우린 거기에 따른 응징을 해서 이곳의 질서를 바로잡아야 합니다. 그러기 위해서 저는 이런 방법을 제시하고자 합니다."

그는 잠시 물을 한 잔 마시고는 말을 이었다.

"루나스와 계약한 인디가수와는 공연 계약을 하지 않는다. 이걸 조건으로 거는 겁니다."

"가혹하군요."

홍대박스의 박원식 사장이 반대의견을 냈다. 그러나 윤창선 사장은 고개를 저었다.

"이렇게 하지 않으면 앞으로 제2, 제3의 루나스가 앞으로도 계속 나올 겁니다. 모두의 이익을 생각하면 마음은 아프지만, 초반에 강하게 나가야 앞으로 이 같이 질서를 깨는 경우가 나오지 않을 겁니다."

"동의합니다."

"재청합니다."

데라스의 사장과 스위트핀스의 사장이 각각 그의 의견에 찬성했다. 그들의 의견을 들은 그린라이트의 윤창선 사장은 알았다며 모두에게 물었다.

"잘 들었습니다. 민홍빈 사장의 의견에 찬성하시는 분은 손을 들어 주십시오."

윤창선 사장을 제외하고 모두가 손을 들었다. 그는 알겠다며 고개를 끄덕였다.

"알겠습니다. 그러면 앞으로 여기 계신 모든 분들은 루나스와 계약한 가수와는 일체의 계약을 하면 안 됩니다. 당분간 손해를 감수해야 하겠지만 미래를 위해 모두가 잘 지켜주시길 바랍니다."

윤창선 사장의 말에 모두가 알겠다며 결의를 다졌다.

'좋아.'

더 이상 다른 안건은 없었다. 루나스에 대한 의견이 통과되자, 윤창선 사장은 아무도 모르게 입 꼬리를 들어올렸다.

6화
루나스, OPEN

대낮을 뜨겁게 불태운 록 페스티벌 무대를 뒤로하고 하얀 달빛과 강윤, 이현지와 김지민, 김대현 매니저는 월드엔터테인먼트로 돌아왔다.

"사장님, 뒤풀이, 뒤풀이!"

"뒤풀이! 뒤풀이!"

이현아의 말에 하얀달빛 밴드원들과 김지민까지 모두가 기대에 찬 눈으로 강윤을 바라봤다. 강윤은 잠시 생각하다 말했다.

"좋아."

"우와아아~! 사장님 만세에!"

회식은 모두를 기쁘게 했다. 그들은 악기들을 내려놓고 회사 근처 고기집으로 향했다.

김지민이 집에서 선곡에 한창이던 김재훈에게 문자를 보냈고 막 퇴근을 하려던 정혜진은 이현아에게 붙들렸다. 그렇게 인원이 하나둘씩 늘면서 월드엔터테인먼트의 전체 회식이 되어버렸다.

강윤 일행은 룸으로 안내받았다. 모두 신을 벗고 룸 안으로 들어갔다. 사장이 갈비를 비롯해 삼겹살 등 여러 고기들을 주문하니 사람들이 눈이 반짝반짝 빛났다.

"우으……. 소, 소는 없나."

물론, 볼멘소리도 있긴 했다. 김진대의 그 말에 이차희가 한마디 했다.

"오빠는 저기 재훈 오빠만큼 벌어오고 이야기하자."

"……너 진짜 잔인하다."

김진대는 삐쳤는지 고개를 돌려 버렸다. 그러나 흔히 있는 일인 듯, 이차희는 아무렇지도 않게 고기를 구웠다.

모두가 고기가 익는 모습에 침을 삼키고 있는데 문이 열리며 의외의 인물이 들어왔다.

"어라? 선배."

이현지는 의외의 인물에 놀라 눈을 껌뻑였다. 최찬양 교수였다. 김지민도 오늘 그를 볼 줄은 생각도 못 했는지 자리에서 일어나며 그에게 인사했다.

"선생님, 어떻게 오셨어요?"

"놓고 간 자료가 있어서 들렀다가……."

그는 민망했는지 머리를 긁적였다. 잠시 회사에 들렀다가 강윤의 연락을 받고 들른 것이었다.

강윤은 얼른 그에게 자리를 마련해 주며 반갑게 맞아주었다.

"어서 오세요."

"환대해 주셔서 감사해요."

강윤은 이현아에게 박소영도 부르라고 했다. 그녀는 신이 나 바로 전화를 걸었다.

"사장님, 소영이 친구들이랑 있는데 여기 근처래요. 금방 온대요."

"알았어."

고기가 익어갈 때 즈음 박소영도 도착했다. 이현아를 비롯한 하얀달빛 멤버들은 그녀를 열렬히 환영했다.

"소영아!"

"언니이~"

박소영은 오자마자 이현아의 손을 잡으며 반가움을 표했다. 다른 하얀달빛 멤버들도 반가움을 표하며 그녀에게 자리를 마련해 주었다.

모두가 모이자 강윤이 일어났다. 건배 제의를 하기 위해서였다.

"이렇게 모두가 모여 회식을 하는 건 처음이네요. 비록 오늘은 돼지지만 다음에는 소로 갑시다."

"이강윤, 이강윤!"

소라는 말은 모두를 하나가 되게 만들었다. 강윤은 자신의 이름을 연호하는 소리에 어깨가 들썩이는 것을 느끼며 잔을 들었다.

"구호는 '더 나은 미래를 위하여'로 하지요. 위하여!"

"위하여!"

모두가 신이 나 잔을 부딪쳤고, 강윤은 마음껏 먹으라는 말과 함께 자리에 앉았다.

다시 여러 말들이 오가며 시끌시끌해졌다. 티격대는 하얀 달빛부터 김지민과 박소영의 차분한 대화, 김재훈과 정혜진, 최찬양 교수라는 의외의 조합까지 모두가 술자리를 즐기는 방법은 다양했다.

"자, 강윤 사장님. 그동안 고생 많았어요. 한잔 받아요."

모두가 회식을 즐기고 있는 와중에 이현지는 강윤에게 소주를 따라주었다. 강윤도 이현지에게 소주를 따라주었다.

"이사님도 고생 많으셨습니다."

"후. 난 MG 때보다 편해요. 이렇게 의욕 넘치게 일하는 게 얼마만인지 몰라요. 사람들하고 마음도 맞고, 회사가 커지는 재미도 있고. 요즘 천국이에요."

"다행입니다."

이현지는 진심이었다. MG엔터테인먼트에서처럼 파벌에 신경 쓸 일도 없었고 자기 일만 충실하면 되니 마음이 매우 편안했다.

"뭐, 가끔 강윤 사장님이 돌발 행동을 하는 게 조금 흠이 랄까?"

"하하하……."

강윤은 딴청을 피웠다. FM을 선호하는 이현지로선 가끔 튀는 행동을 하는 그에게 발맞추는 것이 쉬운 편은 아니었다.

"그래도 강윤 사장님에겐 이유가 있으니까, 뭐……. 괜찮아요. 바라는 게 있다면 사전에 왜 그렇게 했는지 이유를 알았으면 좋겠어요. 오늘 살수차 건도 미리 알았으면 좀 좋아요."

"내가 너무 행동이 앞섰나 보네요."

"조금만 내 생각도 해주세요. 그거면 돼요."

강윤은 알겠다며 고개를 끄덕였다.

술자리가 무르익으며 강윤은 자리에서 일어나 오늘 큰 활약을 펼친 하얀달빛의 테이블로 향했다. 그들은 박소영과 신나게 술자리를 벌이고 있었다.

"어? 사장님, 여기여기."

이현아는 자신의 옆자리에 강윤의 자리를 마련해 주었다.

"땡큐."

"흐흐. 오빠, 오늘 살수차 대박이었어요. 물놀이 온 줄."

이현아는 두 손으로 강윤에게 술을 따르며 오늘 공연의 소감을 이야기했다. 다른 멤버들도 마찬가지였는지 그녀의 이야기를 거들었다.

"저도요. 설마 공연장에서 물을 그렇게 뿌릴 줄은 생각도 못 했어요."

이차희도 이현아와 다르지 않았다. 무대에서 자신들이 뭔가를 해야 한다고만 생각했지 관객들에게 물을 쏘는 등의 행동은 생각도 못 했다.

"전 워터파크에서 공연하는 줄 알았어요. 사람들 물 맞으면서 막 뛰는데……. 와우."

김진대는 흥분이 가시지 않은 모습이었다. 정찬규도 그와 생각이 같은지 연신 고개를 끄덕였다.

"미국에 있을 때 야외공연을 본 적이 있어. 한 아마추어 밴드가 물줄기를 뿌려댔지. 여름이었고 매우 더웠어. 모양이 웃겼거든. 그런데 사람들이 좋아하더라고. 날씨도 더웠고 계속 뛰니까 식혀줄 뭔가가 필요했던 거야."

"아아."

강윤의 설명에 모두가 고개를 끄덕였다. 그는 그때 봤던 걸 확장한 것이었다. 그것도 매우 크게 말이다.

"마지막 앵콜곡도 좋았던 것 같아. 처음 듣는 노래에도 사람들이 다 잘 따라왔잖아."

"맞아요. 소영아. 좋은 곡 땡큐."

강윤의 칭찬에 이현아가 박소영의 등을 가볍게 착 두드렸다. 혼자 소주잔을 기울이던 박소영은 놀라 몸을 들썩였다.

"아, 가, 감사합니다."

"뭘 그렇게 놀라?"

"아니, 아…… 아니에요."

강윤이 오니 박소영은 절로 긴장했다. 요즘 곡에 대한 이야기만 나오면 절로 소심해지는 그녀였다. 학교 교수님을 만나는 기분이었다.

그 마음을 아는지 모르는지, 강윤은 계속 이야기했다.

"내가 재능에 대해서는 잘 모르겠지만, 이번 곡은 나쁘지 않았어. 좋은 곡 고마워."

"감사합니다."

이후 강윤은 하얀달빛과 공연장에 대한 이야기를 하고 다른 자리로 이동했다.

회식장이 된 고기집의 분위기는 밝았다. 모두가 자리를 이동해가며 서로 더더욱 돈독해졌다. 술잔이 오가고 고기가 지글거리며 한껏 술과 분위기에 취해 갔다.

오늘 회식의 백미는 또 다른 뮤즈, 희윤과의 통화였다. 다들 누구인지는 알고 있었지만 정식으로 회사 사람들에게 소개된 적은 없었다. 그런데 강윤이 전화였지만 정식으로 모두에게 소개를 한 것이다.

―아……. 안녕하세요? 이희윤입니다.

아침부터 스피커폰으로 인사를 한 희윤은 당황하는 듯했

지만, 그래도 또렷하게 모두에게 자신을 소개했다.

가수들은 전속 작곡가로 자신들에게 좋은 곡을 주는 희윤에게 모두 환호했다. 특히 김재훈의 반응이 가장 폭발적이었다. 선곡을 하며 희윤의 곡이 얼마나 좋은지는 그가 가장 잘 알고 있었다.

그렇게 즐거운 회식 시간은 흘러가고 있었다.

루나스의 내부 공사가 완전히 끝났다.

강윤과 이현지는 공사 관계자들과 루나스 여기저기를 둘러보며 시설들을 꼼꼼히 점검했다.

"울림도 괜찮고, 빛이 새는 구석도 없군요."

강윤의 말에 그제야 공사 관계자들은 안도의 한숨을 내쉬었다. 만약에 어디가 마음에 안 든다며 트집이라도 잡으면 여간 머리가 아픈 게 아니었다. 다행히 강윤에게 그런 면은 없었다.

방송실에서 음악을 재생하며 스피커 체크까지 해보니 소리도 괜찮았다. 심지어 밖에 나가 소음까지 체크해 보았다. 차음재와 방음재를 얼마나 투입했는지 건물 밖에서 들어보니 소리가 새는 구석은 없었다. 허름한 건물이었지만 이 정도면 대단했다.

"수고하셨습니다."

모든 체크를 끝낸 강윤은 그제야 공사 관계자들과 악수하며 모든 과정을 마무리했다. 그들도 안도하며 공연장을 떠나갔다.

빈 공연장을 보며 이현지가 어깨를 주욱 폈다.

"휴우. 길었네요."

"그러게 말입니다. 그래도 가을에 딱 맞춰 준비가 되어 다행입니다."

강윤의 말대로 시기가 적절했다.

때는 9월. 더위가 조금씩 가시고 나들이하기 좋아지는 그런 계절이었다. 공연도 풍성해지는 그런 시기였다.

하얀달빛은 이제부터가 진짜 시작이라고 해도 과언이 아니었다.

"하얀달빛은 전용구장 가지고 있는 프로팀하고 똑같네요."

"하하하. 비유하자면 그러네요. 이제 공연장도 갖춰졌으니 홍보싸움이 될 겁니다."

"더 바빠지겠네요. 그 이후는 저한테 달렸군요."

이현지는 자신감 넘치는 얼굴로 자신을 가리켰다. 홍보와 영업은 그녀의 담당이었다. 강윤은 믿는다며 고개를 끄덕였다.

잠시 기다리니 공연장을 보기 위해 하얀달빛 멤버들과 김지민이 왔다. 그들은 공연장을 보며 놀라움을 금치 못했다.

"우와……."

이현아는 공연장에 올라 가운데에 섰다. 입에서는 연신 탄성을 내며 주변 조명과 울림에 찬사를 보냈다.

"일반 공연장 같기도 하고, 클럽 같기도 하네요. 이거 다 되겠어요."

"일종의 하이브리드?"

"풋."

강윤의 말에 이현아는 피식 웃었다. 그의 말마따나 분위기가 클럽에 공연장까지, 전천후 시설이었다.

김지민도 무대에 올랐다. 그녀의 감상은 하얀달빛 멤버들과는 조금 달랐다.

"여기에서……."

설렘 가득한 하얀달빛과는 달리 그녀는 긴장하는 기색이 역력했다. 며칠 뒤, 이곳에서 첫 무대를 가지게 된다. 저 비어 있는 공간에 들어찰 사람들을 생각하면…….

온몸이 찌릿해졌다.

모두가 공연장을 둘러보며 설레는 마음을 주체하지 못할 때, 강윤은 다른 문제로 긴장하고 있었다.

'다른 공연장에서 어떻게 나올지 몰라.'

분명히 지금쯤이면 이 공연장의 낮은 대관료를 다들 알고 있을 것이다. 그런데 아직까지 항의나 다른 행동들이 없었다. 그들의 저의를 알 수 없어 강윤은 긴장되었다.

강윤은 이현지에게 공연 일정을 물었다. 그녀는 핸드폰에서 일정을 보며 답했다.

"다음 주 금요일이 첫 공연이네요. 하얀달빛부터 시작이에요."

"하얀달빛 말고 다른 팀이 처음으로 공연하는 건 언제부터입니까?"

"그 다음 날 토요일이군요. 조금 이상한 게 있네요. 이번 달은 계약이 완전히 찼는데, 다음 달 계약은 하나도 들어오지 않았어요. 저번 주만 해도 밴드들에게 연락이 많이 왔었는데…… 요 며칠 사이로 연락이 한 건도 없단 말이죠. 주변 공연장들에서 압박이라도 있는 거 아닌지 모르겠군요."

이현지가 걱정스러운 어조로 이야기하자 강윤이 동감했는지 차분히 답했다.

"제 생각도 그럴 것 같습니다. 저 공연장과 계약하지 마라. 이런 식으로 나온 거 아닐까요?"

"그거 담합 아닌가요? 법에 걸릴 텐데?"

"명확한 증거가 없으면 잡기 힘들죠. 너 저기랑 계약했으니 여기 이용할 생각하지 마. 이렇게 대놓고 담합을 하진 않을 겁니다. 다른 이유를 대지 않겠습니까? 갖가지 핑계를 대며 거절하면 증거를 잡기 힘들어집니다. 개인이 담합이라는 걸 증명해야 하는데…… 그걸 공무원이 대신 해줄 리도 없고……."

"무섭네요. 설마 아무리 그래도 담합을 했을까요? 패키지 같이 가격으로 싸우려 하지 않을까 생각했는데……."

이현지는 여전히 담합 여부에 대해선 회의적이었다. 다른 공연장들과 연합해 패키지 상품 같은 형식으로 승부를 할 것 같았다는 게 그녀의 생각이었다.

강윤은 그 말에 고개를 저었다.

"그들이 그렇게 선하게 나온다면 얼마나 좋겠습니까. 그렇게 된다면야 좋겠지만 쉽진 않을 겁니다. 공연장이 갑, 밴드가 을이죠. 공연장들이 똘똘 뭉쳐 계약을 하지 않는다면 인디밴드들은 공연을 할 무대가 사라집니다."

"신고하면 그건 무조건 걸릴 거예요. 공정위가 괜히 있는 것도 아니고."

"분명히 관련 법령을 핑계로 댈 겁니다. 그리고 공연장주들이 바보도 아니고, 무조건 거부를 하지도 않겠죠. 저 같으면 공연이 가득 찼다는 핑계를 대겠습니다. 시간이 없다는데 어쩌겠습니까. 심증은 있지만 물증은 없습니다. 신고를 한다고 해도 시간이 오래 걸리죠."

"시간……. 팬층이 두텁지 않은 인디밴드에게는 치명적이네요. 몇 안 되는 팬들도 떠나갈 수 있으니까요."

"잔인하죠. 그들에겐 신고할 시간도 없을 겁니다. 설사 신고를 해서 처분을 받아도 밴드들 역시 피해를 입게 되죠. 거리 공연? 인디밴드들이 악기 다 들고 거리에 나서면 소음 낸다고 신고 들어옵니다. 결국 제 발등 찍기죠. 게다가 신고했다고 그 밴드만 업계에 낙인이 찍히겠죠. 악순환의 반복이 될 겁니다. 그렇게 되면 그 누구도 신고하지 못하고 악순환은 더더욱 길어지겠죠."

"아, 답답하네요. 그러면 우리는 어떻게 해야 하죠?"

결국 문제는 이거였다. 이현지는 답답했다. 만일 상황이 그렇게 간다면 기존 공연장들의 폐해 때문에 문을 연 이 공연장마저 성과 없이 문을 닫을 판이다. 결국 강윤도 생각이 있으니 이렇게 일을 벌인 게 아닐까? 그녀는 그의 생각을 듣고 싶었다.

"그 판을 깨야죠."

"판을 깨요?"

강윤의 말에 이현지는 고개를 갸웃했다.

"저들은 공연장 가격을 내릴 생각이 없습니다. 하지만 우리는 값싸게 서비스를 제공하죠. 저들은 아마도 우리에게 밴드들을 내주기 싫어서 뭉칠게 분명합니다. 하지만 밴드 입장에서 생각해 보면 계속 비싸고 시설도 안 좋은 곳에서 공연을 하고 싶겠습니까?"

"아니죠. 당연히……. 아."

이현지는 손바닥을 쳤다. 소비자 입장에서 생각하면 싸고 품질 좋은 것을 이용하고 싶은 건 당연하다.

"어차피 우린 시간이 많습니다. 우린 이 시설을 놀려도 망할 이유가 없죠. 하지만 저들은 아마 다를 겁니다. 그 시설을 놀리는 기간 동안 저들 내부에 불만이 점점 쌓여갈 겁니다. 그리고 우린 밴드만 보는 게 아니라 여러 방면으로 시설을 이용할 수 있죠. 세디 팬 미팅이 그 시작이 되겠죠."

"맞네요. 다른 공연장들은 라이브 클럽에 특화돼서 그 용도로밖에 활용이 안 되는데, 루나스는 이야기가 다르군요. 밴드 이야기만 해서 나도 모르게 거기에만 한계를 두고 있었어요."

"오히려 주도권은 우리에게 있습니다. 신고 운운하며 어려운 점을 이야기했지만, 아무리 그래도 저들이 계속 고가의 대관료를 받아가며 밴드를 붙잡아 둘 순 없습니다. 분명히 이탈자는 생깁니다. 한 명이 두 명이 되고, 두 명이 세 명, 세 명부터는 우후죽순으로 늘어나겠죠. 우린 그 이탈자들에게 공연뿐만 아니라 좀 더 많은 걸 제공해 기존 공연장을 이용하는 밴드들이 부러워하게만 하면 됩니다."

"명쾌하네요. 결국 자멸하게 만드는 거군요."

"맞습니다. 그리고 중요한 게 하나 더 있습니다."

"중요한 거요?"

이현지의 물음에 강윤이 눈을 빛냈다.

"공연장주들에게도 하나씩 접근해서 이쪽으로 끌어올 겁니다."

"하하하하하!"

모처럼 이현지는 화끈하게 웃었다. 공연장이 울릴 정도로 아주 큰 웃음소리였다.

"생각해 보니 이건 뭐, 이길 수밖에 없는 싸움이네요. 좋아요, 아주아주!"

강윤은 당연하다는 듯 어깨를 으쓱였다.

"우리야 급할 게 없습니다. 빚이 있는 것도 아니고, 수입원이 이 공연장에 한정된 것도 아니니까요."

"그렇군요. 저들의 치킨게임에 우리가 말려들 필요는 절대 없군요. 다만, 공연장이 활성화되는 시간이 길어질 것 같아 아쉽긴 하네요."

9월은 어찌어찌 된다 해도 10월 달은 공연장 스케줄에 빈칸을 많이 볼 것 같아 이현지는 슬펐다. 하지만 앞으로 더 큰 것들을 보게 될 테니 그 정도는 감수하기로 마음먹었다.

이야기를 마친 두 사람은 무대로 눈을 돌렸다. 이현아는 새 무대에 대한 설렘에 여전히 아래로 내려올 생각도 하지 않았다. 한곳에 놓여 있는 마이크 스탠드까지 가져와 여기저기 놓아보며 동선 체크까지 들어갔다. 김진대도 드럼이 놓일 자리를 봐두고 평소에 감정 기복이 그리 없는 이차희도 상기된 얼굴로 베이스 앰프를 만지고 있었다.

"애들도 신났네요."

"그러게 말입니다."

이현지와 강윤은 무대 여기저기를 돌아다니는 하얀달빛 멤버들을 보며 흐뭇한 표정을 지었다.

"······하여간, 현관에 신발 정리 좀 하라니까."

크리스티 안은 수도 없이 늘어선 신발들을 집어넣으며 투덜거렸다. 멤버 모두가 함께 살다 보니 한 명이 신발을 2켤레 이상만 내놓아도 현관은 엉망이 되어버린다.

"어? 언니, 왔어요?"

트레이닝복 차림의 서한유가 현관에서 그녀를 맞아 주었다.

"응. 어디 가려고?"

"공원 좀 달리고 오려고요. 제가 신발 정리 하려 했는데······."

"됐어. 맨날 너만 정리하니?"

크리스티 안은 신발을 모두 넣고 거실로 들어섰다.

크리스티 안을 도운 후, 서한유는 평소 해오던 운동을 위해 숙소를 나섰다.

크리스티 안이 거실에 들어서니 바닥에 엎드려 감자칩을 먹던 에일리 정이 손을 흔들었다.

"왔어?"

"또 누워서 과자 먹어? 너 그러다 뱃살만 는다."

"흥. 나 정도면 괜찮아. 어차피 요즘 스케줄도 없는데."

에일리 정은 될 대로 되라는 식으로 투덜댔다. 살이 잘 찌는 체질이라 평소에 관리에 관리를 거듭하는 그녀였지만 요즘 보이는 행태는 관리와는 거리가 멀었다.

크리스티 안은 그런 에일리 정을 보며 한숨을 쉬었다.

"그래. 니 똥 굵다……."

뒹굴뒹굴하는 에일리 정을 뒤로하고 크리스티 안은 방으로 들어갔다.

방 안에서는 정민아가 매트를 깔아놓고 요가를 하고 있었고, 이삼순은 컴퓨터에 앉아 인터넷을 하고 있었다.

"……왔어?"

"……밖의 누구와는 확실히 비교된다."

"무슨 말이야?"

"아냐, 아무것도."

다리를 쫙 찢은 상태에서 힘겹게 인사하는 정민아의 말에 크리스티 안은 어깨를 으쓱였다.

모두가 함께 쓰는 숙소였지만 방은 그리 넓지 않았다. 한국에서 각방을 쓰며 살던 때와는 완전히 달랐다. 차라리 '집을 구해 따로 살까' 하는 생각까지 들 정도였지만, 집 장만이 어디 쉽겠는가? 게다가 미국 생활도 힘든데 멤버도 없으면 더 버틸 수 없을 것 같았다. 좁은 공간에서 함께 사니 불편한

점이 많았지만, 그 때문에 모두 한곳에서 살고 있었다.

"……이야. 한국은 맨날 다이아틴 이야기야."

의자를 돌리며 이삼순이 힘없이 고개를 흔들었다.

"요즘 그 애들 기세라면 그럴 만하지. 그 애들도 만만한 애들은 아니잖아."

정민아가 앞으로 다리를 찢으며 답했다. 그러나 이삼순이 그게 아니라며 반박했다.

"그렇게 쉽게 말할 게 아냐. 여기 봐봐. 엔조이뮤직, 음악나라, 뮤직캠프에서 1위 행진을 이어가고 있고 뮤직 카운트에서는 아예 특별무대까지 만들어서 줄기차게 밀어주고 있어. 컴백하자마자 1등, 1등, 1등. 그런데 다들 하는 말이 다이아틴이 에디오스 자리를 채웠다는 거야. 이전하고는 완전히 다르다고."

예전에는 라이벌로 부각이 되긴 했지만 이렇게 대놓고 이겼다던가, 자리를 채웠다 등의 기사가 나온 적은 없었다. 하지만 지금은 완전히 다이아틴의 분위기였다. 매사에 긍정적인 이삼순이라도 심각해질 만했다.

이삼순이 그러니 방에서 바로 나가려던 크리스티 안도 모니터로 눈을 돌렸다. 그녀도 기사를 보며 얼굴을 굳혔다.

"역시, 작곡가가 달라지니 확실히 다르네."

"작곡가?"

크리스티 안의 중얼거림에 이삼순이 물었다. 크리스티 안은 실소하며 답했다.

"쟤들 노래 누가 만든 곡인지 알아?"

"누가 만들긴, 뮤즈라고 요즘 한국에서 뜨기 시작한 작곡가라며?"

"나 오늘 그 뮤즈 만나고 왔어."

크리스티 안의 덤덤한 어조에 이삼순이 눈을 휘둥그레 떴다.

"지인짜아? 어떻게? 그 사람이 누구야?"

"뮤즈는 팀이래. 남매라고 하더라. 그런데 더 대박인 게 뭔지 알아?"

"뭔데?"

이삼순이 상기된 얼굴로 계속 물었다. 정민아도 몸을 앞으로 숙인 자세로 귀를 열어두었다. 요즘 뜨고 있다는 작곡가, 뮤즈. 게다가 다이아틴을 저렇게 띄운 곡을 줬다니 관심이 안 갈 수가 없었다.

"뮤즈라는 팀은 이희윤이라는 작곡가하고 이강윤 팀장님, 이렇게 두 사람을 말하는 거래."

"뭐, 뭐…… 뭐여?"

그 뜬금없는 말에 이삼순은 기가 차 숨을 내뱉었다. 방에선 쿵 소리와 함께 요가를 하던 정민아가 앞으로 고꾸라지는 사태까지 벌어졌다.

"민아야, 괜찮아?"

"아……. 괘, 괜찮아. 잠깐, 뭐라고 했어? 강윤 아저씨가
어째?"

자리에서 일어난 정민아의 눈은 무시무시했다. 마치 자신
을 잡아먹을 것 같은 그 눈에 크리스티 안은 움찔했다.

"그…… 그게…….."

"자세히 설명 좀 해줄래?"

정민아의 눈에서는 불이 화르륵 타오르고 있었다.

고심 끝에 김재훈은 선곡을 마쳤다.

희윤의 곡은 모두 느낌이 좋아서 7곡 중 4곡을 고르는 일
도 결코 쉽지 않았다. 그래서 몇 시간이면 될 선곡이 며칠이
걸려 버렸다.

"이걸로 할 거야?"

"네."

회사 스튜디오.

강윤은 김재훈이 내민 악보들을 받아 들었다. 그는 악보들
을 하나하나 넘기며 고개를 끄덕였다.

"알았어. 네가 편곡하고 싶은 곡은 어떤 곡이야?"

"이 곡이요."

그는 강윤이 본 악보 중 하나를 뽑아 들었다. '난 오늘 너

를 보낸다'라는 곡이었다.

"벌써 가사까지 만든 거야?"

"완전한 건 아니에요. 좀 더 손 봐야 해요."

"빨라서 좋다."

말하지 않아도 알아서 움직여주니 뭐라 할 게 없었다. 김재훈은 스튜디오보다 집에서 작업하는 게 편하다며 집에 가서 작업하겠다고 했다. 강윤은 알았다며 고개를 끄덕였다.

"필요한 거 없어?"

"괜찮아요. 술이나 좀 있으면 좋겠네요."

"갈 때 맥주 사갈게."

강윤의 답에 김재훈은 엄지를 척 들었다.

김재훈이 돌아가고, 강윤은 최찬양 교수와 연습에 한창인 김지민에게로 향했다. 이제는 기본 발성 과정은 한참 지나 본격적인 곡으로 접어들었다.

"우리 말랑말랑 사랑해도 되는지~ 하지만 뭐 어때~"

가벼운 가사에 맞게 발랄한 멜로디가 스튜디오 안에 울려 퍼졌다. 강윤의 눈에 하얀 음표가 선명하게 보였다.

최찬양 교수는 그녀의 노래를 들으며 자세와 목소리를 교정해 주었다.

"좀 더 자연스럽게 해보자."

"우리 말랑말랑 사랑해도 되는지~ 하지만 뭐 어때~"

"다시. 조금 힘이 들어갔지? 여기가 불편해서 그래. 성대에 무리가지 않도록 좀 더 자연스럽게."

최찬양 교수는 목을 가볍게 누르며 김지민을 지도했다.

연습에 몰입하다 보니 강윤이 뒤에 와 있는지도 몰랐다. 강윤은 그들을 방해하지 않고 한참을 지켜보았다.

"좋아. 이 정도면 되겠어."

최찬양 교수의 말이 떨어지자 김지민은 그제야 안도의 한숨을 쉬었다. 그때, 자신들을 지켜보고 있던 강윤이 눈에 들어왔다.

"선생님?"

그녀의 말에 최찬양 교수도 그를 돌아보았다.

"강윤 씨, 오셨군요."

"네. 지민아, 연습은 잘돼 가니?"

"아뇨. 어려워요……."

언제나 그렇듯 김지민은 울상이었다. 이제는 익숙해지기 시작한 SLS 발성이었지만 기타를 치며 노래를 하려니 집중이 잘 안 됐다. 기타 운지를 보고 하려니 노래가 신경 쓰이고, 기타를 안 보고 하면 손가락이 꼬이니 무엇 하나 쉽지 않았다.

강윤은 그녀의 어려움을 알았는지 한마디 했다.

"연주와 노래를 같이 한다는 건 쉽지 않아. 그래도 계속하다 보면 요령이 생길 거야."

"네."

"그럼 한번 볼까?"

강윤의 말에 김지민은 기타를 들었다. 자세를 바로잡고 목을 가다듬은 후, 그녀는 힘차게 노래를 시작했다.

"나 눈을 뜨면~ 달콤한 햇살 흐르고~"

이전과는 확실히 달라진 목소리에 강윤의 눈은 이채를 띠었다. 그는 자기도 모르게 최찬양 교수를 돌아보았다. 최찬양 교수는 엷은 미소를 지어 보였다.

'실력이 확 늘었는데? 발성법의 효과가 나오고 있는 것 같군.'

오랜 시간에 걸쳐 기초 발성만 연습해 온 보람이 있었다. 김지민의 노래와 기타가 만드는 빛은 강렬한 하얀빛이었다. 간혹 기타 운지가 틀릴 때 빛이 확연히 약해지긴 했지만 노래가 만드는 빛은 강렬했다.

1절이 끝나고, 김지민은 노래를 멈췄다.

"더…… 할까요?"

김지민이 조심스럽게 묻자 강윤은 고개를 저었다.

"괜찮아. 확실히 많이 늘었구나."

"고맙습니다."

"노래가 아주 많이 늘었어. 성량도 풍부해졌고 목소리가 높이 올라가도 억지로 쥐어짜는 듯한 느낌이 안 들어. 기초 발성을 아주 열심히 연습한 것 같아. 훌륭해."

강윤에게 칭찬을 받자 김지민은 기뻐하며 볼이 붉어졌다.

딱딱하진 않아도 칭찬이 드문 사장님이었다. 그런 사람에게 칭찬을 받았으니 기분이 매우 좋았다. 최찬양 교수도 마치 자신이 상을 받은 것 같은 기쁨에 휩싸였다.

김지민에겐 더 할 말이 없었다. 박소영에 최찬양 교수까지 곁에 있으니 강윤이 굳이 돕지 않아도 알아서 잘 할 것 같았다. 여기저기서 도움을 받는 것도 능력, 강윤은 그렇게 생각했다.

'이만하면 훌륭하게 성장하고 있어.'

강윤은 김지민의 성취에 만족하며 스튜디오를 나섰다.

루나스 완공 이후 시간은 금방 지나갔다.

하얀달빛은 록 페스티벌의 여운이 가시기도 전에 오픈 공연 준비에 다시 열을 올려야 했다.

이현지는 관객들에게 공연장 홍보를 비롯한 영업 활동에 주력했고 강윤도 공연장을 어떻게 활용해야 하는지에 대한 전략들을 수립해 나갔다. 게다가 주변 공연장주들이 어떻게 나올지 몰라 대비해 줘야 했다.

그렇게 정신없이 시간을 흘려보내다 보니 어느덧 D-Day.

9월의 한 금요일.

월드엔터테인먼트의 공연장, 루나스의 오픈일이 되었다.

하얀달빛은 아침부터 공연장에서 장비를 점검하며 리허설에 여념이 없었고 김대현 매니저도 생전 처음 다뤄보는 거대한 믹서의 위용에 손을 떨며 소리를 맞춰나갔다. 물론 그의 옆에는 오늘 특별히 초빙한 음향 엔지니어가 함께했다.

모두가 아침 일찍부터 공연준비에 열을 올렸지만 시간은 총알같이 지나갔다. 하얀달빛이나 강윤은 점심도 먹지 못하고 준비를 서둘렀다.

그렇게 어느덧 4시, 마지막 드레스 리허설 시간이 되었다.

"김지민! 인이어 어때?"

김대현이 처음으로 인이어를 낀 김지민에게 물었다. 평소의 교복이 아닌 하얀 원피스로 갈아입은 김지민은 귀에 돌린 얇은 선이 익숙하지 않은지 고개를 저었다.

"여기가 불편해요."

"소리 어떠냐고?"

"소리는 모르겠는데, 귀가 아파요."

"아, 씁……."

결국 김대현 매니저는 무대로 내려가 김지민의 인이어를 다시 끼워주었다. 김지민은 몇 번이나 인이어를 고쳐 끼워준 김대현 매니저에게 감사하다고 인사하고는 다시 자리를 잡았다.

그렇게 드레스 리허설까지 끝나니 공연 시간이 성큼 다가왔다. 공연 시간이 임박해지자 입구를 지키고 있던 정혜진이

다급한 모습으로 내려왔다.

"사람들 꽤 많이 대기하고 있는데, 이제 내려오라고 할까요?"

정혜진은 헐떡이며 강윤에게 물었다. 강윤이 무대를 보니 김지민을 끝으로 드레스 리허설이 모두 끝이 났다. 어느새 스태프들이 무대 정리까지 모두 마무리해 놓은 상태였다.

"네. 이제 입장 시작해 주세요."

강윤의 지시에 그녀는 바로 입구로 올라가 사람들을 입장시켰다.

오늘 공연은 앉아서 하는 관람이 아닌, 스탠딩 공연이었다. 인디밴드인 하얀달빛의 공연에 맞게 클럽 식으로 조명을 맞췄고 검은 암막에 빛도 모두 차단되었다. 완전한 뮤직 클럽 분위기였다.

공연 시간 30분 전, 객석의 반이 들어찼다.

공연 시간 10분 전, 거의 모든 객석이 꽉 찼다.

5분 전, 스탠딩도 슬슬 한계가 다가오고 있었다. 록 페스티벌 효과에 이현지의 홍보 효과까지 톡톡히 보고 있었다. 강윤이 기획한 전력의 승리이기도 했다.

"사람들이 많네요."

"다행입니다. 반도 안 차면 어쩌나 걱정했는데."

"누가 홍보를 했는데……. 그럴 일은 절대 없었을 거예요."

이현지는 자신감을 드러내며 씨익 웃었다.

주광색 조명이 어두워지며 무대의 조명이 켜졌다. 그와 함께 하얀달빛이 모습을 드러냈다.

"안녕하세요?!"

"와아아아아아아~!"

이현아의 힘찬 목소리에 맞춰 관객들이 흥분에 찬 함성을 내질렀다. 어느새 이현아도 관객들을 다루는 마술사가 되어 있었다.

하얀달빛은 멘트가 길지 않았다. 드럼의 박자를 맞추는 소리와 함께 바로 공연이 시작되었다.

관객들은 처음부터 너나할 것 없이 어깨동무를 하며 자리에서 뛰기 시작했다. 아는 가사는 신나게 따라하고, 모르는 가사도 어떻게든 맞춰나가며 하얀달빛의 무대를 즐겼다.

모두가 뛰며 즐기다 보니 시간은 금방금방 흘러갔다. 그렇게 김지민의 시간도 다가왔다.

'으, 떨려……'

무대 뒤에서, 하얀달빛의 노래를 들으며 마음을 추스르고 있던 김지민은 기타를 꼭 쥐며 긴장된 가슴을 진정시켰다. 그러나 흥분에 뛰는 관객들을 보니 그 마음이 쉽게 사그라지지 않았다. 저들이 자신을 보고도 저렇게 뛰어줄까? 이런 의문이 계속 들었다.

그녀의 마음을 아는지 모르는지, 이현아가 김지민을 소개하기 시작했다.

"……저희 후배라 단순히 밀어준다고 생각하면 오~산이에요, 오산. 미래의 실력파 가수, 김지민 양을 소개합니다!"

"우오오오!"

이현아는 한껏 거품을 넣어 김지민을 소개했다. 이미 이현아에게 휘어 잡힌 관객들은 물개박수로 무대 뒤에서 조심스럽게 나오는 김지민을 맞아주었다.

'히끅.'

무대 위에서 아래를 내려다보며, 김지민은 딸꾹질이 나올 뻔했다. 뒤편 대기실에서 보던 풍경과 이렇게 바로 앞에서 보는 풍경과는 완전히 달랐다. 저들은 이현아의 무대를 즐기러 온 사람들이었다. 그런데 가수도 아닌 내가 그들을 만족시킨다? 그게 가능할까 싶었다.

그러나 이미 주사위는 던져졌다. 떨리는 가슴을 안고 그녀는 중앙에 마련된 의자에 앉아 기타를 들었다. 디리링 소리를 내며 기타 스트링을 한 번 튕기니 사람들이 눈을 동그랗게 뜨며 연호했다.

김지민은 자리에 앉아 목을 가다듬고 연주를 시작했다.

"나 눈을 뜨면~ 달콤한 햇살 흐르고~"

발랄한 댄스곡을 어쿠스틱 기타로 연주하니 느낌이 색달랐다. 게다가 베이스 반주가 은은히 깔린 MR이 흘러 저음을 풍성하게 받쳐 주었다. 거기에 화룡점정은 김지민의 목소리였다. 풍부한 성량의 허스키한 목소리는 무대를 압도하며 사람들의 귀를 순식간에 점령해 갔다.

하얀달빛의 노래를 즐기며 계속 뛰던 관객들도 김지민의 노래에는 숨을 돌릴 수 있었다. 작은 소녀가 부르는 아날로 그 같은 노래는 그들에게 또 다른 즐거움을 선사했다. 익숙한 걸그룹의 노래를 맛깔나게 편곡해 노래하니 새로운 맛이 있었다.

'좋아.'

방송실에서 관객들의 반응을 지켜보던 강윤은 MR과 어쿠스틱 기타, 김지민이 만들어내는 강렬한 하얀빛을 보며 만족했다.

'슬슬 데뷔도 생각해야겠어.'

매일 힘들다, 안 된다 하던 김지민은 저기 없었다. 강윤은 어느새 자신만의 스타일로 무대를 장악한 김지민을 보며 앞으로의 일정을 생각했다.

그렇게 곡이 분위기를 타고 1절 후렴으로 넘어갈 때였다.

"내 마음과~ 네 마음을 사랑이."

띵!

잘 흘러가던 무대 위에 의도치 않은 잡음이 들려왔다. 뭔가가 끊어지는 소리에 관객들은 귀를 막았다.

"뭐야?"

"뭐지?"

"어? 줄."

관객들은 너도나도 김지민의 기타 스트링을 가리켰다. 여유 있게 기타를 뜯어가던 손길이 끊어진 스트링에 갈 길을 잃어버렸다.

"아……."

갑작스러운 사태에 김지민은 자신의 어쿠스틱 기타를 보며 눈만 껌뻑였다.

그녀의 기타 3번 스트링이 원래 있던 자리에서 떨어져 나와 헤드에 대롱대롱 매달려 있었다. 남은 줄로 뜯으면 된다지만 기타 스트링이 하나 끊어지면 튜닝이 모두 틀어져 음이 모두 뒤바뀌어 버린다. 위부터 EADGBE로 맞춰진 음들이 랜덤하게 틀어져 버리니 같은 주법으로 연주를 해도 다른 음이 나올 수밖에 없다. 그 때문에 솔로 프레이즈를 펼치던 김지민으로선 연주를 할 수가 없었다.

갑자기 음악이 끊기자 관객들도 웅성이기 시작했다. 동요하는 관객들을 보며 김지민은 당황했다. 사전에 기타를 점검하지 않은 것도 아닌데, 이런 일이 벌어지다니. 생각지도 못한 일이었다.

모든 게 자신 때문인 것 같았다.

─지민아. 침착해.

그때, 귓가의 이어마이크로 강윤의 목소리가 들려왔다.

─그냥 무대 위에서 벌어질 수 있는 트러블이야. 괜찮아. 침착해.

암운이 짙게 깔리려는 무대에 한줄기 빛이 보였다.

하지만 어둠 속에서 한 줄기 얇은 빛을 잡는 게 결코 쉬운 일은 아니었다.

'이 상황에서 어떻게 침착하라고요!'

강윤이 침착하라 했지만, 그게 말처럼 쉽지 않았다. 전방의 관객들은 뭐하냐며 웅성대지, 손에 들린 악기는 튜닝이 다 틀어져 쓸 수도 없지. 그녀는 당장 무대에서 내려와 도망가고 싶었다.

그런 그녀의 마음을 아는지 이어마이크에서는 계속 말이 흘러나왔다.

—기타부터 내려놔.

김지민은 기타를 바닥에 조심스럽게 내려놓았다.

—옆에 보면 찬규 일렉 기타 있을 거야. 그것부터 집어.

"네?"

김지민은 저도 모르게 목소리를 냈다. 그 소리가 컸는지 관객들은 '쟤 뭐하는 거냐'는 둥의 말을 하며 동요가 더 심해졌다. 김지민은 관객들의 반응을 살피랴, 귀에 들려오는 목소리에 신경 쓰랴 가슴이 더 요동쳤다.

하지만 들려오는 목소리는 차분했다.

—관객들한테 신경 쓰지 마. 눈을 닫아. 내 말만 들어. 대답도 하지 말고.

지시는 간결하면서 깔끔했다. 마치 세이프라인과 같은 말이었다. 김지민은 강윤이 말한 대로 기타를 내려놓고 한쪽에 놓여 있는 정찬규의 일렉트릭 기타를 집어 들었다. 그러나 볼륨을 조절하는 노크가 세 개나 있는 기타에서 어떤 걸 만져야 할지 알 수가 없었다.

그걸 알았는지 다시 이어마이크가 들려왔다.

―맨 뒤에 걸 올려. 살짝.

김지민은 맨 뒤의 조절키를 돌렸다. 그러자 까랑까랑한 클린톤이 흘러나왔다. 소리가 흘러나오자 관객들에게서 동요가 조금 잦아들었다.

―좋아. 잘했어. 볼륨은 중간에 놔둬. 찬규 앞에 마이크 있지? 그거 스탠드에 꽂아. 소리 맞춰줄게.

답할 시간도 없었다. 김지민은 강윤의 말대로 빠르게 무대를 수습했다. 어쿠스틱 기타보다 스트링이 부드러운 일렉트릭 기타는 익숙하지 않았지만 지금 그것이 문제가 아니었다.

관객들은 김지민을 신기하게 바라봤다. 안절부절못하던 작은 소녀가 어쿠스틱을 내려놓고 일렉트릭 기타까지 준비하는 과정이 웃기면서도 신선했다. 관객들의 마음이 열려 있기에 가능한 일이기도 했다.

김지민이 일렉트릭 기타의 볼륨을 맞추고 마이크를 스탠드에 꽂아 입을 맞추자 방송실도 다시 분주해졌다. 김지민의 목소리는 특이해서 톤을 맞추기가 쉽지 않았다. 게다가 마이크 종류도 달라 스피커로 나오는 목소리에 차이가 있었다.

먼저 저장된 소리를 불러와 다시 맞춰가야 했다.

─시작해.

김지민은 준비가 끝나자 다시 노래를 시작했다.

"내 마음에~ 네 맘처럼 사랑이란 빛으로~"

김지민은 이전과는 비교도 할 수 없는 성량을 뿜어내며 목에 핏대를 세웠다. SLS 발성법으로 늘어난 성량에 목에 힘까지 주니 믹서에 표시되는 계기판이 노란색을 넘어 빨간색 직전까지 이르렀다. 그녀는 지금 절박했다. 의도치 않게 벌어진 실수였지만 어떻게든 만회하고 싶었다. 무대 앞의 관객들을 볼 용기가 나지 않아 눈을 감았다.

익숙하지 않은 일렉트릭 기타의 클린톤과 맞춰지지 않은 마이크 소리까지. 첫 무대는 기대한 것과 완전히 달랐다. 설렘으로 열심히 준비했던 첫 무대는 무척이나 혹독했다.

정신없이 김지민의 첫 무대가 끝이 났다. 사람들의 열화와 같은 박수가 터져 나왔다. 갑자기 일어난 트러블에도 어떻게든 무대를 마무리 지은 소녀에게 보내는 격려의 박수였다.

사람들의 박수를 받으며 퇴장했지만 김지민의 추욱 쳐진 어깨는 펴지질 않았다.

"수고했어."

"……."

대기실 문 앞에서 마주친 이현아가 김지민을 안아주었다. 그러나 김지민의 굳은 얼굴은 전혀 펴지질 않았다.

이현아와 하얀달빛은 다시 무대 위로 나섰다.

"자, 다시 뛰실 준비 되셨나요?!"

"네에~!"

대기실.

멍하니 앉아 있는 김지민의 귓가로 강렬한 목소리로 노래하는 이현아의 목소리가 들려왔다. 평소에는 당연하다 생각했던 이현아가 세삼 대단해 보였다. 자기는 기타줄 하나 끊어졌다고 당황해서 이리저리 헤맸는데 저 언니는 물줄기가 관객들에게 뿜어져 나오는 무대에서도 방방 뛰면서 무대를 휩쓸어 댔으니 말이다.

김지민은 무릎에 고개를 파묻었다. 생각할수록 스스로에게 화가 나 견딜 수가 없었다.

"하아……."

"무슨 한숨을 그렇게 쉬어?"

그때, 익숙한 목소리가 들려왔다. 고개를 들어보니 강윤이었다.

"선생님……."

"이럴 줄 알았어. 처량하게 고개 파묻고 있을 것 같았다."

"……."

강윤의 말에 김지민은 아무 말도 하지 못했다.

첫 무대. 설렘과 떨림으로 얼마나 열심히 준비를 했는데 이런 졸작을 보이고 만 건지. 강윤을 똑바로 보기가 힘들었다.

강윤은 김지민 앞에 의자를 끌어다 앉았다. 그러나 별 말은 하지 않았다.

하얀달빛의 노래가 들려오며 시간이 계속 흘러갔다.

김지민은 고개를 파묻고 있다가 조심스럽게 말을 꺼냈다.

"……죄송해요. 절 믿고 이런 기회를 주셨는데."

"아냐. 그럴 수도 있는 거지."

"더 잘해보려 했는데……."

그녀는 손을 부르르 떨었다. 아직도 기타가 끊어지며 관객들이 동요하는 장면이 눈앞에 생생했다. 간신히 수습하기는 했지만 다시 생각하면 아찔한 순간이었다.

강윤은 차분히 이야기했다.

"기타 스트링 간 지가 얼마나 됐지?"

"어제요."

"그런데도 끊어진 거라면 어쩔 수 없는 거야. 재수 없는 경우지. 프로들도 그런 경우가 종종 있어. 베이스 스트링도 끊어지는데 하물며 기타 스트링 정도야."

"……그래도 끊어졌다는 게……."

"처음 무대에 올라 이 정도면 수습 굉장히 잘한 거야. MR이 깔려 있기는 했지만 사실상 솔로 악기나 마찬가지잖아. 그런데 그 악기가 망가졌는데 별수 있겠어? 그래도 1분 만에 다시 다른 악기를 잡아 들고 연주했어. 노래도 괜찮았고."

"……."

강윤의 칭찬에 김지민은 마음이 조금은 풀어졌다. 하지만 그의 말은 거기서 끝이 아니었다.

"이건 네가 연습생이라는 기준이니까 할 수 있는 말이야. 프로가 되면 절대 1분을 넘기면 안 돼. 1분? 아니, 30초도 관객에겐 길다는 걸 명심해. 알았지?"

"네."

"첫 무대부터 큰 경험했어. 가수가 돼서도 이런 트러블을 매끄럽게 수습하는 가수들이 드물어. 고생 많았어. 수고했다."

강윤은 김지민의 어깨를 툭툭 두드려 주며 자리에서 일어났다. 그 온기에 김지민은 복잡했던 마음이 사르르 녹는 기분이었다. 그의 수고했다는 한마디가 이렇게 편안한 말인지, 오늘 처음 알았다.

기분이 풀어졌는지 엷은 미소를 짓는 그녀에게 강윤이 말했다.

"이제 본격적으로 데뷔를 준비해 보자."

"네!"

김지민은 눈에 생기를 가득 채우며 외쳤다.

홍대에 새 클럽식 공연장이 오픈했다!

이 소식은 인디밴드들에게 많은 화제가 되었다. 특히 오픈 일, 하얀달빛의 공연에 왔던 몇몇 밴드들은 공연장의 음향이나 조명 설비에 놀라움을 금치 못했다.

오픈 이후, 예약을 한 인디밴드들의 공연이 이루어지며 시설에 대한 그들의 찬사가 이어졌다. 가장 마음에 드는 부분은 음향이었다. 소리에 민감한 밴드인 만큼 공연장의 소리는 모든 공연장을 통틀어 최고라 할 수 있었다.

월요일.

느지막이 일어난 위시의 보컬 공승혜는 슬리퍼를 질질 끌며 약속이 있는 홍대 앞 골목에 있는 카페로 향했다. 카페에는 벙거지 모자로 멋을 낸 한 남자가 그녀를 기다리고 있었다.

두 사람은 커피를 마시며 두런두런 일상적인 얘기를 하다가 화제를 새로 연 공연장, 루나스에 대한 이야기로 옮겨 갔다.

"거기 시설은 확실히 좋았어요. 그런데 새 시설에, 대여료가 그렇게 싸요?"

트레인시티의 보컬 손지원은 자기가 들은 말이 진짜인지 의심스러웠다. 가장 민감한 부분이 대여료였다. 그런데 타 공연장보다 훨씬 싼 대여료라니. 절로 관심이 쏠렸다.

"응. 다른 데보다 훨씬 싸."

"완전 대박. 소리도 앞에서 듣는 거하고 뒤에서 듣는 게

별 차이가 없으니…… 돈도 엄청 많이 들인 것 같던데요? 그런데 그 공연장 사장은 뭐하는 사람이래요? 돈이 남아도나?"

"엔터테인먼트 사장이래. 이현아 소속사."

"아, 강적들이요?"

이현아는 홍대에선 유명한 존재였다. 홍대여신이라 불리는 그녀니 그럴 만했다. 이현아 소속사에서 연 공연장이니 루나스의 오픈 공연을 하얀달빛이 했다는 것도 이해가 갔다.

저렴한 공연장 이야기는 손지원을 설레게 만들었다. 그러나 그는 설레는 와중에 다른 이야기를 했다.

"그래서 그런가? 저번에 상태 형 만났는데 10월에 스트로우벨리가 스팟홀에 계약을 하러 갔는데, 10월 일정이 꽉 찼다고 거절당했데요."

"그게 무슨 말이야? 이상하네. 벌써 일정이 찼을 리가 없는데."

"이게 끝이 아니에요. 그래서 다른 곳들도 가봤대요. 데라스, 그린라이트까지 모두 돌았는데 10월 공연은 가득 차서 계약이 힘들다고 이야기하더라고요. 한 달에 두 개의 공연장은 계약을 해야 충분히 공연을 할 수 있는데……. 큰일이에요. 별수 없이 루나스만 계약한다 하더라고요."

뭔가 이상했다. 공연장 일정이 벌써 그렇게 꽉 찼을 리가 없었다. 인디밴드들도 사전에 협의해서 이번에는 누가, 다음 달에는 누가 이런 식으로 이야기를 해둔다. 경쟁적으로 공연해 봐야 서로 손해라는 걸 잘 알기 때문이었다.

"쟤들 짰나?"

"설마요. 그럼 법에 걸리지 않나요?"

"이런 식으로 나가면 어떻게 걸려?"

공승혜는 불길한 느낌에 자리에서 일어났다. 촉이 뭔가 이상하다는 걸 말해주고 있었다.

평일의 루나스는 한가할 줄 알았다. 하지만 오늘 이현지는 몰려드는 여성 팬들로 골머리를 앓고 있었다.

'세디, 진짜……!'

공연장 입구에서 사람들을 받는 그녀로선 짐을 한 꾸러미씩 들고 오는 팬들 때문에 곤욕이었다. 공연장은 좁고, 사람은 많고, 짐은 덤이었다. 사전에 의자도 마련해 놓았지만 일부만이 앉을 수 있었을 뿐, 많은 팬들이 서서 팬 미팅에 참석해야 했다.

그래도 팬 미팅은 순조로웠다. 세디를 보겠다고 곳곳에서 몰려든 팬들은 그의 목소리만 들어도 행복해했다. 노래 2곡과 개인기 등 그는 많은 것을 보여주었다.

1시간 남짓한 팬 미팅이 끝나고, 팬들이 썰물처럼 빠져나갔다.

"휴우……."

빈 공간 하나 없이 들어찬 공연장을 보며 강윤도 진땀을 흘렸다. 게다가 이준열이 노래까지 하는 바람에 소리도 맞춰 줘야 했다. 소리는 최상으로 맞춰줬지만 그 과정이 힘들었다.

이준열은 몇몇 남아 있던 팬들에게 사인과 포옹 등의 서비스를 해준 후, 강윤이 있는 방송실로 들이닥쳤다.

"형!"

"수고했다."

강윤은 덤덤히 그를 맞아주었다. 그러나 이준열은 오랜만에 보는 강윤이 반가웠는지 격하게 그를 끌어안았다.

"남자 놈이 징그럽게."

"에이, 우리 사이에 왜 그러실까."

이준열은 강윤의 널찍한 등까지 툭툭 두드린 후에야 그를 놓아주었다.

"오랜만이야."

"그러니까. 형 미국에서 온 후 처음 보는 것 같은데? 우리가 겨우 이 정도밖에 안 되는 사이였나?"

"하하. 미안."

강윤은 멋쩍은 미소를 지었다. 이준열은 사업이 바쁘면 어쩔 수 없다고 이해했다. 그러고는 방송실 여기저기를 둘러보며 신기해했다.

"이야, 나도 회사에 이렇게 꾸며놓을까? 이거 완전 부러워지는데?"

"필요하면 해, 필요하면."

"어차피 인생 한 방인데 뭐 어때."

"……넌 아무래도 장가를 가야 철이 들겠다."

아직도 철이 안든 것 같은 이준열에게 강윤은 한마디를 툭 내뱉었다. 그러나 절대 이준열은 기가 죽지 않았다.

두 사람은 사람들이 모두 빠져나간 공연장으로 향했다. 이준열의 팬들은 매너가 있는지 쓰레기도 별로 보이지 않았다.

"팬들이 깔끔하네."

"내 팬들이야. 당연하지."

"맨날 꺅꺅거리는 애들만 데리고 다닐 줄 알았더니."

"그 팬들이 이제 아줌마가 되기 시작했어……."

말끝을 흐리는 이준열의 어깨를 강윤은 툭툭 두드렸다. 그러자 이준열이 씨익, 사악하게 웃었다.

"홋. 내 앞에 초거대 똥차가 있으니 괜찮아. 형부터 가시지!"

"……이 자식이."

강윤은 결국 이준열에게 헤드락을 걸고 말았다.

잠시 가벼운 시간이 지나가고, 이준열이 강윤에게 진지한 표정으로 물었다.

"형. 나 곧 디지털 싱글 내."

"그래? 언제?"

"조만간. 프로듀싱도 거의 끝났고 곧 발매야. 팬 미팅도 앨범을 내기 전 사전작업 같은 거지."

"아아. 하긴, 사전에 작업을 해놔야지."

강윤은 이해했다. TV 예능 프로그램 등의 홍보도 있었지만 팬들 관리도 중요했다. 저들이 결국 제일 강한 힘이 될 테니 말이다.

"그런데 아직 안 끝난 게 있어서 말이야. 형, 혹시 피처링 할 사람 좀 구해줄 수 있어?"

"피처링? 남자, 여자?"

"여자. 호소력 있는 애절한 목소리를 가진 여자였으면 좋겠는데."

이준열의 요청에 강윤은 잠시 생각하다 이야기했다.

"파워가 있어야 하나?"

"힘은 상관없어. 있으면 좋고, 없어도 그다지 무리는 없으니까."

"우리 소속사 사람이어야 하나?"

"꼭 그런 건 아닌데……. 형네 소속사 사람이라도 괜찮아. 그런 걸 다 떠나서 형이라면 소속사 상관없이 곡에 어울리는 사람 구해다 줄 거라는 거 알거든."

"……."

얼굴에 금칠을 하는 이준열에게 강윤은 고개를 도리도리 흔들었다.

"하여간. 알았어. 그런데 곡을 들어봐야 알 텐데."

"여기."

"노리고 왔구먼."

이준열이 당연하다며 킥킥대자 강윤은 피식 웃으며 그가 내미는 USB를 받아 들었다.

"여기 가사."

"……참, 너답게도 써왔다."

강윤은 대충 찢은 연습장에 엉망인 필체로 적은 가사를 보며 눈살을 찌푸렸다. 그러나 이준열은 전혀 기죽지 않고 강윤에게 손을 흔들었다.

"그럼 부탁해. 나 다음 스케줄 있어서 가봐야 해."

"그래. 조심해서 가."

"다음엔 술 한잔 살게. 바이바이."

이준열이 루나스를 나서고, 강윤은 엉망진창으로 적힌 연습장으로 눈을 돌렸다.

"암호 해독반이라도 불러야 하나."

흐드러지게 휘날리는 이준열의 가사를 보며 강윤은 작게 한숨지었다.

7화
가을은 남자의 계절

"뭘 그렇게 보고 있어요?"

강윤이 이준열의 악보를 보고 있을 때 뒤에서 인기척이 났다. 돌아보니 공연장 정리를 마치고 온 이현지였다.

"이사님."

"세디하고 무슨 좋은 일이라도 있었나요?"

"별건 아닙니다."

강윤은 이현지에게 악보와 USB를 보여주었다. 그리고 이준열에게서 피처링에 필요한 사람을 구해달라는 요청을 받았다고 했다.

이현지는 잠시 생각하더니 말했다.

"세디가 피처링에 현아나 지민이를 생각하고 이야기한 거 아닐까요?"

"특별히 그런 것 같진 않더군요. 제가 회사나 기타 조건들을 보지 않고 가장 필요한 사람을 구해줄 것 같다고 이야기를 했으니 말입니다."

"하긴. 세디라면 사장님 안목을 누구보다도 잘 알겠죠. 그래서 수락했나요?"

강윤은 고개를 끄덕였다. 수락하지 않았다면 USB와 악보를 받아 들 이유가 없었다. 그러자 이현지는 잠시 생각하더니 차분히 이야기했다.

"친분을 쌓는 것도 좋지만, 너무 퍼주기만 하는 건 좋지 않다고 생각해요."

"내가 너무 심하게 나가면 이사님이 있지 않습니까. 당연히 우선순위는 회사지요. 회사 방침에 어긋나는 부탁을 들어준다든가 무작정 퍼준다든가 할 생각은 없습니다."

강윤의 말에 이현지는 안심했다며 수긍했다. 그녀도 강윤이 정에 이러지리 휘둘릴 사람이 아니라는 건 잘 알고 있었다.

강윤과 이현지는 공연장 정리를 마치고 사무실로 돌아가 하루를 마무리했다.

김재훈의 앨범 수록곡 선곡이 끝난 이후, 김재훈과 이현아, 강윤에게 편곡해야 할 곡들이 골고루 돌아갔다. 특히 이현아는 김재훈의 곡을 편곡한다며 즐거워한 반면 이현아와 곡의 색깔이 전혀 달랐던 김재훈은 남몰래 걱정을 했다. 그래도 다른 스타일도 소화를 해보자는 강윤의 권유에 수긍하며 편곡이 끝나기를 기다렸다.

그리고 며칠 뒤.

강윤과 김재훈이 앨범에 대한 이야기를 하고 있을 때 스튜디오 문이 조심스럽게 열렸다.

"실례합니다."

이현아가 들어왔다. 그녀는 강윤과 김재훈에게 깍듯이 인사하고는 USB와 악보를 내밀었다.

강윤은 악보를 보며 물었다.

"편곡은 다 끝냈어?

"네."

김재훈이 있어서일까? 이현아는 평소와 다르게 쭈뼛댔다. 강윤은 악보를 잠시 보다 김재훈에게 주었다. 김재훈은 악보를 보더니 곧 눈을 휘둥그레 떴다.

"잠깐잠깐. 키가 바뀐 것 같은데?"

"네. Gm키예요."

"너무 높은데. 원곡이 F#m 아니었나?"

가뜩이나 이 노래는 고음들의 향연이 이어졌다. 한 키가 아닌 반키가 올라간 것이지만 엄청난 부담이었다.

"F#m로는 애절하면서 시원하게 뻗어 나가는 그런 느낌이 안 나오더라고요. 오빠라면 소화가 가능할 거라 생각해서 키를 바꿔봤어요."

"현아야. 내가 이 노래를 소화하긴 힘들 것 같은데……."

김재훈은 고개를 흔들었다. 전 소속사에서 시달리다 목에 무리가 온 후, 극단적으로 높은 곡은 자제하고 있었다. 그런데 이런 고음의 노래라니. 아무리 봐도 무리라고 생각했다.

이현아는 그녀대로 풀이 죽었다. 권유를 받아 열심히 해왔는데, 듣기도 전에 거절을 당했으니…….

가만히 듣고 있던 강윤은 두 사람 사이를 중재했다.

"잠깐만. 재훈아, 정말 힘들 것 같아?"

"녹음이라면 가능할지 몰라도, 라이브에서 이 키로 부르는 건 미친 짓이에요. 제 목이 못 버틸 것 같아요."

목 때문이라니 강윤도 더 할 말이 없었다. 하지만 악보만 보고 포기하기엔 너무 아쉽다는 생각이 들었다.

"그래? 알았어. 하지만 일단 해온 거니까 반주만이라도 들어보는 게 어때?"

"알았어요."

"현아도 앉자."

강윤은 현아에게 자신의 자리를 내주며 컴퓨터로 향했다. 이현아는 괜찮다며 손을 저었지만 강윤은 기어이 그녀를 자리에 앉혔다.

'이럴 때 잘해주면 어쩌라고.'

이현아는 괜히 입술을 삐죽거렸다. 강윤의 배려에 상처받 았던 마음이 조금은 풀어졌다.

강윤은 컴퓨터에 USB를 꽂고 음원을 재생했다. 그러자 잔 잔한 피아노 음과 어쿠스틱 기타가 어우러지며 반주가 시작 되었다. 잠시 흐르던 반주는 곧 드럼 소리와 베이스 소리가 터져 나오며 본격적으로 시작되었다.

강윤의 눈앞에서 다양한 음표들이 펼쳐지며 하얀빛을 만 들어냈다.

'강하다.'

강윤은 진심으로 놀랐다. 아직 김재훈의 목소리도 입히지 않은 MR이었다. 그런데 하얀빛은 매우 강렬했다.

'이현아가 편곡을 이렇게 잘했나?'

강윤은 새삼 이현아를 다시 보게 되었다.

하지만 강윤의 생각과는 달리 김재훈은 고개를 갸우뚱 했다. 그는 록스타일이 마음에 들지 않는지 연신 고개를 흔 들었다.

노래가 끝나고, 강윤이 물었다.

"어때?"

"……생각해 봐야겠네요."

그래도 김재훈은 면전에 이 곡이 나쁘다는 등의 이야기를 하진 않았다. 그러나 이현아도 눈치라는 게 있었다.

"별로…… 인가요?"

"그렇다기보다……."

김재훈은 쉽게 말을 하지 못했다. 그는 자신의 음악세계가 확실한 가수였지만 원래 싫은 소리를 잘 하지 못했다.

그때, 강윤이 나섰다.

"아, 현아야. 이사님이 너 찾던 걸 깜빡했다."

"네? 이사님이요? 왜요?"

"진작 말했어야 하는데. 내가 정신이 없네. 미안. 지금 빨리 가봐. 20분 전부터 찾았었거든."

타이밍이 기가 막혔다. 이현아는 강윤의 말이 묘하다는 걸 느꼈다. 그러나 이현아는 순순히 스튜디오를 나섰다. 김재훈과 강윤이 할 이야기가 있다는 걸 느끼면서.

이현아가 나가고, 강윤이 김재훈에게 물었다.

"현아 노래가 별로야?"

"……솔직히 탐탁지 않아요."

김재훈은 가볍게 고개를 흔들었다. 지금까지 불러오던 노래들과는 확연히 느낌이 다른 이현아의 묵직한 록발라드는 그의 마음에 그리 와 닿지 않았다. 음이 높은 것도 문제였지만 소위 말하는 '필'이 꽂히질 않았다.

하지만 강윤의 생각은 조금 달랐다.

"그래도 한번 해보는 게 어떨까?"

"이 곡을요? 형이 듣기엔 괜찮았어요?"

"난 괜찮았어. 멜로디가 네가 쓴 가사와도 잘 어우러지는 것 같고, 고음부도 부를 수만 있다면 좋을 것 같은데……. 여긴 네 목이 우선이니까 일단 패스."

자신의 생각과 다른 강윤의 말을 듣자, 김재훈은 잠시 고민했다. 강윤의 안목을 그가 모를 리 없었다. 지금까지 강윤이 한 말은 틀린 게 없었다. 다른 사람의 말이었다면 자신의 고집을 그대로 밀어붙였을 테지만 강윤의 이야기는 흘려듣기 힘들었다.

"……끌리지는 않는데, 형이 그렇게 이야기한다면 한번 해볼게요."

"그래. 잘 생각했어."

"대신 프로듀싱은 형이 해주세요."

"알았어. 고음부는 녹음만 하자. 혹시나 부를 일이 있으면 키를 낮춰서 부르기로 하고."

강윤은 김재훈의 말에 고개를 끄덕였다.

김재훈이 가사를 다듬겠다며 집으로 돌아가고, 강윤은 이현아를 올려 보낸 사무실로 향했다.

"현아요? 바람 좀 쐬겠다며 나갔어요."

이현지는 강윤에게 고개를 흔들었다.

'상심이 컸겠지.'

강윤은 일단 연습실로 향했다. 혹시 연습실로 복귀했을지 몰라서였다.

연습실로 가니 평소처럼 하얀달빛 멤버들이 연습을 준비하고 있었다. 이현아를 봤냐는 강윤의 물음에 스튜디오로 갔다는 말만 들을 수 있었다.

바람을 쐬러 갔다면 결국 옥상이었다. 강윤은 그곳으로 향했다.

강윤이 옥상 문을 여니 이현아가 난간에 서서 멍하니 머리를 휘날리고 있었다.

"현아야."

"아, 오빠."

강윤은 조용히 이현아 옆에 섰다. 그러자 이현아는 평소와는 다른 덤덤한 어조로 이야기했다.

"저, 이번 곡 잘못 만든 걸까요?"

"……."

"재훈 오빠 곡 만든다고 해서 아주 열심히 만들었는데……. 하아."

실망감이 컸는지 이현아의 표정은 어두웠다.

그렇게 한참 동안 이현아는 어두운 이야기를 했다. 같은 이야기의 반복이었다. 열심히 만들었는데 내 곡이 뭐가 어때서라는 이야기부터 김재훈이 얼마나 잘났냐는 둥 지나치게 감정에 치우친 이야기들이었다.

평소라면 뭐라고 했을 강윤이었지만 지금은 묵묵히 그녀의 이야기를 들어주었다.

그렇게 한참 동안 김재훈에 대한 실망을 풀어내고 나니 이
현아의 표정이 어느 정도 풀어졌다.

"……죄송해요. 오빠한테 이런 말을 하려는 게 아니었는데."

"아냐. 그럴 수도 있지."

"……."

감정이 풀어지고 나니 강윤에게 괜히 미안해졌다. 김재훈
때문에 화가 난 건데 화풀이는 강윤에게 한 격이었다. 부끄
러움에 얼굴이 붉어졌다.

그 변화를 알았는지 강윤이 화제를 돌렸다.

"자기가 부르던 장르가 아니라 재훈이가 더 그랬을 거다.
다른 시도를 하는데 진통이 없다는 건 말이 안 되지 않을까?
너도 재훈이한테 곡을 받을 때 쉽게 수긍할 수 있겠어?"

"그건…… 쉽지 않겠네요."

"재훈이도 그 과정인 거야. 이번에 해보겠다고 말했어."

"정말요?"

이현아는 붉어진 얼굴을 들어 강윤과 눈을 마주쳤다.

"응. 현아 네 곡 말이야. 느낌이 좋아. 좋은 결과를 얻을
수 있을 것 같아."

"그래요?"

강윤이 위로하려고 없는 말을 지어낼 사람은 아니었다. 이
현아는 언제 우울했냐는 듯, 다시 밝아졌다.

"정말이죠?"

"물론. 좋은 결과가 있을 거야. 기대해."

강윤의 그 말이 얼마나 든든했는지 이현아는 주먹을 불끈 쥐었다.

실크로드.

초원길, 바닷길과 더불어 동서양을 잇는 중요한 길로 사막 길이라 불리는 곳이다. 이탈리아 로마에서부터 중국 란저우 까지 이어지는 그 장대한 길은 비단무역을 위해 목숨을 걸었 던 상인들이 주로 이용했다.

그 유구한 역사를 자랑하던 곳에 민진서가 있었다.

―레디, 액션!

거친 모래바람이 부는 그 길목에서, 민진서는 하얀 비단으 로 만든 옷을 입고 와이어를 멘 채 하늘로 날아올랐다. 그와 함께 수많은 배우들이 그녀의 뒤를 쫓았다. 상대 여배우는 그녀와 칼을 부딪치는 액션을 펼쳤고, 지상에서는 거대한 선 풍기가 돌아가며 두 사람의 옷자락을 휘날렸다.

―좋아요. 여기까지!

촬영이 끝나자 민진서는 득달같이 달려오는 코디네이터와 매니저에게 물을 받아 벌컥벌컥 마셨다. 와이어 액션과 사막 이 주는 열기 등 모든 게 열악하기 그지없었다. 그러나 그녀는 불평 한마디 없이 연기를 소화해 갔다.

그렇게 힘겨운 촬영은 뜨거운 낮이 지나고 차가운 밤이 올 때까지 계속되었다.

"수고하셨습니다!"

수백 명의 스태프들이 외치는 인사가 고요한 사막의 밤을 울렸다.

스태프들에게 인사를 한 민진서도 계속된 오늘 분량의 촬영이 끝나자 비로소 긴장이 풀렸다. 그녀는 터덜터덜 한쪽에 놓인 모닥불로 다가가 앉았다. 배우들을 위해 마련된 자리였다.

"차는 언제 온대요?"

"1시간 있다가. 차가 중간에 고장이 났대."

김주환 매니저는 진한 한숨을 내쉬었다. 조금이라도 빨리 숙소로 가서 민진서를 쉬게 해줘야 하는데 그러지 못하니 가슴이 졸아들었다.

그러나 민진서는 괜찮다며 그에게도 자리를 권했다.

"여기 앉으세요."

"아냐. 괜찮아."

"오빠도 여러 가지 신경 쓰느라 피곤하잖아요. 잠깐이라도 쉬세요."

그제야 김주환 매니저는 민진서 옆에 앉았다. 이미 코디네이터나 다른 스태프들은 배우별, 스태프별, 회사별로 모여

이야기를 나누고 있었다. 사막이라 차들이 머무르기도 힘들었고 한번 들어오면 나가기도 힘들었다. 심지어 핸드폰도 터지지 않는 극한 지역이었다.

그런 곳에서, 민진서는 모닥불에 나무를 넣으며 쓰게 웃었다.

"촬영이 길어지네요. 영화 한 편 찍는데 이렇게 기간이 길어질 줄은 몰랐어요."

"나도. 그래도 거대 자본이 들어간 영화니까 안할 수도 없고……. 이 감독이 욕심이 많은가 봐."

"몇 장면 봐도 좋은 그림을 뽑아내기는 해요. 그림이 예쁘더라고요."

김주환 매니저가 그렇냐며 되묻자 민진서는 감독을 연신 칭찬했다. 같이 작업하는 감독이 만들어내는 영상미는 엄청났다. 특수효과가 적용되면 어떤 그림이 나올지 기대가 되었다. 당연히 좋은 그림이 나오는 만큼 촬영 시간과 필름도 많이 드니 비용이 늘어날 것이다. 하지만 배우의 입장에선 당연히 예쁜 그림이 나오는 게 좋았다.

민진서가 멍하니 모닥불의 불을 쬐고 있는데 김주환 매니저가 조심스럽게 이야기를 꺼냈다.

"저, 진서야. 숙소에 이사님들……."

"안 가요."

이사라는 말이 나오기가 무섭게 그녀는 냉정하게 말을 끊었다. 김주환 매니저가 민망할 정도였다.

"진서야. 네가 이사님들 싫어하는 건 아는데……."

"싫어하는 거 알면 말하지 마세요."

"……."

민진서는 그 말을 끝으로 입을 닫아버렸다. 그녀는 단호했다. 그러나 항상 있는 일인 듯, 김주환 매니저는 다시 말했다.

"벌써 3번째야. 이번에도 안 가면 4번째라고. 이대로 가면 회사에서 안 좋은 일이 있을지도 몰라. 회사 경영하는 분들인데 이렇게까지 안 좋은 모습 보이면……."

"오빠."

민진서는 지금까지 볼 수 없었던 차가운 눈빛으로 그를 쏘아보았다. 김주환 매니저는 순간 움찔했다.

"분명히 말하지만 제가 싫다면 싫은 거예요."

"진서야."

"두 번 말하게 하지 마세요."

민진서는 더 이상 말을 하지 않았다. 그 기세가 워낙 거세서 김주환 매니저는 더 이상 말을 하지 못했다. 그녀에게는 또래에게서 보기 힘든 패기가 있었다.

그녀는 매니저가 이해한 듯하자 그에게 카드를 주었다. 황금빛으로 빛나는 고급스러운 카드였다.

"오늘은 밖에서 잘 거니까 그렇게 처리해 주세요."

김주환 매니저는 엉겁결에 카드를 받아 들었다. 숙소가 아닌, 따로 호텔을 잡아달라는 의미였다. 이사들이 머무르는 숙소에는 절대 가지 않겠다는 그녀의 말에 김주환 매니저는 침음성을 삼키며 고개를 끄덕였다.

할 말을 끝낸 민진서는 그대로 무릎 사이로 고개를 묻었다. 더 이상의 대화는 하지 않겠다는 의미였다.

그런 민진서를 보며 김주환 매니저는 긴 한숨을 내쉬었다.

'아, 미치겠네.'

김주환 매니저는 진퇴양난이었다. MG엔터테인먼트의 누구도 민진서에게 함부로 대할 수 있는 사람은 없었다. 한국에 이어 중국까지, 민진서의 인기는 그야말로 하늘 높은 줄 모르고 치솟고 있었다.

그런 황금알을 낳는 거위를 어찌 함부로 할 수 있겠는가. 그런데 민진서가 대부분의 이사들을 병적으로 싫어하니 회사로선 큰 고민이었다. 간신히 계약을 유지하고 있는 것만으로도 모두가 감사하고 있는 실정이었다. 그래도 책임감이 있어 맡은 일은 끝까지 충실하니, 회사는 거기에 안심하고 있었다.

하지만 언제고 민진서가 계약을 파기하고 그녀가 그토록 따르는 선생님에게 간다는 소문이 회사 내에 파다할 정도로 회사와 그녀의 사이는 좋지 않았다. 단순한 소문이라고 하기에는 그녀가 가진 능력이 매우 컸다.

'하여간, 이강윤 팀장님 때문에…….'

김주환 매니저는 애꿎은 이강윤을 원망하며 그 자리를 벗어났다. 그놈의 이강윤이 뭔지. 민진서도 이사들도 생각할수록 머리가 아파왔다. 곧 이사들에게 또다시 잔소리를 들을 생각을 하니 머리가 지끈거렸다.

'에이. 담배나 피우자.'

김주환 매니저는 한쪽 구석에서 처량하게 앉아 담배에 불을 붙였다. 나풀거리는 담배연기와 함께 골치 아픈 생각을 날려 버리려 했지만 머릿속은 더더욱 헝클어져 갔다.

미국 LA에 위치한 MG엔터테인먼트 지사.

국내 지방으로도 움직이기 싫어하는 이한서 이사였지만 미국까지 어려운 발걸음을 했다.

미국 지사 연습실에서 이한서 이사는 정민아와 만났다.

"재계약이요?"

정민아는 자신의 담당 이사인 이한서가 난감한 이야기를 꺼내자 표정이 굳었다.

"그래. 다들 어떤 생각인지 알고 싶구나."

"저도 다른 애들이 어떤 생각을 하고 있는지는 잘 몰라요. 이 이야기는 금기라서요."

정민아는 직접적인 언급을 피했다. 사실, 매일 하는 이야기가 재계약 이야기였다. 하지만 자신들 외에 누구에게도 이 이야기를 하고 싶지 않았다. 설사 그게 자신들을 담당하는 이사라 해도. 그만큼 회사에 대한 신뢰도는 바닥을 치고 있었다.

이제 10월.

MG엔터테인먼트와의 계약 만료가 두 달 남은 시점이었다.

"다들 생각이 복잡하겠지. 지금 상황이 상황이니 만큼."

"……."

"그래도 너희가 원하면 재계약은 꼭 될 거야."

희망적인 말에도 정민아는 말이 없었다. 더 이상 회사와 미래를 만든다는 건 상상도 하고 싶지 않았다. 미국에서의 생활은 회사에 대한 신뢰를 완전히 깨버렸다.

"그건 이사님 생각인가요, 아니면 회사의 생각인가요?"

"그건……."

이한서 이사는 긴 한숨을 내쉬었다. 그 한숨에서 정민아는 그의 대답을 알 수 있었다.

"이사님 생각이라는 거네요."

"아……. 아직 확실하지는 않아. 그러니까 희망을 가지고……."

"희망이라, 희망."

정민아는 입술을 깨물었다. 그러나 이내 체념한 듯 고개를 흔들었다.

"괜찮아요. MG가 뭔가 해줄 거라는 기대는 옛날에 포기했으니까요."

"민아야."

이한서 이사는 안타까웠다. 에디오스에게 그는 애착이 컸다. 그만큼 멤버들 모두에게 정이 든 것이다. 하지만 어디서부터 잘못된 걸까. 이사들의 지분 싸움과 성과라는 욕심이 미래가 창창한 아이들을 이렇게 망쳐 버렸다.

'……MG는 생각이 없는 거야. 분명해.'

정민아는 이미 짐작하고 있었다. 계약 만료까지 이제 2개월. 재계약을 하면 앨범을 내주겠다는 등의 계획을 가져와야 할 시점이었다. 그러나 저들은 아무런 반응이 없었다.

이미 멤버들 사기는 바닥을 쳤다. 한국에서의 지위 상실 때문만이 아니었다. 연예인은 결국 인기를 먹고 산다. 성과 없이 무명생활만 몇 년째 이어가고 있으니…….

이제는 자기관리에 그토록 철저하던 멤버들도 하나둘씩 헤이해지고 있었다.

'이 아이들이 잘되려면 뭘 어떻게 해줘야 할까…….'

이한서 이사는 그토록 힘이 넘치던 정민아의 어깨가 축 내려간 모습이 너무 싫었다. 이사들의 전횡을 막지 못한 제 자신은 더욱 싫었다. 마음이 계속 쓰려왔다.

정민아가 그 생각을 알았는지 이야기했다.

"그래도 이사님은 다른 이사님들하고는 다르다는 걸 알아요. 미국 전역을 돌아야 할 걸 그나마 LA 한인 타운 정도로 축소해 주신 건 이사님이잖아요. 이사님이 없었으면 더한 무리수를 겪어야 했을 텐데…… 감사하고 있어요."

"그래도 막아주진 못했어. 미안할 뿐이야."

"할 수 없죠. 그 사람들 힘이 더 셌던걸요. 그런 사람들을 상대로 아무렇지도 않게 일했던 강윤 아저씨가 대단했던 거예요. 그래도 이사님이라도 있어서 버틸 만했어요. 정말……."

이한서 이사는 씁쓸했다. 강윤에게 에디오스를 인수인계받은 이후, 모든 게 잘 풀려갈 줄 알았다. 당시 에디오스는 최고였다. 어린 나이지만 실력도 있고 연예인병 같은 성격 결함도 없었다. 게다가 겸손했다. 결국 한국에서 최고를 찍었고, 계속 잘나갈 줄 알았다.

하지만 이사들의 무리수에 미국으로 오게 되면서부터 모든 게 바닥부터 시작이었다. 그때부터였다. 한국도 잃고 미국도 얻지 못해 모두에게 잊혀져 버린 지금의 사태가 말이다.

"……재계약 못 하면 할 수 없죠."

정민아는 이미 뭔가를 다 내려놓은 사람 같았다. 스물둘밖에 안 된 아가씨가 다 내려놓은 표정을 하고 있으니…….

'MG가 안 된다면 다른 곳이라도 보내야 한다. 이건 내 책

임이야.'

이한서 이사는 이대로 에디오스를 놔둘 수 없었다. 강윤에게 넘겨받은 에디오스를 이대로 망쳐 버린 채 끝낼 수는 없었다.

힘없는 정민아를 보며 이한서 이사는 이를 악물었다.

월드엔터테인먼트의 가을은 모두에게 바쁜 계절이었다.

하얀달빛은 루나스라는 전용 공연장이 마련되어 매주 금요일과 일요일에 정기공연을 시작하며 인지도를 쌓아갔다. 김재훈은 새 앨범 준비에 박차를 가했다. 김지민도 더 이상 음악 트레이닝에만 멈춰 있는 것이 아니라 데뷔를 위한 종합 트레이닝에 들어갔다.

엔터테인먼트사의 특징은 가수가 바빠지면 덩달아 사원도 바빠진다는 점이다.

"이사님. 영수증이 너무 많아요. 저의 퇴근은 누가 가져갔나요……."

며칠째, 야근으로 피부가 푸석푸석해졌다며 정혜진은 울상이었다. 그러자 앞자리에 있던 이현지가 코웃음을 쳤다.

"나만 하겠어요?"

이현지는 자신 옆에 쌓여 있는 서류와 얼굴에 난 뾰루지를 보여주었다. 밀려드는 일로 사무실의 여인들은 행복한(?) 비명을 질러댔다.

"사장님 나빠요."

벌써 며칠째인지.

사무실 안에서 뿌리를 박아야 했던 두 여자는 울상이었다. 그걸 아는지 모르는지 스튜디오에서는 강윤과 김재훈이 한창 앨범작업 중이었다.

"다시 해보자. '어떤 바램도'를 부를 때 조금만 더 약하게 부르는 게 좋을 것 같아."

-알았어요.

"아, 잠깐만. 누가 내 이야길하나."

강윤은 헤드셋을 벗고 귀를 긁적였다.

-형, 헤드셋 오래 끼지도 않았잖아요.

"그러게. 오늘 예민한가 보다."

헤드셋을 다시 끼고 강윤은 김재훈에게 신호를 보냈다.

"간다."

강윤은 MR을 재생했다. 그러자 묵직한 느낌의 록발라드가 흘러나왔다. 이현아가 준 'Only One'이었다.

-이젠~ 네겐 그 어떤~ 바램도~

김재훈은 손에 든 가사와 반주에 심취했다. 반주의 묵직한 느낌과 그의 목소리가 합쳐지며 호소력 있게 변화했다.

'초반인데 너무 세.'

그러나 강윤은 고개를 저었다. 김재훈의 음표가 합쳐지니 빛이 약간 약해졌다. 강윤은 반주를 끄고 다시 말했다.

"조금만 더 약하게 가보자."

─네.

다시 반주가 흘러나왔다. 김재훈은 목에 힘을 빼고 가사를 흘려보냈다.

─이젠~ 네겐 그 어떤~ 바램도~

김재훈의 음표가 반주의 음표와 합쳐졌다. 이전의 빛보다 조금 더 강해졌다. 그러나 강윤은 석연찮았다. 조금만 더 하면 강해질 것 같았다.

"한 번만 더 해보자."

다시 변화를 주었지만 크게 달라지지 않았다. 그렇게 몇 번의 변화를 주고서야 강윤이 원하는 강렬한 하얀빛이 뿜어져 나왔다.

"이 정도면 되겠다. 넘어가자."

강윤이 들려 주는 녹음본을 들으며 김재훈도 만족했다. 프로듀서가 만족해도 그가 만족하지 못하는 경우가 많았는데 강윤과 작업하면 그런 일이 없었다. 거기에 이현아가 준 이 노래는 처음엔 무척 마음에 들지 않았는데 막상 불러보니 느낌이 좋았다. 이상한 일이었다.

그렇게 6시간에 걸친 녹음이 끝이 났다. 녹음에 12시간은 기본이요, 24시간도 가볍게 넘기는 김재훈으로서는 무척 짧은 시간이었다.

부스 안에서 나오는 김재훈에게 강윤은 손수건을 내밀었다.

"고마워요. 형이랑 작업하면 확실히 시간이 별로 안 들어요."

"시간 안 들이고 효율적으로 하면 좋지."

"그렇긴 하네요. 형, 혹시 음악을 눈으로 보는 건 아니죠?"

강윤은 순간 뜨끔했다. 하지만 이내 가볍게 넘어갔다.

"그런 게 있으면 얼마나 좋겠어."

"저도 음표라도 봤으면 좋겠어요. 오늘로 작업이 완전히 끝났네요. 아, 이사님한테 쇼케이스 한다고 들었는데……."

"공연장이 있으면 써먹어야지. 자금 투자해서 제대로 해 보려고. 뮤직비디오도 거하게 찍어보고."

"네!"

김재훈은 그답지 않게 기쁨에 찬 소리를 질렀다.

쇼케이스!

새 앨범을 들고 사람들 앞에 설 수 있다니, 김재훈은 감회가 새로웠다. 눈코 뜰 새 없이 전국을 돌며 노래하던 5월과는 또 다른 기분이었다.

그런데 강윤의 말은 그게 끝이 아니었다.

"이번 앨범 잘 되면 전국투어도 생각해 보자."

"예에!"

갈수록 스케일이 커지는 강윤의 말에 김재훈의 대답도 커져갔다.

단풍이 한창 절정을 이루는 10월 중하순을 목표로 김재훈의 앨범 출시가 결정되었다. 앨범작업, 뮤직비디오 등 필요한 모든 작업이 끝이 났다.

이제 남은 건 사람들에게 첫 선을 보일 쇼케이스. 그 장소는 월드엔터테인먼트의 가수답게 루나스에서 하기로 결정했다. 강윤은 김재훈의 팬클럽에 초대장을 돌리고 음반관계자들에게 초대장을 돌리는 등 사전작업에 돌입했다.

드디어 쇼케이스 당일.

"어서 오십시오."

정혜진은 팬클럽 회원들을 맞느라 분주했다. 각종 플래카드와 선물을 한 꾸러미 들고 온 팬들은 설렘 가득한 표정으로 루나스로 들어섰다. 치열한 쇼케이스 초대장 쟁탈전에서 승리한 이들이었다. 물론, 초대장은 공짜였다.

강윤과 이현지는 관계자들을 맞느라 정신없었다.

"안녕하십니까?"

"어서 오십시오."

정장을 입은 음반 배포 관계자들부터 음원 사이트 관계자들, 타 소속사 관계자들까지 꽤 많은 사람들이 쇼케이스를 관람하기 위해 왔다. 이현지의 넓은 인맥과 김재훈의 이름값이 빛을 발하는 순간이었다.

강윤은 그들을 특별히 마련한 앞자리로 안내했다.

"김재훈이 컴백했다는 소식을 얼마 전에 듣고 놀랐는데, 이젠 새 앨범까지. 축하드립니다."

"감사합니다."

관계자들은 하나같이 놀라는 분위기였다. 정확히는 김재훈을 부활시킨 강윤에게 놀랐다. 그들 모두가 김재훈을 죽은 가수로 생각했었다. 빚도 문제였지만 4년 넘는 공백기를 극복하지 못할 거라 보았다. 그래서 그가 찾아왔을 때 다들 외면했었다. 그런데 작은 엔터테인먼트 사장이 과감히 투자해서 부활시켰음은 물론, 새 앨범까지 들고 나왔으니 그들이 놀라는 건 당연했다.

이번 앨범마저 제대로 터진다면 월드엔터테인먼트는 결코 작은 기획사로 머물지 않을 거라 모두가 생각했다.

"이 사장님. 안녕하십니까?"

"강시명 사장님. 어서 오십시오."

강윤은 정장 군단에 어울리지 않는 찢어진 청바지 차림의 강시명 사장과 악수했다. 그도 김재훈의 쇼케이스에 놀랐는지 주변을 둘러보며 상기된 표정을 숨기지 않았다.

"공연장이 멋지군요."

"감사합니다."

"멋진 공연장에 좋은 가수라니. 부럽습니다."

"아닙니다. 이제 겨우 걸음마 뗀 정도입니다."

강윤은 강시명 사장을 안내해 좋은 자리를 내주었다. 강시명 사장을 보자 모든 관계자들이 자리에서 일어나 그를 맞아 주었다. 큰 기획사 사장이니 만큼 모두가 그를 대접해 주었다.

이후에도 강윤은 정신없이 손님을 맞았다. 마치 결혼식장에서 손님을 맞는 신랑과 같았다. 이현지도 마찬가지였다.

강시명 사장은 주변 관계자들과 인사하며 깔끔하게 정돈된 무대와 높은 천장, 그리고 주변 시설들로 연신 눈을 돌렸다.

'월드 같은 작은 기획사에서 이렇게 과감한 투자를 하기 쉽지 않았을 텐데. 차라리 사옥을 짓고 말지. 아니면 자금이라도 땅겨 온 걸까? 모를 일이야.'

여기에 투자할 자금이면 사옥이 더 나을지 몰랐다. 하지만 공연장이라니, 그러면 생각지도 못할 발상이었다.

'그들의 말이 사실이었나? 이 정도 시설에 그 가격이면 혹할 만하겠어. 흠…….'

강시명 사장은 턱을 괴고 생각에 잠겼다.

잠시 후 조명이 천천히 어두워졌다. 그리고 무대의 조명이 천천히 켜졌다. 그와 함께 진행자 박찬형이 올라왔다. 그는 개그맨으로 최근 여러 가지 유행어를 만들어내며 한창 인기가 치솟고 있었다.

"안녕하십니까? 김재훈의 미니앨범 6집 쇼케이스에 오신 여러분들을 격하게 환영합니다."

"와아아~!"

관객들의 박수와 함께 쇼케이스가 시작되었다. 박찬형이 가벼운 개그와 함께 분위기를 가볍게 만들며 사람들을 웃게 해주었다. 사람들의 마음이 열린 듯하자 그는 곧 외쳤다.

"소개합니다, 오늘의 주인공! 김.재.훈!"

"꺄아아아아~!"

"와아아아아~!"

루나스를 울리는 큰 외침들과 함께 김재훈이 무대 뒤에서 입장했다. 그리고 조명이 어두워지며 스포트라이트가 켜졌다. 절제된 반주가 흐르며 김재훈이 마이크를 입에 가져 갔다. 타이틀곡 '너와의 시간'이었다.

"내 심장에 사는~ 기억 속~ 그리운 사람~"

김재훈의 풍부한 저음이 공연장을 울렸다. 굵으면서도 얇은 김재훈 특유의 목소리는 관객들의 손을 저절로 들게 만들었다. 오케스트라를 동원한 듯한 화려한 반주와 그에 맞는 굵직한 목소리는 모두를 몽롱하게 만들었다.

"널 사랑했다~ 사랑 때문에~ 가슴이~ 시려와도~"

후렴에서 간간히 넣어주는 바이브레이션이 팬들의 가슴을

떨리게 했다. 그의 소리는 더 깊어졌다. 그들 흠모해 왔던 팬들은 말할 것도 없었고 관계자들도 술렁였다.

"노래 좋은데?"

"과거하고 다른 맛이 있는데요?"

김재훈만의 특징은 보존하면서, 요즘 트렌드에도 어긋나지 않는 노래.

그들의 평가는 이랬다.

반주 없이 주욱 이어지는 노래에도 김재훈 특유의 감성은 여전했다. 가사가 점점 애절해지며 결정에 다다르자, 그는 모든 걸 터트리듯 절규했다.

"단 한 번도~ 전하지 못한 바보지만~ 이제는 외친다~ 사랑한다~"

그 순간 반주가 멈췄다. 조명도 잠시 껐다 켜지더니 김재훈의 목소리가 터져 나왔다. 클라이막스였다.

"널 사랑한다~"

"널 사랑한다아~"

관객들은 이미 목청껏 김재훈을 따라하고 있었다. 김재훈의 새 노래를 듣는 이 순간, 그들은 행복했다.

그렇게 김재훈의 목소리가 천천히 사라지며 노래가 끝났다.

"와아아아아~!"

"김재훈! 김재훈!"

타이틀곡의 엄청난 위용에 모두가 김재훈의 이름을 연호했다. 김재훈은 멋쩍은 미소와 함께 모두에게 고개 숙이며 인사했다.

"감사합니다."

"와아아아~!"

김재훈의 6집 미니앨범 타이틀곡 '너와의 시간'.

그 곡은 그렇게 세상에 모습을 드러냈다.

"하하하하하!"

박찬형의 매끄러운 진행은 관객들 모두를 웃게 만들었다. 김재훈은 난감한 표정으로 턱을 긁적였다. 그 곤란한 얼굴이 관객들을 더더욱 즐겁게 만들었다.

"애인은 없으시답니다. 자, 입후보 하실 분."

너도나도 손을 드는 통에 루나스는 웃음바다가 되었다. 물론 반은 장난이었다.

박찬형은 손을 든 사람 일부를 골라 나오게 했고 김재훈과 매칭시키는 이벤트를 했다. 물론 팬서비스 차원이었다. 김재훈은 그들을 가볍게 안아주며 사인도 해주었다. 무대에 올라선 이들은 로또에 당첨된 거라며 다른 팬들의 부러움을 샀다.

4년 동안의 공백기에서 느꼈던 고충에서부터 새로운 소속사에 들어오게 된 에피소드까지, 김재훈은 다양한 이야기를 했다. 특히 새로운 소속사에 들어오게 된 이야기를 할 때 관객들은 눈물을 흘렸다. 다행히 지금은 저작권도 찾았고, 이전 사장도 감옥에서 벌을 받고 있다는 이야기에 관객들은 통쾌해했다.

그 바람에 난데없이 주목받은 이도 있었다. 강윤이었다. 무대 뒤편에서 쇼케이스를 지켜보고 있던 강윤은 김재훈이 은인이라며 자신을 가리키자 모두의 주목을 받았다.

"하하……."

강윤이 어색한 표정을 짓자 이현지가 옆에서 킥킥 웃어 댔다.

"좋은 일이잖아요. 손 흔들어줘요."

그래도 강윤이 아무런 반응이 없자 이현지가 그의 팔을 잡고 손을 흔들었다. 그러자 관객들이 박수를 치며 환호했다.

그렇게 이벤트성 팬 미팅 시간이 지나고, 다음 노래를 선보일 차례가 되었다.

박찬형은 대본을 한 번 보며 이야기했다.

"이번에 들려 주실 곡이 'Only One'이라는 곡이군요. 이건 어떤 곡인가요?"

"이 곡은 지금까지의 제 노래와는 약간 스타일이 다른 곡인데요, 록발라드입니다."

록이라는 말에 관객들이 환호했다. 김재훈에게선 전혀 생각지도 못한 장르였기 때문이었다.

"록이라고요? 재훈 씨는 록하고는 거리가 멀지 않으셨나요?"

"그랬죠. 싫어하지는 않는데, 그렇다고 선호하는 편도 아닙니다. 그런데 사장님이 권유해 주시더군요. 그래서 저희 회사 식구인 현아에게 곡을 받게 됐습니다."

"기대가 되네요. 자, 모두 박수로 청해주세요. 'Only One' 입니다."

"와아아아~!"

관객들의 힘찬 환호와 함께 김재훈은 자리에서 일어났다. 반주가 흘러나오며 그의 두 번째 노래 'Only One'이 시작되었다.

잔잔한 피아노 반주와 함께 김재훈의 목소리가 조용히 흘러나갔다.

"나 이젠~ 너에게 어떤 바램도~ 가질 수 없길~"

김재훈의 노래가 무대를 가득 채워갔다. 잔잔한 피아노 반주는 곧 드럼이 돌아가는 소리와 함께 베이스의 슬라이드 소리가 터져 나오며 임펙트를 더했다.

반주에 힘이 더해지니 김재훈도 평소와 다르게 마이크를 뽑아 들며 목에 힘을 주었다.

"시간이 지난 후에도~ 네게 묻은~ 나의 숨결을~ 느낄 수 있다면~"

평소의 저음이 거칠어졌다. 약간 갈리는 소리와 함께 사운드가 시원하게 퍼져나갔다. 갈리는 소리와 거친 록은 팬들에게나 관계자들에게나 완전히 다른 모습이었다.

"이거 뭐야?"

김재훈의 그 노래는 이전과 완전히 달랐다. 하지만 기본 내공이 어디 가지 않았다. 처음에 이질적으로 느끼던 관객들도 그의 강렬한 노래 속으로 점점 빠져들기 시작했다.

"오빠 스타일은 아닌 것 같아."

"그런데 완전 좋다."

"오빠 완전 짱……."

음악스타일에 창법까지 그동안 보여주었던 김재훈의 스타일과는 완전히 다른 노래였다. 1절이 지나고 2절로 접어드니 관객들은 긴가민가했던 기색을 떨쳐내고 손을 들었다. 내려갔던 플래카드도 다시 올라왔다.

"과거엔 아픔이었던~ 이룰 수 없던 그 사랑~ 하지만 이젠 다 괜찮아~ 돌아와줘~"

김재훈의 고음이 터져 나왔다. Gm키라는, 남자가 소화하기 힘든 키에서 연이어 터져 나오는 고음들에 관객들은 놀란 눈으로 탄성을 내질렀다.

"우와아……."

"대박……."

원래 F#m으로 내리려던 키였지만 쇼케이스까지는 어떻게든 해보겠다는 김재훈의 말을 강윤이 받아들인 결과였다.

업계 관계자들도 관객들과 반응이 크게 다르지 않았다.

"김재훈이 칼을 단단히 간 것 같네요."

"이거 마치 타이틀곡 같은데요."

"소름 돋는군요."

유통사부터 방송관계자들까지 모두가 한 목소리로 의견을 모았다. 묵직한 목소리에서 극도로 얇아지는 고음은 모두를 놀라게 만들었다. 김재훈이 파워풀한 록을 들고 나올 줄은 누구도 예상하지 못했다.

모두를 소름 돋게 만든 노래는 그렇게 끝이 났다.

"……."

"……."

잠시 침묵이 흘렀다. 그 침묵을 깬 건 김재훈의 인사였다.

"감사합니다."

짝, 짝, 짝.

그 순간 박수가 터져 나왔다. 그리고…….

"와아아아아아아아~!"

이전과는 비교도 할 수 없는 엄청난 함성소리가 루나스를 뒤덮었다.

김재훈은 공연장 맨 뒤에 있는 강윤을 바라봤다. 강윤은 평소 그대로 당연하다는 표정을 짓고 있었다.

'형 말이 맞았어요.'

김재훈은 사람들의 반응을 보니 강한 확신이 들었다. 다른 장르에 대한 도전, 해볼 만한 가치가 있다는 걸 말이다.

쇼케이스가 끝나고 10월로 접어들 무렵, 드디어 김재훈의 음반이 출시되었다.

말도 많고 탈도 많았던 시간을 보낸 김재훈의 앨범이라 사람들의 관심이 뜨거웠다. 쇼케이스로 인해 팬클럽이 낸 소문들과 최근 떠오르는 스타, '신희'를 섭외해 찍은 뮤직비디오로 음반이 출시되기 전부터 많은 화제를 불러일으켰다. 거기에 특별무대를 준 케이블 방송국 KS TV의 뮤직카운터에서 화려하게 컴백무대까지 가졌다.

이 모든 것들이 홍보에 시너지효과를 더하니 김재훈의 음원에 대한 관심은 점점 더 커져갔다.

"이상한 일이군요."

음원을 공개한 지 9시간이 지난 아침 9시.

이현지는 아침 회의시간에 음원 결과를 보며 고개를 갸웃했다.

"재훈 씨의 1위는 당연한 일이지만, 설마 타이틀곡인 '너와의 시간'을 밀어내고 'Only One'이 1위를 하다니. 생각도 못 했네요."

강윤은 어깨를 으쓱였다.

"새로운 시도가 사람들에게 강한 인상을 준 것 같네요."

그러자 김재훈이 이야기했다.

"고음 때문이 아닐까요? 역시 우리나라는 고음을 무척 좋아하는 것 같아요."

"고음 선호도가 높기는 하지. 이번 노래는 고음이 잘 조화됐어."

"맞아요. 그래도 역시 Gm으로 계속 라이브를 뛰는 건 무리예요."

김재훈은 고개를 저었다. 원키대로 불렀다간 목이 남아나지 않을 것 같았다. 강윤은 알았다며 다음에 이 곡을 부를 일이 있으면 F#m키로 내리자고 이야기했다. 김재훈은 고개를 끄덕였다.

이현지는 다시 앨범이야기로 돌아갔다.

"1위부터 4위까지 모두 재훈 씨의 곡이네요. 첫날이라 관심이 뜨거운 탓도 있지만 우린 이 기세를 오래 이어가야 해요. 실제로 음원을 통한 수익은 많지 않은 편이니까요."

"모두 바빠지겠군요."

"맞아요. 이번에 사장님이 재훈 씨랑 같이 움직이시나요?"

"대현 매니저에게 맡길 생각입니다. 전 하얀달빛 공연과 지민이에게 신경 쓸 생각이고요."

김재훈이 살짝 서운한 기색을 보였지만 강윤은 가볍게 그의 어깨를 두드려 주었다.

이후 이현지는 김재훈에게 잡힌 스케줄을 보여주었다. 5월만큼은 아니었지만 방송 출연을 비롯해 지방 행사들이 빼곡했다.

"꽤 많네요. 5월 정도는 아니지만."

"그때같이 무리할 필요는 없어. 이제는 여유 있게 돌면서 그 이후를 봐야지."

"전국투어요?"

김재훈의 물음에 강윤은 고개를 끄덕였다. 그러자 이현지가 놀라서 물었다.

"잠깐. 전국투어? 우리 자금에 쉽지는 않을 텐데요. 올 연말이라면 절대 무리인데……."

"올해 연말은 무리죠. 이번 앨범 성적을 봐서 시기를 결정해야죠. 행사 잘 돌고 성과가 괜찮으면 봄이나 여름 정도면 가능할 것 같습니다."

"빠른 감이 있지만, 그 정도면 자금에 여유가 생기고 재훈 씨도 연습할 시간이 될 테니 딱 좋네요."

그렇게 김재훈에 대한 이야기가 마무리되었다.

김재훈은 스케줄이 있어 김대현 매니저와 함께 회사를 나섰다.

사무실에 이현지와 강윤 둘만 남았다. 그녀는 평소에 즐겨 마시던 커피 대신 물을 떠오며 다른 화제를 꺼냈다.

"이번에 하얀달빛도 정기공연을 하면서 인지도를 쌓아가고 있고, 지민이까지 데뷔하면 이제 소규모 연예기획사에서 벗어나는군요. 뭐, 흑자로 전환되는 데 시간이 걸리겠지만요."

"하얀달빛은 지금도 성과를 내고 있습니다. 늦어도 내년 여름이면 메이저로 넘어갈 수 있을 겁니다. 정기공연에 현아가 재훈이에게도 곡을 줄 정도의 실력이 있다는 걸 홍보하면 메이저에서도 충분히 먹힐 겁니다. 조금씩 기사를 흘리며 홍보를 해야죠."

"사장님. 저 일 좀 그만 주세요. 힘들어요."

이현지가 장난스럽게 앙탈을 부리자 강윤이 피식 웃으며 매몰차게 답했다.

"거절입니다."

"우리 사이에 이러기예요?"

"네."

이현지는 풋 소리를 내며 웃었다.

회사 분위기가 좋으니 두 사람의 이야기도 활기가 넘쳤다. 그러다 이현지가 다른 이야기를 했다. 외부 동향에 대한 이야기였다.

"얼마 전에 이한서 이사를 만났어요."

"미국에 다녀왔다 들었습니다. 무슨 이야기라도 들은 게 있습니까?"

"에디오스를 만났다더군요."

"에디오스……."

강윤은 침음성을 냈다. 에디오스 이야기가 나오면 내내 마음에 걸렸다. 뭔가 얹힌 것 같은 그런 기분이었다.

이현지는 말을 계속 이어갔다.

"에디오스의 계약 만료가 얼마 남지 않았다더군요. 그래서 생각이 어떤지 물어보러 갔다 했습니다. 그런데 에디오스 모두가 MG와는 재계약할 생각이 없는 것 같더군요."

"그럴 만합니다. 무모한 전략을 내세워 자신들을 망쳐 놓은 회사에 더 있고 싶지는 않겠죠."

강윤은 고개를 저었다.

이현지는 강윤에게서 MG엔터테인먼트에 대한 감정을 느낄 수 있었다. 잘 드러내진 않았지만 그는 분노하고 있었다. 그 마음을 알았는지 그녀는 차분히 에디오스에 대한 이야기를 해주었다.

"이한서 이사는 에디오스가 MG가 아니더라도 어디서든 재계약을 했으면 하는 바람을 가지고 있었습니다. 하지만 에디오스의 몸값이 낮은 편은 아니죠. 아마도 김재훈과 계약했을 때의 3배는 들 거예요"

"생각보다 적게 잡았네요."

"국내 공백기에 다이아틴까지. 지금 그 애들 가치가 많이 내려간 상황이니까요. 그렇다고 가능성이 없다고 보기도 그렇고……. 에디오스는 복잡하죠. 아무튼 에디오스와 계약한다면 이후 앨범에 대한 투자도 해야 합니다. 계약금에, 앨범투자비에, 일류 스타라고 대접도 해줘야 하고……. 에디오스와 계약할 만한 규모의 회사들은 차라리 더 어린 신인 그룹을 키우는 게 낫다고 판단할 겁니다. 어차피 연습생들이야 갖춰져 있으니 선발해서 앨범을 만드는 게 더 싸게 먹힐 테니까요."

"하긴."

화가 났지만 강윤은 냉정하게 판단했다.

데뷔 4년차. 이제는 '한때' 잘나갔던 가수가 되어버린 에디오스다. 과연 투자한 비용을 뽑아낼 수 있을까? 여기에 선뜻 투자할 회사들이 있을 리 없었다. 말 그대로 계륵이었다.

"사장님이라면 어떻게 하겠어요?"

"……."

강윤도 쉽사리 답을 하지 못했다. 이건 비즈니스였다. 정(情)만으로 움직일 수는 없는 일이었다. 강윤의 결정에 영향을 받는 식구들이 한둘이 아니었다.

그의 생각을 알았는지 이현지가 말했다.

"이한서 이사가 조심스럽게 의사를 비쳤어요. 월드에서 에디오스를 받아줄 수 없겠냐고."

"……."

"이한서 이사는 책임을 느끼고 있는 것 같더군요. 에디오스가 설 자리를 잃은 데에 대한 책임을 어떻게든 지고 싶어 했어요."

"엄밀히 말하면 그분 책임은 아니죠. 어떻게든 막으려고 했을 텐데."

"MG에서 미국행이라는 무리수를 막지 못한 걸 내내 마음 아파하더군요. 아무튼 나 혼자 결정할 사항이 아니라고 답을 보류해뒀어요."

"알겠습니다. 일단 생각해 보고 결정하겠습니다. 가볍게 결정한 사항이 아니군요."

강윤은 더 말하지 않았다. 이현지도 강윤이 생각할 시간이 필요하다는 걸 느끼고는 더 이야기를 꺼내지 않았다.

이후 김지민과 하얀달빛에 대한 이야기가 오가고, 아침회의는 끝을 맺었다.

루나스는 순조로웠다.

10월, 2주 정도 예약이 차지 않아 고생했지만, 팬미팅을 비롯해 지역행사, 거기에 하얀달빛의 꾸준한 공연 등이 인디 밴드들의 호기심을 강하게 자극했다. 마지막으로 김재훈의 쇼케이스가 화룡점정을 찍으니 꾸준히 예약이 밀려들었다.

그렇게 되니 루나스를 낙오시키려던 홍대 공연장주들에게 비상이 걸렸다. 가격과 시설로 도무지 승부가 나지 않는 것이다. 특히 인기가 있어 한 번의 공연으로도 여유가 있는 인디

밴드들은 루나스를 선호했다. 그렇게 차츰 인기 있는 밴드들이 공연장에서 사라지니 공연장주들로서는 골치가 아파왔다.

결국 작은 공연장들은 몰래몰래 루나스에서 공연을 하는 밴드들에게도 예약을 받기 시작했다. 한두 개의 공연장이 그러니 자연스럽게 여러 공연장들이 눈치를 봐가며 예약을 받았다.

공연장주들 사이에서 힘깨나 쓰는 그린라이트의 윤창선 사장에겐 그야말로 머리가 아픈 상황이었다.

"으으......."

공연장 맨 위에 위치한 사무실에서, 그는 안절부절못하며 왔다 갔다 했다.

"그 루나스라는 곳은 땅 파서 장사하나? 왜 선량한 사람들 돈도 못 벌게 그 지랄이야?"

그는 애꿎은 루나스만 탓했다. 가격과 시설, 다른 공연장보다 뛰어난 그린라이트로도 루나스를 따라잡을 수가 없었다. 그렇다고 함부로 내부를 개조할 수도 없었다. 돈을 들였다가 수리비도 못 건지면 어쩌나, 그에겐 이런 걱정이 가득했다.

결론은 이러지도 저러지도 못하는 상황이었다. 그렇게 고민만 하고 있는데 전화가 울렸다. 받아보니 예랑엔터테인먼트 비서실이었다.

"아, 네. 안녕하십니까?"

평소와 다르게 윤창선 사장은 극도로 공손했다. 비서에게도 공손하게 대하는 그의 모습은 평소와는 너무 달랐다.

비서실장은 무뚝뚝한 목소리로 간단하게 이야기했다.

─사장님께서 그때 말씀하던 건을 처리해 주셨습니다. 가격을 낮추면 그에 맞춰 자금을 지원해 드릴 겁니다.

"정말입니까? 감사, 감사합니다!"

─영수증과 필요한 문서들을 잘 첨부해 주십시오. 그럼.

전화기에서 사무적인 남자의 목소리가 사라졌다. 딱딱한 전화였음에도 윤창선 사장의 얼굴은 활짝 펴졌다.

"좋아, 좋아! 다 뒤졌어!"

그는 사방이 떠나가라 만세를 불렀다.

가격과 시설.

루나스라는 곳과 맞설 가격이라는 무기가 생긴 것에 그는 씨익 웃었다.

11월.

월드엔터테인먼트는 순항을 하고 있었다.

모두가 각자의 역할에 충실하며 회사는 제대로 돌아가고 있었다.

이현지는 김재훈을 담당할 새 매니저를 선발했고 김대현에게 업무를 인수인계 받도록 했다. 새 매니저로 들어온 유지혜는 30대 초반의 후덕한 인상의 여자였다. 의상 코디네이터 경력에 성격도 활달하고 좋아 이현지는 그녀를 선발했다. 그녀의 경력과 활달한 성격이 김재훈을 잘 케어할 것이라 여겼기 때문이었다. 그녀의 생각대로 유지혜 매니저는 첫날부터 김재훈을 잘 보조하며 스케줄을 수행해 나갔다.

요새 박소영이 회사에 놀러오는 일이 잦아졌다. 그러나 누구도 그녀를 싫어하지 않았다. 심지어 김진대는 박소영이 졸업하면 여기로 취업하게 될 거라는 이야기까지 했다. 그 설레발에 이차희에게 한소리를 듣긴 했지만.

하지만 정작 강윤도, 박소영도 취업에 관해선 쉽게 언급을 하지 않았다.

11월 초, 쌀쌀한 바람이 불기 시작한 어느 날.

강윤은 집에서 가방을 싸고 있었다.

"지금 거기가 우리나라 가을 날씨라 했지?"

케리어에 가을 옷과 겨울 외투 한 벌을 넣고 몇 벌의 속옷을 넣은 강윤은 그 외 필요한 세면도구들을 챙겼다. 일을 위한 노트북 하나와 몇 가지 서류들을 넣으니 캐리어가 가득 찼다. 그리고 마지막으로 비행기 티켓과 여권까지 챙겨 책상 위에 올려놓았다.

그런 강윤을 보며 김재훈이 물었다.

"이렇게 갑자기 미국이라니, 희윤 씨에게 무슨 일 생긴 건가요?"

"아니. 만날 사람이 있어서."

"중요한 사람인가 보네요."

강윤은 엷은 미소를 지을 뿐, 구체적인 이야기는 언급하지 않았다.

다음 날 새벽, 강윤은 인천공항으로 향했다. 이현지가 데려다주겠다고 했지만 사양했다. 리무진 버스를 타고 공항에 도착해 수속을 밟으니 시간은 금방 지나갔다.

―잠시 후 24번 게이트에서 로스앤젤레스로 가는 에이스항공 탑승을 시작합니다. 손님 여러분께서는…….

면세점에서 담배를 비롯해 몇 가지 물품들을 사다 보니 탑승시간이 되었다. 강윤은 게이트로 이동해 이코노미 석에 몸을 실었다.

'나중에는 꼭 퍼스트 클래스를 이용하는 사장이 돼야지.'

창가에 앉은 강윤은 퍼스트 클래스 방향을 바라보며 다짐했다.

그로부터 12시간 후.

강윤은 LA 국제공항에 도착했다. 게이트를 나서니 희윤이 그를 기다리고 있었다.

"오빠!"

희윤은 오랜만에 보는 강윤이 반가웠는지 한달음에 달려와 안겼다.

"오빠, 여기까지 어쩐 일이야?"

"만날 사람이 있어서."

"나?"

강윤은 희윤의 장난에 피식 웃으며 동생의 어깨에 팔을 둘렀다.

남매는 밤새도록 여러 가지 이야기를 나누었다.

희윤은 학교에서 만난 친구 이야기를 하며 눈을 빛냈다. 강윤은 희윤이 준 곡들을 부르는 가수들 이야기로 꽃을 피웠다. 곡을 받은 가수들 모두가 좋은 곡이라며 감탄했다는 말에 희윤은 어린애처럼 얼굴을 붉혔다. 그렇게 날이 밝도록 이야기한 강윤은 아침이 다 돼서야 잠이 들었다.

눈을 뜨니 정오가 넘은 시간이었다.

'일단 가보자.'

강윤은 렌터카 업체로 가서 차를 빌렸다. 그가 향한 곳은 MG엔터테인먼트 미국 지사였다. 강윤은 근처 유료주차장에 차를 주차하고 지사가 잘 보이는 카페에 들어갔다.

그는 간단한 식사와 커피를 주문한 후, 노트북을 켰다.

'드나드는 사람이 거의 없군.'

MG엔터테인먼트 지사는 조용했다. 드나드는 이도 거의 없었고 건물 내부도 조용한지 소음 하나 들리지 않았다. 잘못 찾아온 건 아닌지 의심스러울 정도였다.

그러나 강윤은 계속 기다렸다. 한 시간이 두 시간이 되고 세 시간이 훌쩍 넘어갔다. 지사에 들어가 직접 만날 수도 있었지만 소문나지 않게 조용히 만나고 싶었다. 번거롭지만 어

려움을 감수했다. 에디오스는 그럴 만한 가치가 있다고, 그
는 그렇게 생각했다.

석양이 지기 시작할 무렵, 한 사람이 지사의 문을 열고 밖
으로 나왔다. 긴 머리를 질끈 동여매고 몸에 착 달라붙는 트
레이닝복을 입은 여인이었다.

'찾았다.'

여인을 발견한 강윤은 눈을 빛냈다. 그리고 재빠르게 물건
들을 챙겨 카페를 뛰쳐나갔다.

"하아……."

거리를 터덜터덜 걸으며 여인은 진한 한숨을 내쉬었다. 혼
자 하는 연습은 하나도 즐겁지 않았다. 같이 연습이라도 하
면 좋으련만. 언제부턴가 다른 멤버들은 연습도 나오지 않
았다. 그 노래 부르기를 좋아하던 한주연마저 다 부질없다며
방에 처박혀 나오지 않는 지경이니, 다른 멤버들은 더 말할
것도 없었다.

"에일리 고것은 계속 굴러만 다니면 뱃살 늘어날 텐데, 어
쩌려고."

그녀는 괜히 애꿎은 에일리만 탓했다. 그래도 같이 연습하
러 가자고 하면 들어줄 줄 알았는데. 이젠 다들 연습에 대한

의욕도 없는 듯했다.

"뭐, 이 정도면 충분하잖아."

씁쓸한 생각에 인상이 가볍게 구겨졌다. 모두가 안 한다는데 자기만 열심히 해봐야 뭐하겠나. 모든 게 다 부질없었다.

그녀는 고개를 가볍게 흔들었다.

"그래. 여기까지 하자."

"뭘 여기까지 한다는 거야?"

그녀마저 포기하려는 그 순간.

뒤에서 갑자기 웬 남자의 목소리가 들려왔다. 그녀는 소스라치게 놀라며 몸을 움찔했다. 돌아보니 이곳에서 볼 거라곤 상상도 못한, 하지만 익숙한 한 남자가 웃으며 서 있었다.

"아…… 아저씨?"

"민아야, 오랜만……."

"아저씨!"

인사할 틈도 없이, 그녀는 남자에게 달려가 안겼다. 감정이 터져 나와 그의 가슴팍이 눈물로 물들었다. 남자는 그녀의 머리와 등을 부드럽게 다독여 주었다.

그런 두 사람을 붉게 타오르는 석양이 진하게 비추고 있었다.

to be continued